リアラ
＝アインスバッハ＝フェルノート＝アリエス
神国アリエスの姫だったが、クロノスの奴隷にされてしまう。
エッチなことを知らず、奴隷制度は絶対反対！
だったのだけど、徐々にクロノスの調教に染められていく
クロノス＝エルロード
何よりも女の子が好きで、目的を邪魔する人間には
容赦しない外道奴隷商の少年。エッチなことを
やりたい放題な一方、奴隷少女たちの願いを叶えたり、
居場所を作る、優しい
最強奴隷商の烙印魔術と美少女堕とし
Saikyo doreisho no rakuinmajutsu to bishojootoshi
STIGMA MAGIC OF
THE SLAVE TRADER &
DEGENERATE BEAUTIFUL GIRL

STIGMA MAGIC OF
THE SLAVE TRADER &
DEGENERATE BEAUTIFUL GIRL

WORLD & KEYWORD

烙印魔術

口づけによって、少女の体に紋章を刻み、相手を縛る魔術。
相手の行動を縛るだけでなく、通信に使用したり、
「聖具」を使って、戦闘能力を与えることもできる

聖具

この世界に散らばる神聖な遺物……とされているが、
その正体は、『女神の大人のおもちゃ』。
形状が特殊な『神剣アリエス』、場を震わせる『覇杖アスガルデ』など、
名と威力に隠された本来の使い方は……⁉

女神

かつて使徒を率いて、この世界から国家間の争いを無くし、
平和をもたらした慈悲の存在。その際に、膨大な威力を誇る
「聖具」を各国に受け渡し、姿を消したとされている

神国アリエス

女神を信奉し、「清廉さ」を第一とした国家。
神託によって、「女神の聖具」を受け継がせて平和を
維持していたが、第一王女・リアラと第二王女・メイの
姉妹で派閥が別れ、政治闘争が起こっている

最強奴隷商の烙印魔術と美少女堕とし

初美陽一

ファンタジア文庫

2826

口絵・本文イラスト　ｋａｋａｏ

STIGMA MAGIC OF THE SLAVE TRADER &
DEGENERATE BEAUTIFUL GIRL

CONTENTS

《第一章》　お姫様が奴隷になっちゃうなんて……信じられませーんっ！

慈悲《じひ》深き《女神》が世界から争いを失《な》くしたのは、数百年も昔の話。今や七つに分かたれた国々は、それぞれ独自の文化を築いている。

中でも、ここ《神国アリエス》は清廉《せいれん》にして潔白として知られ、特に城下にある都は、その神聖なる優美さゆえに、諸国からの憧《あこが》れにさえなっていた。

けれど、そんな洗練された都とはいえ、人目を忍《しの》ぶような暗部は存在する。整備の行き届いていない、月光だけが頼《たよ》りの薄暗《うすぐら》い路地裏で、今まさに異変が起こっていた。

「はあ、はあっ……っ、きゃっ！」

荒《あ》れた道をひた走るのは、華美《かび》なドレスに身を包む高貴な少女。小石に蹴躓《けつまず》きそうになるたび、闇《やみ》の中でさえ煌《きら》めく桃色がかった金髪《きんぱつ》が、黄金色の小川のように波打った。

少女の名は、リアラ＝アインスバッハ＝フェルノート＝アリエス。

この《神国アリエス》において、《お姫様《ひめさま》》と呼ばれる存在だ。ただし《お姫様》とは、その愛らしい響《ひび》きに反し、各国のトップを指す美称《びしょう》として認知されている。

その理由は、かつて世界から争いを失くした《女神》が遺《のこ》した、究極の力を持つ神器——即《すなわ》ち《女神の聖具》を扱《あつか》えるのが、選ばれし《お姫様》だけだからだ。

けれど今、そんな《お姫様》が、人気のない路地裏を一人で必死に駆《か》けている。背後から迫《せま》ってくるのは、一目で悪党と断じられそうな、人相の悪い凶漢《きょうかん》達。

この国で随一《ずいいち》の権力を持っていようと、リアラ自身は、純粋無垢《じゅんすいむく》で世間知らずな少女だ。なぜ自分が追われているのかなど、見当もつかない。

困惑《こんわく》しながらも駆け続けていたリアラだが、ついに袋小路《ふくろこうじ》に追い詰《つ》められてしまう。

「あっ……い、行き止まり？　そんなっ……」

リアラが焦燥《しょうそう》に駆られていると、元来た道を塞《ふさ》ぐように、凶漢達が立ちはだかった。

「へへへ、随分と逃《に》げ回ってくれたが、ここまでみたいだなァ？」

いつの間にか警護の兵ともはぐれてしまい、リアラには、身を守る術《すべ》もない。

《女神の聖具》を扱えるとはいえ、桁外《けたはず》れの力を持つ神器は神殿《しんでん》に封印《ふういん》されているのが常で、いつも持ち歩いている訳ではないのだ。

追い詰められたリアラだが、それでも気丈《きじょう》に、きっ、と凶漢達を睨《にら》みつける。

「下がりなさい、無礼者っ！　私が誰《だれ》なのか、分かっているのですかっ！」

毅然《きぜん》と言い放つが、いかにも下卑《げび》た男達は、むしろ愉快《ゆかい》そうに醜悪《しゅうあく》な笑《え》みを浮《う》かべた。

「さあねェ～、俺達は頼《たの》まれただけだからなァ……ヒヒッ！」

「抵抗《ていこう》ナシじゃ、つまんねェからなァ～？　最期にイイ声で鳴いてくれよォ？」

「いやいや、こんだけの上玉だぜェ？　要は消しさえすりゃイイんだからなァ……どっか別の国にでも、売っ払《ぱら》うか、奴隷《どれい》にでもしちまうか？　げっへっへ……」

〝神国の至宝〟と、そう称《たた》えられるほどのリアラの美貌《びぼう》だ。彼らの視線は吐《は》き気《け》を催《もよお》すほどに厭《いや》らしく、リアラは怖気《おぞけ》立つのを感じながらも言い返す。

「っ。奴隷だなんて下劣《げれつ》な……あなた達は、最低のケダモノですっ！」

リアラの至極尤《しごくもっと》もな非難にも、悪漢達は耳障《みみざわ》りな笑い声で返してくる。

神の名を冠《かん》する国、その都城のお膝元《ひざもと》といえど、人の悪意は平等に存在するらしい。

誰の目にも付かぬ薄暗い路地裏で、この凶行《きょうこう》を止める者など、いるのだろうか。

「さァて、〝仕事〟のついでだ、折角だし楽しませてもらおうかねェ……！」

「や、やめなさい！　近寄らないで……だ、誰かっ……誰か、助けて――っ」

「ヒャーハッハァ！　おーし、俺が一番乗り――」

嗚呼《ああ》、この力ない少女を救う手は、本当に、現れてはくれないのか。

祈《いの》るような想《おも》いで、きゅっ、とリアラが目を閉じた――その瞬間《しゅんかん》。

「――はいよ後ろから失礼ドーモこんにちはァァァ！」

「ぽギゅるッ」

リアラに手を伸《の》ばしてきた無粋《ぶすい》な輩《やから》が、いきなり何者かに背中から蹴《け》り倒《たお》され、汚《きたな》い声を漏《も》らして地に突《つ》っ伏《ぷ》す。

それっきり沈黙《ちんもく》してしまった凶漢を見て、その仲間達は狼狽《ろうばい》しながらも、突然《とつぜん》に乱入してきた人物に対し、勢い良く問い詰めていた。

「て、てっ……テメェ！　ななっ、何しやがんだァ!?」

「いきなり背中を、あ、ああも思い切り……人の心が少しでもあれば、とてもじゃねーができたモンじゃねーぞ今のはァ！」

「てめえ何しやがる！　一体何者だァ！　……おい、何者なんだコラァ！　聞いてんのかオイ答えろやァ!?　……あのー答えていただけませんかねゴルァァ!?」

凶漢達が口汚《くちぎたな》く喚《わめ》いているが、いっそ気の毒になるほど無視されていた。それどころか、リアラを救ってくれた背の高い男性は凶漢達に目もくれず、歩み寄ってくる。

つい先ほど凶漢を容赦《ようしゃ》なく蹴り倒した彼は、同一人物とは思えないほど、優《やさ》しい視線で見つめてきた。身長差のせいで見下ろされている形だが、威圧感《いあつかん》など一切《いっさい》覚えない。

直後、破顔しながら掛《か》けてくる声は低く、けれど穏《おだ》やかにリアラの耳に響いてきた。

「お嬢《じょう》さん、大丈夫《だいじょうぶ》か？　危ないトコだったな、怪我《けが》とかしてないか？」

心の底から、心配してくれているのが伝わってくる。ずい、と彼が顔を覗《のぞ》き込んでくると、至近距離《きょり》で目と目が合い、リアラは顔が熱くなった。

顔つきは精悍《せいかん》で、しかもどことなく、佇《たたず》まいに気品がある。〝どこかの国の王子様〟と言われれば、信じてもおかしくないほどだ。

つい見惚《みと》れてしまったリアラだが、慌《あわ》てて姿勢を正し、彼に返事をする。

「あっ、は、はいっ！　ええと、平気です。おかげ様で、何ともありませんっ」

「おいおい、ホントか？　随分と走り回ったんだろ、折角のドレスが土埃《つちぼこり》まみれだぞ。こんなお嬢様を追いかけ回しやがるとは、男の風上にも置けん奴《やつ》らだな、全く」

「い、いいえ、ドレスくらい、大した事はありませんからっ。……って、あのっ。ええとですね、私はお嬢さんでも、お嬢様でもありませんよっ。私は——」

すう、とリアラは一つ深呼吸し、礼儀《れいぎ》を尽《つ》くし、自身の名を彼に告げた。

「リアラ——私の名前は、リアラと申します」

「リアラ？　ふむ、リアラ。リアラ、リアラ、か」

「はいっ。……あ、あのう、そんなに連呼して、何かおかしかったですか？」

きょとん、と首を傾《かし》げつつリアラが問うと、彼はすぐさま返事してきた。

「ん、ああ、いや。可愛《かわい》らしくてピッタリな、イイ名だと思ってな、うん」

「ふ、えっ⁉ か、可愛らしいなんて、そんな事……あ、それよりっ。あなたは？」

リアラが遠慮《えんりょ》がちに尋《たず》ねると、彼は思い切り胸を張り、力強く名乗ってきた。

「俺の名は、クロノス。クロノス＝エルロードだ。クロノスでいいぞ、リアラちゃん」

「クロノス……はいっ、分かりました、クロノスっ。あっ、けれど私だって、ちゃん、は必要ありませんよ。リアラ、と……そう呼んでくださいっ」

クロノスの人好きのする笑顔に釣《つ》られ、リアラも気を張らない自然な言葉が出る。

そんなリアラの返事を受けて、クロノスは頷《うなず》きながら語りかけてきた。

「そっか？ うーむ、リアラは見た目だけでなく、言うコトまでカワイイんだな」

「え、ええっ⁉ か、可愛くなんて、ありませんからっ。も、もうっ、隙《すき》あらば褒《ほ》めるの、やめてくださいっ。……は、恥《は》ずかしいですから……」

「はっはっは。ホントのコト言われて恥ずかしがるとは、そんなトコもカワイイ――」

リアラが戸惑《とまど》い気味に注意した程度では、クロノスはやめる気など更々《さらさら》ないらしい。

が、憤懣《ふんまん》やるかたない怒声《どせい》は、別方向から響いてきた。

「オイ、コラ……オイコラァ！ 状況《じょうきょう》わかってんのかテメェ⁉」

「俺らを無視して、イチャついてんじゃねえぞボケェ！」

「人様の楽しみを邪魔《じゃま》しやがって……ぶっ殺すぞクソがァ！」

品のない罵声《ばせい》を飛ばしてくる男達に、「きゃっ」とリアラが短い悲鳴を上げて怯《おび》える。

するとクロノスは、ぴくりと眉《まゆ》を動かし、汚い濁声《だみごえ》の上がる方へと目を向けた。

どうする気だろう、とリアラが心配していると、クロノスはゆっくりと口を開き。

「人様？　おい、人様とは、まさか貴様らのコトか？」

出てきた声は、リアラに対するのとはまるで違《ちが》う、地の底から響くような低い声。

面食《く》らうリアラだが、凶漢達は果敢《かかん》にもクロノスに食って掛かる、けれど。

「!?　あ、ああん!?　なんだテメっ、今まで無視しといて、いきなり――」

「冗談《じょうだん》は止《よ》せ。少なくとも俺の目に、人など映らん。虫だな、お前らは。いたいけな美しい蝶《ちょう》を追い回して悦《えつ》に浸《ひた》る、人様と名乗るも烏滸《おこ》がましい、無用無能のカス虫だ」

「だっ。か、カス虫、だ、とォ……？」

クロノスの口から放たれたのは、情け容赦の欠片《かけら》もない、悪口雑言の連続。凶漢達も怒《いか》りより、戸惑いが先行してしまっているらしい。

リアラもまた、紳士的《しんしてき》な王子様のようだと思っていたクロノスの豹変《ひょうへん》に面食らうが、彼の口は全く止まらない。

「ああそうだ、人でなしのカス虫だ、能無しボンクラ腑抜《ふぬ》けの下衆《げす》だ。存在するだけで空気を汚《よご》す、塵《ちり》と芥《ごみ》のゴミクズだ。貴様らが視界に入るだけで気分を害する。今すぐ消滅《しょうめつ》してくれ、それでどうにか一人前だ。さあ消えろ、ほらほらどうした、さっさと消えろ」

「か、げ、ごっ……テ、メッ……う、ごごっ……！」

「おっ、ついに言葉も忘れたか。いよいよ人間から遠ざかったな、ご愁傷様《しゅうしょうさま》です。少しでも恥じ入る気持ちがあるなら、女の子を怖《こわ》がらせた罪を悔《く》いて、静粛《せいしゅく》に消えてくれ」

「ッ、ッ……～～ッ!!」

クロノスの言う通り、男達は本当に言葉を失い、怒りにその身を震《ふる》わせるしかない。

だが、代わりという訳でもないが、リアラが心配顔でおずおずと語りかけた。

「く、クロノス？　私が言うのも、何ですけれど……さすがに少し、可哀想《かわいそう》では……」

「うん？　おいおいリアラ、あんなカス虫共の心配までするのか？　はぁ、やれやれ、あのなあ――優しすぎだろ天使かよ甘やかして差し上げてぇわ」

「いえあの、態度が急変しすぎではないですか!?　いくらあの方々が、その……悪いひと？　とはいえ、何と言うかですねっ」

「おいおい、勘違《かんちが》いされちゃ困るぞ？　俺は人間性の善し悪《あ》しで、差別なんてしないからなっ。まあつまり、相手が男ならどんな奴だろうと、俺は大体あんな感じだ」

「よ、よっぽど問題ですーっ⁉」

擬音《ぎおん》にするなら、がびーん、と聞こえそうな反応をしてしまったリアラに、クロノスはなぜか誇《ほこ》らしげに胸を張ってきた。彼らに対しては粗雑《そざつ》な扱いだが、考えてみれば茶目っ気のある性格だし、リアラを慮《おもんぱか》って和《なご》ませようとしてくれているのかもしれない。

と、そうこうしている内に、怒りに震える凶漢共が、ついに耐《た》えかねたのか。

「も、もう勘弁ならねえッ……ぶっ殺してやーー」

「ッぐおらぁぁぁぁっ‼」

「⁉　お、おわっ、お前⁉」

彼らにとっても予想外だったのか、飛び出してきたのは、先ほどクロノスが背中から蹴《け》倒《たお》した男。とはいえクロノスに焦《あせ》る様子はなく、冷静に対処しようとしていた――が。

「おっと。――って、こっちじゃねーのかよ。チッ！」

「えっ……きゃ、きゃあっ⁉」

男は己《おのれ》を蹴倒したクロノスではなく、リアラに向かってきていた。

その執着《しゅうちゃく》に背筋を冷やすリアラへと、凶刃《きょうじん》を振《ふ》るってくる男。その間に割り込んできたクロノスが、右左腰《ごし》に差していた剣《けん》の柄《つか》を右手で握《にぎ》ると。

「ふん、女の子に刃《やいば》を向ける、虫ケラ以下の塵屑《ちりくず》は」

「おあぁぁぁぁ!!」

「馬に蹴られる前に——俺に斬《き》られて、死にさらせッ！」

「ぢっ!?　づ、おっ……うっ」

抜《ぬ》き放った剣で、横薙《よこな》ぎ一閃《いっせん》。見事、凶漢《きょうかん》の横腹を斬り裂《さ》いた——が、しかし。

「っぐ、っそ、っがあぁ！」

「！　チッ、しぶといな——リアラっ！」

「きゃっ……あんっ!?」

突貫《とっかん》する凶漢の剣を、クロノスが返す刃で弾《はじ》き飛ばす。それでも、最後の力で倒れ込むように体当たりしてきた男を遮《さえぎ》るため、クロノスは身を挺《てい》してリアラを庇《かば》ってくれた。

衝撃《しょうげき》に背中を押されたクロノスが、前のめりに倒れ込んでくる、と。

「くっ、う、おおっ!?　って、んんっ？」

「きゃあ！　……あっ、クロノス!?　だ、大丈夫ですかっ……あ、あのう？」

「…………」

リアラが問いかけるも、クロノスから返事はない。いや、返事できないのだろうか。

なぜならば、リアラに向けて倒れ込んできた、クロノスは今。

――リアラの胸の谷間に、顔面をすっぽり突っ込んでいるのだから――！

「クロノス、まさか……息ができない、とか!?　た、大変っ、早く抜かなくちゃっ！」

リアラ自身、恥ずかしくはあるが、自覚している。齢《よわい》十六にして、自分の胸が少しばかり、大きく育ちすぎてしまっている事に。

そんな胸の谷間に、クロノスが顔を突っ込んできている事も、むず痒《がゆ》い心境だ。それでも自分を助けてくれた彼への心配が先立っていると、胸元《むなもと》から声が上がってくる。

「――うっ！　今の攻撃《こうげき》で、どうも体が動かせそうにない。すまんがリアラ、もう暫《しばら》く、このままの体勢でいさせてくれ！　んん～っ頼《たの》むゥ！」

「えっ!?　クロノス、やはりどこかお怪我を!?　しっかりしてくださいっ……わ、私にできる事なら、何でも言っていいですからねっ！」

「なに、こうしていれば、すぐに良くなるとも。ああー、傷が治っていくぞー。もっと回復力を高めるために、顔を運動させねばー。ほーれ、スーリスリ」

「ぁ……あんっ!?　く、クロノス、あの、あんまり顔、動かされては……きゃんっ！」

ドレスの隙間《すきま》から胸元の素肌《すはだ》に、前後左右へと顔面を擦《こす》りつけられる。《お姫様《ひめさま》》たるリアラだ、こんな不敬を働かれた事など当然ないが、顔を紅潮させながらも耐えていた。

きっと、こうして身悶《みもだ》えせずにはいられないほど、傷が痛むのだろう——と思いきや。

「はあー、極楽《ごくらく》だな、こりゃ。んーむ、柔《やわ》らかなだけでなくスベスベで、しかもハリまであるときた。うんうん、最高だ。最高の——おっぱい様だな、う〜ん」

「ふ、え？　……きゃ、きゃあ！　本当は元気なのですねっ⁉　クロノスったら、そういうえっちなのは、ダメですよっ。もうっ……信じられませんっ」

リアラが慌てて離《はな》れつつ叱《しか》ってみせると、クロノスは失笑《しっしょう》しながら返してきた。

「ふはは、残念。本当にイイ乳だったのに——あっ」

「く、クロノス？　ですからそんな、胸を凝視《ぎょうし》しちゃダメ……って、あらっ？」

クロノスの視線を追った事で、リアラも気付いた。先ほどまでクロノスが顔を埋《うず》めていた、自身の胸元に——謎《なぞ》の〝紋《もん》〟が付いている事に。

「えっ、えっ？　これ、な、なんなのでしょう？　さっき付いた痣《あざ》、にしては、はっきりしすぎているような？　まるで……紋章、のような？　こ、これは、一体？」

「ああ、うーん、それな。それはな——」

「ま、まさかっ……素肌を殿方《とのがた》に口付けられると、こういうのが付いちゃうのですかっ⁉　ど、どうしましょうっ、こんな事されたの初めてだから、知りませんでしたーっ⁉」

「なにそれ朗報。つーか抱《だ》きしめてやりたくなる純情ぶりなんですけど。っと、いやいやそれより、その〝紋〟は、そういうんじゃなくてだな？」

「ち、違うのですか？　じゃあ、何の……あっ！　クロノス、腕《うで》を怪我《けが》していますっ」

先ほど、斬りかかられたのが原因だろう、クロノス自身も気付いていなかったのだろうが、左の二の腕に小さな傷が付いていた。

「ん？　おお、ホントだ。まあこれくらい、かすり傷だ。そんなコトより、その〝紋〟はだな——って、リアラ？」

「私の事なんて、後でいいですっ。動かないでくださいね……よいしょ、っと」

自身の胸元に付いた謎の〝紋〟は後回しにして、リアラはしゃがみ込み、己のドレスの裾《すそ》を裂く。すると、クロノスは目を白黒させて。

「む。おいおい、折角のドレスがもったいないぞ」

「ドレスくらい、構いませんっ。土埃《つちぼこり》で汚れていて、申し訳ないですけれど……せめて血だけでも止めましょう。簡単な応急処置ですが……はいっ。とりあえずはこれでっ」

「お、おお、そっか。うーん、何というか、アレだな」

出会ってから初めてではないだろうか、彼にしては珍《めずら》しく、頬《ほお》を掻《か》いて照れているようだ。とはいえ、直後に放ってきた台詞《せりふ》は、いつもの調子に聞こえたが。

「リアラはカワイイだけでなく、美しいんだな。うん」

「……う、美しい？　いえ、そんな事……あ、ありませんよ。もう、何を言って……」

「いやいや、そんなコトあるぞ、俺はいつだって本気だしな。ただ、カワイイのも間違《まち が》いないんだが、今のリアラは、まるで《女神》のように美しい、と思ったんだ」

「め、《女神》様、って……う、うう、どう考えても、言いすぎですよう……」

「いやいや、謙遜《けんそん》するなって。全く、見た目だけでなく、心までカワイイ――」

リアラがもじもじして俯《うつむ》くと、クロノスは言葉責めの如《ごと》く褒《ほ》め殺しを続けてくる。

だがその時、無粋《ぶすい》な濁声が再び割り込んできた。

「オォイ！　よくも俺らを無視し続けてくれたが、それもここまで――」

「あ、いたんだ。リアラの眩《まぶ》しさに比べりゃ、骨まで透《す》けてんのかって程度の存在感だから、完全に忘れてたわ」

「んがっ……ま、マジで口の減らねェ……チッ、まあいい！」

どうやら先ほどクロノスが斬った男は、仲間内で回収されていたらしい。

それにしても、凶漢達は何やら自信ありげな笑《え》みを浮《う》かべているが、なぜだろうか。

「へへ……テメェが何者か知らねェが、さっきの剣技《けんぎ》を見る限り、只者《ただもの》じゃねェのは分かったよ。だがな――」

「ああ、俺が只者だったら、それに負けているお前らは口が汚《きたな》いだけのカスだしな。まあ何だとしても、俺にとっちゃ、虫ケラ以下の存在なんだが」

「……ッ、だ、だがなァ！　いい加減、後悔《こうかい》させてやんぞ、決着つけてやらァ！」

「決着もクソも、さっきからビビって尻込《しりご》みして、口先ばっかで向かってても来れんのが、お前らだろ。挙句、斬られて這《は》いつくばる奴《やつ》まで出てきて、どの口が後悔とか――」

「一回、悪態つくのヤメロォ！　話が進まネェし、しまいにゃ泣くぞゴラァ！　……ぐすっ……とにかく、これを見ろやァ！」

終《しま》いにはというか既《すで》に涙目《なみだめ》だが、それはともかく、凶漢が謎の自信の源を指し示す。だがそれは、見るもみすぼらしいボロを纏《まと》った、一人の怯《おび》えた男だった。

凶漢達の解せない行為《こうい》に、クロノスも率直《そっちょく》に疑問をぶつけている。

「何だ、そんな汚い男を連れてきて。まさかとは思うが、人質《ひとじち》のつもりか？」

「へっ、まさかだろ。赤の他人のコイツに、人質の価値なんざないのは、百も承知よ。そんなのより、もっとスゲェことさ……ヒヒッ」

凶漢が薄《うっす》ら汚い笑みを浮かべると、ボロを纏った男は震え声を発した。

「ひ、ひいっ……た、助けてくだせェ……何がなんだか分からねぇまま、連れてこられて……あ、あっしはしがない、ただの奴隷《どれい》なのにィ……！」

「……えっ⁉　ど、奴隷ですって⁉」

〝奴隷〟――リアラはその単語を聞いた瞬間《しゅんかん》、怒《いか》りで目を丸くする。

かつて《女神》が救いし世界において、不平等の象徴《しょうちょう》といえる奴隷制は、固く禁じられていた。取り分け女神信仰《しんこう》の強い《神国アリエス》では、尚更《なおさら》である。

　にも拘《かか》わらず〝奴隷〟の存在を見せつけられたリアラは、身分を明かしていないとはいえこの国の《お姫様》として、憤慨《ふんがい》を隠《かく》せない。

「なんて惨《むご》い事をっ……この《神国》で奴隷なんて、認められていません！　《女神》様も、決してお許しにならないんですからっ！」

「へー、マジかよ。最悪だなアイツら」

「そ、そうですっ！　クロノスも、分かってくれるんですねっ」

「そりゃそうよ。女の子を追い回すようなクズ共が、奴隷なんて手に入れたトコで、人を不幸にするだけだろうしな。男どころか人間の風上にも置けんな。あ、虫だっけ」

「む、虫さんかどうかは、分かりませんけれど……ですが、クロノスの言う通りですっ。人を不幸にする、奴隷なんてっ……絶対に、許される事ではありませんよっ！」

「そーだそーだー。もっと言ってやれー」

　クロノスも、リアラに同調してくれている。それにしても、凶漢共はこの局面で奴隷など連れてきて、どうしようというのか。その答えは、すぐに行動で示された。

「ケケッ、じゃあ始めるかねェ……おらっ、奴隷！　この薬を飲みやがれ！　オラァ！」

「ひいっ⁉　な、なにを……や、やめっ、うげェ⁉　な、何の薬で……おええっ！」

嫌《いや》がる奴隷の口に、何かの薬を押し込もうとする凶漢。

他者の意志など顧《かえり》みぬ蛮行《ばんこう》に、リアラは動揺《どうよう》を隠せない。

「あ、あんなに嫌がっているのに、無理やり……なんて、ひどい事をっ！」

「ああ、本当にヒドイな。むさ苦しい男が汚い男に、何やら苦いらしいモノを無理やり飲ませようとする。この世のモノとは思えない、気っっっ持ち悪い光景だな」

「何だかニュアンスが微妙《びみよう》に違《ちが》うような⁉　いえそれより、助けてあげ……あっ」

ただ薬を飲ませるだけの作業など、あっという間に終わっている。とはいえ、すぐに何かが起こった訳ではない。薬を飲まされた奴隷も、訳が分からず困惑《こんわく》していた、が。

どうやら、変化が起こるのは――これからのようだ。

「う、うう？　な、なに……ガッ。う、ご、お……⁉」

初めに起こったのは、爆発《ばくはつ》するかの如く膨《ふく》れ上がった、上半身の隆起《りゆうき》。瘦《や》せこけたみすぼらしい両肩《りようかた》が、背中が、どれほどの巨漢《きよかん》でも適《かな》わぬほどに肥大化していく。

「ぐ、ぎぎっ、がっ……ご、ご……う、げっ⁉」

「あ、ああ、そんなっ……人間の体が、あんな風に、変容するなんて……っ！」

「ぐ、ご――グガァァァァッ!!」

リアラの震《ふる》える声をかき消す咆哮《ほうこう》が上がった瞬間、大きく隆起した上半身と連動するように、ようやく下半身も膨れ上がった。かといって、均整を保っているとは言い難《がた》く。

肉体の所々が歪《いびつ》に膨張《ぼうちょう》し、顔は原形を留《とど》めず、その姿は人よりむしろ、獣《けもの》のそれ。

少し前まで人間だった、それは――化け物と、そう呼ばれる存在に成り果てていた。

「う、うおおっ、どうだ……どうだァ！　コイツが俺らの切り札よ！　もう謝っても遅ェぞ！　おら化け物、やっちまえ！　あのクソヤローを、ぶっ潰《つぶ》せやァ！」

「グゴルルゥ……グ、グ、グウウウッ」

「おいどうした化け物！　さっさと行けや、このノロマ！　おい……お、い？」

罵声《ばせい》同然の命令を下す男だが、当の化け物に睨《にら》みつけられ、言葉尻《ことばじり》から力がなくなる。

直後、膨れ上がった怪腕《かいわん》がおもむろに振《ふ》り上がったかと思いきや。

「グルアアアッ！」

「えっ……ぶぎゃッ」

命令していた男が短い悲鳴を上げ、怪腕に紙屑《かみくず》の如く吹《ふ》き飛ばされてしまった。

この事態に、唖然《あぜん》としていた凶漢《きょうかん》の一人が、青ざめた顔で呟《つぶや》く。

「な、なんで……ああなったら、俺らの言うこと、聞くはずじゃ……」

「……グルルルッ……！」

続け様に睨みつけられた凶漢達が、すぐさま泡《あわ》を食って駆《か》け出していく。

「……ひ、ひいっ⁉」

「こ、こいつ見境ねェじゃねーか⁉　ヤベェぞ、逃《に》げろォ！」

「あんな力でぶっ飛ばされたら……い、一発で死んじまうッ⁉」

理性を失い暴れ出した化け物から、蜘蛛《くも》の子を散らすように逃げ去る凶漢達。

彼らの背を蔑《さげす》むような目で見送ったクロノスが、舌打ちと共に文句を放った。

「チッ、根拠《こんきょ》のない自信を頼《たよ》りに行動した挙句、予想と違えば無様に全てを放り出す。これだから、クソ男共は好かんのだ。しかもこんなバカげた置き土産《みやげ》まで残してな」

「グウウッ、オオオオォ！」

雄叫《おたけ》びを上げる化け物が怪腕を振るうたび、裏路地の朽《く》ちかけた石壁《せきへき》が、紙切れでも裂《さ》くかのように他愛なく崩《くず》されていく。

そんな異常な力で手当たり次第に破壊《はかい》を始めた化け物を見て、リアラが放った言葉は。

「っ、こんな街中で、いけません！　早く止めなければ、民衆に被害《ひがい》が……あの、クロノスっ。お願いが……きゃっ⁉　う、うう」

クロノスに声をかけようとするが、暴れる化け物が発する破砕《はさい》音に遮《さえぎ》られてしまう。

どうすれば、と焦燥《しょうそう》するリアラの——なぜか胸元《むなもと》から、突然《とつぜん》クロノスの声が響《ひび》いた。

『他者を慮《おもんぱか》る心は美しいが、安心しろ、リアラ。今は真夜中だし、ここは人通りがほとんどない路地裏だ。それより、今の内に隠れるぞ。さあ、付いて来い』

「えっ。……えっ、クロノス、ですよね？　今の声、何で私の胸元から——へっ？」

クロノスは今、自身を盾《たて》にして、リアラの身を守ってくれている。つまり背中を向けている状態なのだが、声が全く別の方から聞こえてくるのは、なぜなのか。

クロノスに手を引かれ、脇道《わきみち》の物陰《ものかげ》に隠れた頃《ころ》、リアラもようやく気が付いた。

クロノスの声は、リアラの胸元の〝紋《もん》〟が仄《ほの》かに輝《かがや》いている時、聞こえてくる事に。

「えっ、ええっ⁉　この紋章から、クロノスの声が……ど、どうなっているのです⁉」

『ふはは、驚《おどろ》いた顔もカワイイなー。っと、ご紹介《しょうかい》を先延ばしてしまったが、こういうコトよ。この〝紋〟を付けた相手となら、どんなに遠くとも対話ができる。〝紋〟を通して直接響く《通信魔術《まじゅつ》》。良く聞こえるだろ？　これは、俺の能力の一つでな』

「つ、《通信魔術》？　わあっ……すごいですっ、クロノスは魔法使いさんなのですかっ？もしかして、東の魔法大国からいらっしゃった、とかっ？」

『ん、そーいうワケでもないが、まあリアラのようなカワイイ女の子を幸せにするためなら、魔法使いになるのもやぶさかではない——おっと、それより今は、アイツだな』

つい話が脱線《だっせん》しそうになるも、そこまで時間に余裕《よゆう》はない。

物陰に隠れてはいるが、もともと袋小路《ふくろこうじ》に追い詰《つ》められていた状況《じょうきょう》だったのだ。この狭《せま》い路地裏にいる内は、今も暴れ回っている化け物に、いつ見つかるか分からない。

隙《すき》を見て逃げ出す、というのも選択肢《せんたくし》の一つだろうが、しかし。

「っ……今は人通りがないと言っても、あんなに暴れられては、いつ被害が及《およ》んでもおかしくありません。クロノスっ、不躾《ぶしつけ》で無茶なお願いだとは、分かっていますが……あの奴隷さんを、何とか止めてあげる事は、できないでしょうか？」

リアラとしては、化け物を放って逃げるという選択《せんたく》は避《さ》けたい。

こんな無茶なお願いに、けれどクロノスは嫌な顔一つせず、笑って答えてきた。

『ふふん、言ったろ？　女の子を幸せにするためなら、魔法使いになるのもやぶさかではない、と。俺に任せておけ、リアラ！』

「！　く、クロノスっ……ありがとうございますっ！」

『なあに、イイってコトよ。さーて、折角《通信魔術》を使ってるんだ。こいつを利用して、速攻《そっこう》でケリを付けてやろう。ただ、リアラにも協力してもらうぞ？』

「えっ、私にもできる事、あるのですかっ⁉　も、もちろん何でもやりますっ。……けれど、私なんかで、その……大丈夫《だいじょうぶ》、でしょうか……？」

ここまでクロノスに助けられっ放しで、何もできていないリアラには、不安しかない。

けれど彼は、真っ直《す》ぐな目で、迷いなど微塵《みじん》も感じない声で——言った。

『大丈夫だ。絶対に、上手《うま》くいく。俺を信じろ——リアラ』

「！　……はい、クロノス。私……私、クロノスを信じますっ！」

リアラ自身、不思議に思うほど、クロノスの声がすんなりと〝入ってくる〟。彼が「大丈夫」と言うのなら、きっとそうなのだと、信じる事ができた。

……ただ、それはそうと、一つだけ、どうしても言及《げんきゅう》したい事はあって。

「でも、あの……あ、あのですね？　傍《そば》にいる時は、普通《ふつう》にお喋《しゃべ》りしませんか？　その、声の振動《しんどう》で、えっと……む、胸元が、くすぐったくて、ですね？」

『むっ、〝いやん感じちゃう〟というワケか⁉　それはいかん、今後のためにも慣らさねばナー！　さすれば歌でも歌おうか。オーオー♪　リアラの乳は〜俺のモ〜ノ〜♪』

「いえ私のですよー⁉　変な歌を歌わないで……というか普通に喋ってくださ——！」

さて、こんな風にして騒《さわ》いでいたのが、よろしくなかったのだろうか。

「きゃっ⁉　……あっ。あ、ああ……っ」

「……グルルゥ……」

クロノスとリアラの背後の壁《かべ》を破砕し、化け物が姿を現した。

思わず身が竦《すく》むリアラだが、クロノスは慌《あわ》てるよりも、不敵に笑っている。

『安心しろ、リアラ。見つかるのは、むしろ予定通りだ。俺が奴を引きつける。そうしたら、お前は俺が合図するまで、奴の手が届かない場所で隠れているんだぞ』

「えっ⁉　で、ですが、クロノスが引きつけるって……どうやって？」

『うむ。あの化け物な、確かに理性は失ってるようだが、言葉は理解できるらしい。その証拠《しようこ》に、さっきの見たろ？　汚《きたな》い声と言葉と面《ツラ》で命令していた野郎《やろう》を、真っ先にぶっ飛ばしてたからな。だから、こうするんだよ』

「な、なるほど。……えっ？　クロノスっ、危ないですよ⁉」

クロノスがあまりにも無防備に前へ歩み出すので、リアラは戸惑《とまど》うしかない。不用心とさえ言える行為《こうい》は、案の定、化け物の神経を逆撫《さかな》でてしまったらしく。

「グルルッ……ゴアアアアッ！」

「！　く、クロノス、危ないっ……いやあっ、クロノスっ⁉」

肥大化した両腕《りようう で》がハンマーのように振り下ろされ、地面に叩《たた》き付けられると、周囲に砂《すな》埃《ぼこり》が舞《ま》った。悲鳴を上げたリアラは、凄惨《せいさん》な結末を想像するしかない。

けれど、そうはならない――響いてきたのは、一切《いつさい》の動揺もない、クロノスの声だ。

「はっ。考えなしの獣の攻撃《こうげき》を避《よ》けるのは、あくびが出るほど容易《たやす》いな。やぶれかぶれの突貫《とっかん》の方が、まだ避け辛《づら》かったわ。さて、報《むく》いを与《あた》えてやるとしようか」

砂埃《うす》が薄れると、化け物が振り下ろした両腕の傍《かたわ》らに、クロノスの無傷の姿が露《あら》わになった。どうやら最小限の動きで躱《かわ》していたらしく、ほっ、とリアラは安堵《あんど》する。

しかし彼は、鋭《するど》い眼光で、既《すで》に攻撃の準備をしていた。巨軀《きょく》を持つ化け物に、微塵も気《き》後《おく》れを見せていない。むしろ唇《くちびる》の端《はし》を吊《つ》り上げ、攻撃的な笑《え》みを浮《う》かべた、次の瞬間《しゅんかん》。

右足を後ろに下げ、首を傾《かし》げる化け物の、その――

「正直、胸は痛むが――ボールに向けて全力キィィィック！」

「グルル――アヒィンッ」

――股間《こかん》に向けて、思い切り足を振り上げた。理性を失い獣の如《ごと》く唸《うな》っていた化け物も、その時ばかりは、ただの男に戻《もど》った気がする。

とはいえリアラには、あんな化け物が、なぜ股間を押さえて蹲《うずくま》るほど痛がっているのか、理解できない。

「？　⁇　……極端《きょくたん》に痛がっていますが、弱点、なのでしょうか？」

『まあ全ての男にとって、共通のな。それよりリアラ、今の内に、早く隠《かく》れろー』

「あ……は、はいっ！　えっと、よいしょ、よいしょ……」

『うんうん。素直《すなお》でカワイイ、イイ子だなー。さて、俺は、っと』

リアラが身を隠すと、クロノスも化け物から少し離《はな》れた場所へ身を置いた。

化け物が股間を押さえつつ徐々《じょじょ》に立ち上がる最中、クロノスは大きく口を開き。

「おうおう化け物おーッ！　見苦しい図体《ずうたい》で見苦しい恰好《かっこう》しやがって、恥《は》ずかしくないのかあー⁉　それとも理性なくしたら、恥じる心さえ失っちまうんですかねェーっ⁉」

「グガッ⁉　グ、ググググ、グウウウッ……⁉」

罵声を浴びた化け物の顔中に、青筋が浮かび上がる。股間を蹴《け》り上げてきた張本人に、あんな事を言われれば当然だ。クロノスも重々承知しているようだが、雑言は続く。

「どうしたどうした、怒《おこ》っているのか。何かお前、さっきから怒ってばっかだな。疲《つか》れない？　股間でも痛むのか？」

「ゲェッ⁉　オ、オマ、ガッ……グ、グゲゲ、ゲッ……⁉」

「ああそうだ、俺が蹴ったんだっけか。しっかし臭《くさ》い臭い、ここまで臭《にお》ってくるわ。体が無駄《むだ》に膨《ふく》らんだ分、臭さまで倍増したんじゃないか。それとも元からか、ぶははは！」

「ガフ。ッ、ッ……〜〜〜ッ！　グ、グガ――！」

これだけ煽《あお》れば、もう充分《じゅうぶん》――だが、まあついでに、一言足すと。

「あとお前、体がデカくなってもアソコは貧相なままだったな。不憫《ふびん》なこって」

「――」

（アソコ？　アソコとは、どちらの事でしょう？　⁇）

化け物は何やら硬直《こうちょく》しているが、リアラには良く分からず、首を傾げるしかない。

が、化け物の巨体《きょたい》がぷるぷると震《ふる》えだしたかと思いきや、その直後。

「グゴアアアアア！　ブッ、コロッス‼」

「ぶはは、一瞬《いっしゅん》、人語に戻ったぞ。ほーれ、コッチだコッチだ」

咆哮《ほうこう》と同時に周囲を破壊しながら、クロノスに襲《おそ》い掛《か》かっていく。

リアラもクロノスの指示通り、化け物から離れていった。とはいえ尋常《じんじょう》ではない破壊音に、思わず彼の事を心配してしまう、が。

「クロノス、大丈夫でしょうか……うう、どうか無事で――」

『――おお、大丈夫だぞ、ありがとな。で、奴《やつ》の手の届かないトコへ逃げたか？』

「きゃっ！　あ、クロノスっ、無事だったのですね、良かったぁ……この《通信魔術》、本当に便利です……あっ、私は離れましたけれど、これからどうすれば？」

『よしよし、イイ子だ。それじゃ、さっさとキメちまおうか。それじゃリアラは、俺の声が奴に、よ～く聞こえるように、その〝紋〟を向けといてくれ』

「そ、それだけですか？　……はいっ。いつでも大丈夫ですよ！」

少し恥ずかしかったが、リアラもドレスの胸元をもう少しだけ開き、〝紋〟を化け物へと向ける。すると、〝紋〟が言葉を送りこむために、仄かに輝きだした。

そしてついに、クロノスの〝秘策〟たる叫《さけ》びが、リアラの胸元から放たれる――！

『どこを捜《さが》している！　この――デカブツなのに短小包茎《ほうけい》の粗《あら》チン野郎ーーーッ！』

「わ、私の胸元から、何だかお下品な叫び声がー⁉」

ちょぴりショックなリアラだったが、どうやら化け物には効果覿面《てきめん》らしく。

「ヌッ、ゴロォォォスッ⁉　……グ、エ？」

捜し求めていた男の声が、いつの間にか遥《はる》か後方から響《ひび》いたのだ。化け物は当然、勢い良くリアラの方を向いてくる、が――呆気《あっけ》にとられて、棒立ちになっている。

それも当然、クロノスの声が響いた先には、リアラしかいないのだから。

『《通信魔術》は俺の声全てを、〝紋〟を通して送るコトもできる。要するに、音漏《おとも》れもしない、ってコトさ。奴は今、完全に俺を見失っている。つまり――』

「クロノス？　……あっ、そんな所にっ」

クロノスは今、明後日《あさって》の方向を向く化け物の、無防備な頭頂部を見下ろす位置にいた。

ただ、彼が握《にぎ》っているのは、腰《こし》に差していた剣《けん》ではない。柄《つか》から切っ先まで、全てが漆《しっ》黒《こく》に染まった〝刃《は》無き剣〟である。

その不思議な剣を手にしたクロノスが、躊躇《ためら》いさえなく、高所から飛び降り。

「これにて、詰みよ——っ、だらぁぁぁぁ！」

「エッ。——グゲッ⁉」

化け物の脳天に、剣身を叩きこんだ。とはいえ、相手は人外の巨軀を持つ怪物《かいぶつ》。たった一撃《いちげき》で倒《たお》れはしない……が。

クロノスの剣は、常識を超越《ちょうえつ》した現象を引き起こした。


「——震えて沈《しず》めッ‼」


漆黒の剣が一筋の光を放つと同時に、ほんの一瞬、大気を揺《ゆ》らすほどの振動を解き放つ。

ずぐん、と化け物の足元の地面が窪《くぼ》むほどの、鈍《にぶ》い音が響くと。

「ウ、グ……ガ、ハッ」

化け物の巨体がうつ伏《ぶ》せに倒れ、ぴくりとも動かなくなる。直後、地に降り立ったクロノスが、刃無き漆黒の剣を肩《かた》に当て、にやりと笑みを浮かべた。

「よ、っと。まあ、こんなモンよ」

夜空の星の煌《きら》めきを受け、黒曜石の如く輝《かがや》く剣身。化け物を一蹴《いっしゅう》する力を見せた、正体不明の謎《なぞ》の剣に、本来なら恐《おそ》れを抱《いだ》くべきだろうが、しかしリアラは。

（綺麗《きれい》……あっ）

思わず見惚《みと》れてしまう——が、漆黒の剣は役目を終えたかのように、ぱらぱらと砕《くだ》け散《ち》り、跡形《あとかた》もなく霧散《むさん》した。

つい呆《ほう》けてしまったリアラだが、すぐさま我《われ》に返り、クロノスの下へ駆《か》けていく。

「クロノス〜っ！　はあ、はあっ……ご無事ですか？　お怪我《けが》はありませんか……？」

「おお、この通りさ。まあこの程度、朝飯前だな」

「よ、良かったぁ……けど、本当に倒せたのですねっ、すごいですっ！　……少し、可哀《かわい》想《そう》ですけれど……」

白目を剝《む》いて泡《あわ》を吹《ふ》く化け物に、リアラがつい憐憫《れんびん》の眼差《まなざ》しを向けていると、クロノスは軽い調子で笑いかけてきた。

「あー、大丈夫《だいじょうぶ》、大丈夫。さっき『止めてあげる事はできないか』って、リアラ言ってたろ？　気を失ってるだけだ、死んではないから安心しろ」

「！　く、クロノス……私の、あんな無茶なお願いを、聞いてくれて？」

「ふはは、俺はこう返したろ。『俺に任せておけ』と。カワイイ女の子を幸せにするためなら、俺様に二言などないのだ。ふははは－」

決して容易い事ではなかっただろうに、できて当然、とばかりに言い切ってくれる。そんなクロノスが、リアラの目には、まるでお伽話《とぎばなし》の英雄《えいゆう》か王子様のように映った。

思わず胸の奥が熱くなったリアラの口から、自然と言葉が零《こぼ》れ出る。

「っ。クロノス……あ、ありがとうござい――」

感極《きわ》まったリアラが、頬《ほお》を赤らめ涙目《なみだめ》で、お礼を述べようとした。

――が、またしても、邪魔《じゃま》する濁声《だみごえ》が。

「ゥオラァ！　あの化け物を、どうやって倒したか知らねぇが……今度こそ覚悟《かくご》を」

「うっせ。しつこい。しつっっっこい。この脂汚《あぶらよご》れ共が。おちろ。地獄《じごく》で洗ってこい」

「いいいきなり何だコラァ!?　悪態つくにしても、状況《じょうきょう》を見てからにしやがれェ！」

空気の読めない凶漢《きょうかん》共に、クロノスは「チッッッ」と大きく舌打ちしている。何しろ、彼にとって見たくもないだろう雁首《がんくび》を、先ほどの比でないほど連れてきたのだから。

「またぞろ引き連れてきやがったな。次から次へと湧《わ》いて出やがって。やっぱ虫ではないか、貴様ら。めんどくさい、ああめんどくさい、めんどくさい」

「ぐ、くぐっ！　……へ、へへへ、状況を見ろ、っつったろォが。これだけの人数に囲まれてちゃ、その減らず口も、ただの強がりにしか聞こえネェぜ？」

取り囲んでくる凶漢達が、数の優位に自信を漲《みなぎ》らせている。クロノスは相変わらず強気だが、これだけの大勢が相手では、さすがに勝ち目はないだろう。

一方、リアラも気丈《きじよう》に敵を見据《みす》えるが、震えを隠せない声でクロノスに語りかけた。

「ごめんなさい、クロノス……こんな事に巻き込んで。私、どうお詫《わ》びすれば……」

「なーに、どうってコトないさ。それに、もう決着は付いている——俺達の、圧勝だ」

「え？　そ、それは、どういう——」

リアラが尋《たず》ね終わるよりも先に、凶漢達が再び、しつこく牙《きば》を剝いてきた。勝利を確信しているらしく、汚《きたな》い笑みと共に声を上げようとしている、がしかし。

「ケケケっ……よーしお前ら、やっちま——」

「——やっちまえ、アテナッ!!」

「!?　あ、ああ!?　いきなりナニをっ」

相手の声を遮《さえぎ》る形で、クロノスが機先を制して叫ぶと、凶漢達に異変が起きた。

「——へあっ？」

素《す》っ頓狂《とんきよう》な声を上げた凶漢が見たのは、宙を舞《ま》う数人の仲間。クロノスの合図に呼応し、何者かが彼らに攻撃《こうげき》を加えたようだが、リアラにも何が起こったのか理解できない。

飛んでゆく有象無象《うぞうむぞう》を呆然《ぼうぜん》と見送る凶漢達も、上の空のような声を漏《も》らしていた。

「おい、あいつ、空飛んでるぞ……人って空、飛べるんだな」

「ああ⁉ ナニ寝惚《ねぼ》けたこと言って――ぶべっ」

「え。あ、お前も飛んで――ぱひゅっ」

言葉を放った先から、男達が次から次へと吹っ飛んでいく。そこでようやく、彼らも気付いたようだ。自分達の背後に、脅威《きょうい》が迫《せま》っていた事に。

そして、それは――並の男より、よほど長身な、たった一人の美女だった。

「…………」

声も発さず立ち尽《つ》くす美女は、前髪《まえがみ》が目にかかるほど長く、どこを見ているのか分からない。容赦《ようしゃ》なく凶漢を吹っ飛ばしていたのも相まって、冷徹無慈悲《れいてつむじひ》な人物に思える。

長身もさる事ながら、同性のリアラでさえ感嘆《かんたん》するほど、スタイルも抜群《ばつぐん》だ。しかし下品な凶漢達といえど、この圧倒《あっとう》的な脅威を前にしては、興奮より恐怖《きょうふ》が勝《まさ》るらしい。

「な、なんだこのデカ女、いつの間にィ⁉」

「つーか、どうなって……あんなちゃっちい武器で、人をぶっ飛ばしてんのかァ⁉」

彼らが慄《おのの》く通り、美女が手にするのは、ショートソードほどの長さしかない得物。それが振《ふ》るわれ、微《かす》かに振動《しんどう》するたび、大の男の体が、軽々と宙へ弾《はじ》き飛ばされるのだ。

そんな脅威に曝《さら》されて、恐慌《きょうこう》をきたした男達は青ざめた表情で叫ぶ。

「さっきの化け物ン時より、遠くにぶっ飛んで……ひ、ひいぃ⁉」

「こ、コイツのが、よっぽど化け物じゃねェか！　ば、化け物女だァ⁉」

いくら一方的に押されているとはいえ、女性に対して聞くに堪《た》えない罵声《ばせい》の数々。

むっ、とリアラが頬を膨らませる横で、なぜかクロノスはにっこりと笑い——額に青筋を浮《う》かばせながら、長身美女に指示を出した。

「よしアテナ、遠慮《えんりょ》なくやっちまえ。地平の彼方《かなた》までぶっ飛ばしても構わんぞー」

「ちょ、テメッ、ふざけっ——ウ、ウギャアアアア！」

「も、もうダメだっ……任務失敗だ！　逃《に》げるしかねェ——ってウアアァァァ」

抗議《こうぎ》してくる凶漢の声も、虚《むな》しいほどに一瞬《いっしゅん》で遠ざかる。

結局、あれほど自信満々だった凶漢達は、一人残らず尻尾《しっぽ》を巻いて逃げ去った。

大勢の気配が過ぎ去った路地裏に、本来の閑静《かんせい》さが舞い戻《もど》ってくる。瞬《また》く間の出来事に、リアラは何が何だか分からず、ぽかん、と小さく可愛《かわい》らしい口を開いていた。

「……あ、あれ？　私達、助かったの……です？」

呆気にとられるリアラに、一貫《いっかん》して余裕《よゆう》たっぷりの態度を崩《くず》さないクロノスが、頷《うなず》いてくる。

「うむ、その通り。彼女は絶世の美女にして、俺の頼《たよ》れる仲間なのだ」

「あっ、やはりそうなのですねっ。ええと……きゃっ」

今しがた大車輪の活躍《かつやく》を見せた長身美女が、無造作に歩み寄ってくる。先ほどの戦いぶりを見ていたリアラは、つい緊張《きんちょう》してしまうが、まずは丁寧《ていねい》にお辞儀《じぎ》した。

「あの、助けてくださって、ありがとうございますっ。本当に、危ない所でした。どう感謝を申し上げれば、良いの、か……あ、あのう？」

「……………」

「その、私、リアラと申します。あなたのお名前は？　……あ、あの、えーっと……」

クロノスと肩を並べられる背丈《せたけ》の美女に、無言で見下ろされ、リアラは萎縮《いしゅく》してしまう。長い前髪で目が隠《かく》れているため、表情が読めないのも、緊張の原因かもしれない。

リアラが暫《しばら》くあたふたとしていると、長身の美女が、ようやく口を開いてきて。

「……あ、あの、お怪我はない、ですか……？　えーと、リアラ……ちゃん」

「め、めちゃくちゃ声、可愛いですねー!?」

「わ、わたしは、アテナ……イヤでなければ、その……アテナと、呼んでね……？」

「しかもお強さに反して、何だかとっても大人しい方なのですね!?　あ、え、ええと、それでは……あ、アテナさん。よろしくお願いしまひゅね！」

正直、あまりにも予想外で、リアラは言葉を噛《か》んでしまうほど慌《あわ》てふためく。凶漢達を容赦なく蹴散《けち》らしていた時の冷徹無慈悲な印象は、今や完全に反転してしまった。

そんなリアラの反応に、クロノスは愉快《ゆかい》そうな笑《え》みを浮かべつつ語りかけてくる。

「ふはは、ビックリするほどカワイイ声だろ？　この通り天使の美声よ。だがな、顔も性格もカラダも、全部カワイイんだぞ。すごかろ」

「か、カラダって……でも、はい、ビックリしました。けれど、驚《おどろ》いちゃったのは失礼でしたよね。うう、ごめんなさい、アテナさん」

「なーに、アテナは心優《やさ》しいからな、気にしてないさ。それに――こんなカワイイ娘《こ》に、デカ女だ化け物だとほざきやがった、クソカス寸胴《ずんどう》クサレチビゴミムシ（人間科・ムシ属）共に比べれば、全然問題ないしな。あっ、比べちまうなんて失礼か、すまぬ」

「し、辛辣《しんらつ》すぎますよ⁉　新種の虫さん発見、みたいになってるじゃないですかー！」

ついリアラが勢い良くツッコむと、クロノスは「ふはは」と愉快そうに笑う。

しかしそこで、不意にアテナが、クロノスの袖《そで》を遠慮がちに引っ張った。もじもじと身動ぎし、頰を赤らめ、雲雀《ひばり》のような澄《す》んだ美声で、彼へと告げたのは。

「あ、あの、わたし……他の人に、なんと言われても、気になりません……わ、わたしは。……クロノス様にだけ、認めてもらえれば……充分《じゅうぶん》、ですから」

「――――」

耳元で囁《ささや》かれたクロノスが、カッ、と白目を剝き、失神しかけた気がする。

だがすぐさま我に返ったようで、冷《ひ》や汗《あせ》を拭《ぬぐ》う素振《そぶ》りをし、リアラに語りかけてきた。

「ふー、危ない危ない、思わず昇天《しょうてん》しかけたわ。な、カワイイだろ？　このカワイイ性格と声でこんなコト言われたら、堪《たま》らんわ。あーもう、この子の全てを認めてあげてぇ」

「た、確かに可愛いですけど、そんな簡単に天に召《め》されようとしないでくださいっ!?　も、もうっ、心配しちゃうじゃないですかっ」

「おいおい、リアラまでそんな可愛いコト言うなって。男ってのはリアラやアテナのような特別カワイイ子に、カワイイコト言われすぎると、カワイイの過剰摂取《かじょうせっしゅ》で死んでしまうのだからな。コレ、常識ダヨ？」

「そ、そうなのですか……私、世間知らずだから、知りませんでした……」

「信じちゃうのか。うーん、そういうトコもカワイイが、軽く心配になってくるな」

むーん、とクロノスが腕組《うでぐ》みするが、リアラは首を傾《かし》げる。

まあ分からない事を考えても、仕方がない。今はそれよりも、と仕方がない。今はそれよりも、とリアラは軽く咳払《せきばら》いして威儀《いぎ》を正し、改めて頭を下げる。

「あの、クロノス、アテナさん。この度は危ないところをお救い頂き、ありがとうございました。いくら感謝を述べても、足りません。……それにしても、この〝紋《もん》〟の《通信魔《ま》術《じゅつ》》といい、アテナさんの戦いぶりといい……あなた方は、一体何者なのですか？」

リアラが上目遣《うわめづか》いで問うと、クロノスはもったいぶったように笑みを浮かべ、逆に問い返してくる。

「何者、だと思う？　麗《うるわ》しの美少女の危機に颯爽《さっそう》と現れ、見事に救ってみせた、この俺達を。ふっふっふ、さあさあ、当ててみるのだー」

「！　えっ、えっ、何でしょう？　正義の味方……というのは、ベタすぎるでしょうか。魔法使いさん、ではないのですよね。じゃあ、じゃあ……《女神》様の遣わされた、平和の使者さんや、英雄さんとかっ。あっ、王子様、なんてアリかもしれませんねっ」

クロノスの突然《とつぜん》の謎《なぞ》かけに、リアラはリアラで子供のようにはしゃいでしまう。

さすがにリアラも、少し子供っぽすぎたかしら、と恥《は》ずかしくなるが、クロノスは否定せずに微笑《ほほえ》み、温かな眼差《まなざ》しで見つめてくる。

（ああ、クロノスの目は……何て、優しいのでしょう。さっきの男の人達の、あのケダモノのような目とは、まるで違《ちが》います。きっとクロノスは、ああいう……人を人と思わず奴《ど》隷《れい》なんて扱《あつか》う悪人さんを倒《たお》す、正義の味方さんなのです……絶対、そうですっ）

思わずリアラが目を輝《かがや》かせていると、クロノスは「ふっ」と頷き、隣《となり》にいるアテナにも笑いかける。アテナは良く分かっていないようで、「？」と首を傾げていたが。

「うんうん、なかなか良いトコを突《つ》いているぞ、リアラ。よーし、では答え合わせの時間だ。さあさ、そのカワイイお耳をそばだてて、よ～く聞け！」

「は、はいっ。わあ、ドキドキしますねっ……あ、あなた達は、一体――！」

リアラは両手を合わせ、クロノスの口上を、今か今かと待ち侘《わ》びる。その期待に応えるように、クロノスは凜々《りり》しい笑みと共に、グッ、と親指で己《おのれ》を指し――！


「俺達――旅の《奴隷商》でーす！　イエーイ！」

「――――」


一瞬、リアラは頭の中が、真っ白になるのを感じた。愕然《がくぜん》、という言葉が切ないほどしっくり来るが、そこでアテナがワンテンポ遅《おく》れて、クロノスに同調する。

「あっ。……い、いえーい、です」

「いえ遅《おそ》くありませんか!?　っと……そ、それよりっ」

目に光が戻ったリアラは、すぐに頭《かぶり》を振り、ぎこちない笑みを浮かべて言った。

「も、もうっ、クロノスってば、冗談《じょうだん》ばっかりっ。私をあんな風に、ずっと身を挺《てい》してまで助けてくれた、あなたが……ど、《奴隷商》……な訳、ないじゃないですかっ」

「いや、マジでマジで。そんな変な冗談、言わないって。マジで俺、《奴隷商》」

「……い、いえ、でもっ。先ほど奴隷さんを見た時、『最悪だな』とか、言っていたじゃないですかっ。クロノスが《奴隷商》なら、そんな事は言わないはずですっ！」

他でもないクロノス自身の主張だが、それでもリアラは信じられない。何しろ《奴隷商》と名乗った今でさえ、リアラは変わらず、彼からは温かな人情味を覚えるのだから。

けれど、そんなリアラの認識とは裏腹に、クロノスは軽快に言葉を放ってくる。

「いやいや。俺は『女の子を追い回すようなクズ共が、奴隷なんて手に入れたトコで、人を不幸にするだけだ』と言っただろ？　俺は、女の子を不幸になんて、絶対にしない。だから俺は《奴隷商》となり、奴隷を所有しても良いというワケだ。わははー」

「……な、ななっ、なあっ……」

クロノスのとんでもない主張に、リアラもようやく納得――という訳には当然いかず、ぷんすかと怒《おこ》りながら、アテナに同意を求める事にした。

「そ、そんな不思議な理屈《りくつ》、許される訳がありませんーっ！　アテナさんっ、アテナさんも、そう思いますよねっ!?　同じ女性の立場として、ご意見をどうぞっ！」

「あ……わたしも、クロノス様の、奴隷なの……ご、ごめんね、リアラちゃん……」

「どどういう事ですかあっ!?　ダメですよ、そんなの認めちゃっ。断固として闘《たたか》うのです！　奴隷、はんたーい！　さあ、ご一緒《いっしょ》に……クロノスっ、めっ！　ですよ！」

「え、ええ……？　あの、わたしはむしろ、望んで……というか、リアラちゃんも……」

「へ？　私も、って……私がどうかしましたか？　⁇」

アテナの言葉の意図が掴《つか》めず、リアラは疑問に首を傾げる。

しかしその時、リアラの背後から、忍《しの》び寄っていた脅威《きょうい》が一つ。

「なに、してる？　クロに、逆らうなら――さす」

「へ？　……ひゃあっ⁉」

聞こえてきたのは少女の高い声。いつの間にか背中を取られ、リアラの首筋には鋭《するど》いナイフが突きつけられていた。辛《かろ》うじて視線を動かし、

「オマエ、何者？　さっき胸、隠れて見たけど、〝紋〟あった。なのに、なぜ、クロに反《はん》抗《こう》してた？　疑問、答えて」

「えっ、〝紋〟って……こ、この胸の〝紋〟が、何だと言うのです？」

身を竦《すく》めながらもリアラが尋《たず》ね返すと、そこで先ほど《奴隷商》を名乗ったクロノスが、助け船を出してくれる。

「こらこら、ダメだぞ、ノノ。俺は全く気にしてないから、離《はな》してあげなさい」

「！　うん、わかった。クロが、言うなら」

ズいっ

　クロノスが言うと、ノノと呼ばれた少女は、あっさりと手を引く。

　自由を取り戻したリアラは、慌てて振《ふ》り返ると同時に、呆気《あっけ》に取られた。

「も、もうっ！　いきなり何を──えっ。……こ、子供？」

　つい先ほど、リアラに凶器《きょうき》を突き付けていた少女は──小柄《こがら》で、明らかに幼く見える。

　けれど少女、ノノは、リアラの言葉に明らかな不快感を示してきた。

「失礼。ノノ、もう十五。オマエとそんな、変わらない、はず。ふんっ」

　リアラの一つ下で、失礼を言ったのは悪かったが、ノノの態度は必要以上に冷たい。

　ただ言われてみれば、ツン、とそっぽを向く横顔には、涼《すず》やかに洗練された美しさが確かに垣間見《かいまみ》える。露出度《ろしゅつど》の高い衣装《いしょう》を身に纏《まと》っているためか、褐色《かっしょく》の肌《はだ》は健康さ以上に、どことなく妖艶《ようえん》さを醸《かも》していた。

　そんなノノの右足の太股《ふともも》には、リアラのものとは少し形が違うが、〝紋〟がある。そういえば先ほど、ノノはこの〝紋〟について何か言っていたが、一体何だというのか。

　疑問だらけで混乱しているリアラに、クロノスは軽い調子で語りかけてくる。

「おいおい、あまり喧嘩《けんか》するなよ？　そんなんじゃ、これから先、大変だからなあ」

「く、クロノス？　えっ、えっ……これから先、とは？」

　リアラが質問すると、クロノスはなぜか、満面の笑みを浮《う》かべる。

直後、再び親指を天に向けて突き上げながら、決定的な言葉を告げてきた。

「何せリアラも、今日から――俺のカワイイ奴隷ちゃんなんだからな！」

「………ふえ？」

顔中に「？」が浮かんでいる気がするリアラ、寝耳《ねみみ》に水といった心境だ。

しかしクロノスは、「ちゃんと説明してやらねばな」と呟《つぶや》き、今度はアテナの顔に手を伸《の》ばして、彼女の長い前髪《まえがみ》を優しくかき上げながら語る。

「ほれ、見てみ。アテナの目の下、ちょっと見覚えのあるモノがないか？」

「あっ……く、クロノス様。恥ずかしい、です……あう」

前髪で隠《かく》すのがもったいないほど円《つぶ》らで美しい、アテナの目の下を、クロノスが指し示す。するとリアラが、はっ、と驚《おどろ》き、片手で自身の胸元《むなもと》をなぞりながら呟いた。

「アテナさんの目元も……〝紋〟が？　形は少し違いますが……私の胸元の〝紋〟に、似ている？　ノノさんの、太股のものとも？」

アテナの目元、遠目には少し大きめの泣きボクロに見える位置に、ハート型の〝紋〟が、間違《まちが》いなく存在していた。

胸元の〝紋〟をなぞりながら、リアラが戸惑《とまど》っていると。

クロノスは、これ以上ないほどにハッキリと、とんでもない答えを口にした。

「まあ要するに、その〝紋〟こそが、俺の奴隷である、という最たる証《あかし》よ」

「えっ。……えっ。この〝紋〟が、クロノスの奴隷の、証？」

「うむ。〝紋〟は、俺が口付けた場所にのみ付けられる、主従の証だ。つまりその〝紋〟の付いたカワイイ女の子は、すべからく、俺様のモンなのだー。ふはははは！」

「…………………」

「ん、どうした？　心ここにあらず、って感じだな。呆《ほう》けた顔もカワイイけども」

呼びかけてくるクロノスに、遠い目をしているリアラは、なかなか返事ができない。

暫《しばら》くしてようやく、リアラはふるふると肩《かた》を震《ふる》わせ、彼に尋ねた。

「こ、この〝紋〟は、《通信魔術》を使うためのもの……だけでは、ないと？」

「ああ、《通信魔術》は、ついでみたいなモンよ。俺のカワイイ奴隷ちゃんに何かあったらと思うと、心配だろ？　だからいつでも連絡《れんらく》が取れるように、ってな」

「……まさか最初から、これが目的で私の……お、お胸に、飛び込んできたのですか？」

「いやいや、アレは本当に偶然《ぐうぜん》、体勢を崩《くず》しちまった結果だ。ただ、リアラの胸がホント最高すぎて、つい夢中になって気付かなかった。そこはアレだ。スマンね」

悪気はなさそうだが軽い調子の詫《わ》び言《ごと》に、リアラは何とも言えず俯《うつむ》いてしまう。

けれど励《はげ》まそうとしてくれているのか、クロノスはニカッと明るく笑いかけてきた。

「まあ、安心してくれ。俺の奴隷《どれい》になった以上、リアラ、お前のコトは全力で幸せにしてみせよう。そう——俺様のカワイイ奴隷ちゃんとしてなっ！」

「っ。う、う。……うぅ〜〜〜〜っ！」

「おいおい、そんなに感動するなって。照れるじゃあないか、フッ」

リアラは俯いたまま、肩だけでなく、体全体を強く震わせる。

だがそれは、感動などではないのだと、リアラは小さな口を精一杯《せいいっぱい》に開いた。

「ふざけないでくださいっ！　一方的すぎますっ。私はそんなの、認めていません！」

「ん？　認めていない、というコトは、認めさせたら奴隷にしてもイイのか？」

「こ、言葉尻《ことばじり》を都合よく取り上げないでくださいっ⁉　う、うう〜っ……もういいです！

私、帰りますっ、実家に帰らせていただきますからっ！　ふえ〜んっ！」

我《われ》ながら変な捨て台詞《ぜりふ》を残し、リアラは涙《なみだ》ながらに駆《か》け去ろうとする。

だが、生温かい目で見送ってきていたクロノスが、少し時間を置いてから、《通信魔術《まじゅつ》》によって声を送ってきた。

『くく、まだ理解していないようだな。この〝紋《もん》〟がある限り、リアラがどこにいようと、俺様の声をいつでも送るコトができる。何なら昼夜を問わず、毎日毎日エロい小話を小気味よいトーンでお送りするコトも可能だ。乳から卑猥《ひわい》なトークを垂れ流す女になる覚《かく》悟《ご》があるなら、どこへなりとも逃《に》げるがいいわー』

「く、クロノスの外道《げどう》ー！　けだものさんめーっ！」

駆け去った時以上の勢いと速度で、リアラが慌《あわ》ただしく舞《ま》い戻《もど》った。クロノスの物言いは相変わらず軽々しいが、それだけに今言った事を本気で実現しそうな気もする。さすがに、胸から卑猥なトークを発信する《お姫様《ひめさま》》になる訳にはいかない。

そもそもリアラは、何者かから命を狙《ねら》われ、今も追っ手を差し向けられているのだ。敵の正体が分からない内に城へ戻るのは、明らかに危険すぎる。

結局、クロノスの下を離れられない事を理解し、頭を抱《かか》えて煩悶《はんもん》するしかない。

「ああ、なんて、なんて事にぃ～……私が奴隷になってしまうなんて、この国は一体、これからどうなって……あ、あうぅ～……」

この国の《お姫様》として、リアラの苦悩《くのう》は、ひたすら根深い。

おろおろと心配そうに見つめてくる、優しい長身美女のアテナはともかくとして。

まだ警戒《けいかい》しているのか、ナイフを弄《いじ》りながら冷ややかな視線を送ってくる、ノノ。

そして、正義の使者でも、王子様でもなく――《奴隷商》だという、クロノス。

そんなとんでもない一団の〝奴隷〟と告げられたリアラは。

「もう、もうもうっ……私、どうなってしまうのですかあ～っ！　ふえ～～んっ！」

困惑《こんわく》の叫《さけ》び声を、夜空へと吸い込ませる事しかできないのだった。

■■■

あれから少し時間が経《た》ち、ノノは〝これから滞在《たいざい》する宿〟の手配のため、立ち去っていた。どうやら他にも仲間がいるらしく、そちらを手伝うとの事だ。

クロノスとアテナは、当然のようにこの場に残り、談笑《だんしょう》している。

リアラも多少は落ち着いてきた頃《ころ》、クロノスが腕組《うでぐ》みしながら語りかけてきた。

「おうリアラ、どうだ？　少しは落ち着いて、俺の奴隷になる覚悟は固まったか？」

「いえどれだけ落ち着こうと、そんな覚悟は固まりませんからねっ!?　もーっ！」

再び興奮を煽《あお》られてしまうリアラに、けれどクロノスは笑いながら言ってきた。

「まあまあ、そう言うなって。それにだ、今の状況《じょうきょう》なら奴隷でも何でも、俺のトコにいるのが一番安全だぞ。これは、リアラのためでもあるんだからな」

「っ？　今の状況、って……クロノスに、何が分かるというのですっ。助けて頂いたのには感謝します。ですが我が身を思うなら、これ以上、私に関わらないでくださいっ！」

これはあえてだが、リアラは己《おのれ》の事情に、これ以上彼らを巻き込まないよう、突《つ》き放した物言いをしてみせる。

クロノスが《奴隷商》だとしても、彼がリアラを救ってくれたのは、紛《まぎ》れもない事実だ。その恩義を忘れはしないし、職業はともかくとして、彼を憎《にく》くは思い切れない。

けれどクロノスは一歩も退《ひ》かず、むしろ大股《おおまた》で、リアラの事情に踏《ふ》み込んできた。

「命を狙われているのに〝城に帰る〟のは、危なっかしいだろ――《お姫様》？」

「――えっ⁉　な、なぜそれをっ……はっ⁉　あ、いえ、そのう」

失言一発、《お姫様》であると、ほとんど認めてしまったリアラ。

一体なぜ分かったのかと焦燥《しょうそう》に駆られるが、国のトップたる《お姫様》のリアラが奴隷になったなど、認める訳にはいかない。

何せ相手は《奴隷商》、何をされるか分かったものではないのだ。

あまりにも今さらだが、この国の危機を前に、リアラは名演を披露《ひろう》する。

「な、な……何の事でしょうかー？　私を《お姫様》だなんて。く、クロノスお得意の、お世辞ですねー？　もー、そんな冗談《じょうだん》ばっかり、ダメですよー？　うふふー」

「俺はカワイイ女の子に対して、いちいちお世辞なんて言わんぞ。意味ないしな。それにリアラは《お姫様》だと、俺は確信している。その華美《かび》なドレスに付属している装身具には、ここ《神国アリエス》の王家を象徴《しょうちょう》する印が、ご丁寧《ていねい》にも刻まれているしな」

「……こ、これは……ぬ、盗《ぬす》んだの、ですよ？　私、その……泥棒《どろぼう》さん、なので？」

「リアラがそんなコトできる子じゃないのは、わかってるっつうの。まあとにかく、この国の王族で、しかもリアラという名前とくれば――リアラ＝アインスバッハ＝フェルノート＝アリエス。即《すなわ》ち《神国アリエス》の第一王女にして《お姫様》だけ、だよな」

「あ、あう。いえ、あの、それは、ですね？」

しどろもどろになるリアラに、けれどクロノスは、じっ、と目を合わせてきた。

彼の目は、どうしてだろう、《奴隷商》という肩書《かたが》きからは想像がつかないほど、心底からリアラを案じているように見える。かけてくる言葉さえ、優《やさ》しく耳に響《ひび》いた。

「だが、状況はどうも芳《かんば》しくないのだろう。さっきみたいに《お姫様》のリアラが命を狙われるのも、普通《ふつう》はあり得ん話だ。しかしカス虫共は不用意にも、仕事だとかほざいていた。つまりどこかに、指示した黒幕がいる。その正体も摑《つか》めんまま、何の対策もなく城に戻るなど、自殺行為《こうい》だ。な？　俺と一緒《いっしょ》にいたほうが良《い》い、と思えてきたろ？」

「ううっ。そ、それはそう、ですけどぉ～……う、う～」

クロノスは破天荒《はてんこう》な人間ではあるが、その言には確かな道理が窺《うかが》える。だからこそ、リアラも心の底から納得した訳ではないにせよ、これ以上の反論ができない。

悩《なや》めるリアラに、対するクロノスは、隠し事などしないとでも言うように呟いた。

「しかしまあ、まさか《お姫様》であるリアラが奴隷になるとは、俺もビックリだ。何というか、運命を感じるな。うん、うん」

「う、運命？　うう～……そ、そんなロマンチックな言い方されたからって、絆《ほだ》されると思わないでくださいっ。……ど、奴隷じゃなくても、いいじゃないですかぁ……」

ついリアラ自身、恥《は》じ入るような事を口走ってしまう。奴隷でなければ、どういう存在を望むのか。けれど幸い、クロノスは気にしなかったらしく、話を続けてくる。

ただ、その話というのが、またとんでもないものだったのだが。

「いやいや、だってなあ？　俺がこの《神国アリエス》に来たのは、この国の秘宝である、《神剣《しんけん》アリエス》を手に入れるためなんだからな。その正当な所有権を持つ、《お姫様》のリアラが自ら奴隷になってくれるなんて、運命と言うしかないだろ？」

「いえ自らなってませ――は、はいー!?　《神剣アリエス》を、って……えええっ!?」

《神剣アリエス》。それこそが、この国が所有する《女神の聖具》。もちろん《お姫様》だからといって常に所持している訳ではなく、今は由緒《ゆいしょ》正しき大神殿《だいしんでん》に封印《ふういん》されている。

しかし《女神の聖具》といえば、国の象徴として崇《あが》められる、欠かす事のできない神聖なる宝だ。それを得ようというクロノスに、リアラが憤慨《ふんがい》するのは至極《しごく》当然。

「いくら私を助けてくださった、クロノスとはいえ……《奴隷商》さんに、女神様の神聖なる《聖具》を渡《わた》す訳にはいきませんっ！」

確固たる決意を表すリアラ、だがクロノスは、無礼にも失笑を漏《も》らしてきた。

「神聖なる、《聖具》？　アレが神聖？　くくっ、何も知らないんだな、リアラは」

「⁉　な、何を笑って……女神様の《聖具》を侮辱《ぶじょく》するなら、許しませんよ！」

「ふっ、笑いたくもなるさ。《女神》の遺物を疑いもせず、神聖と崇《あが》め奉《たてまつ》る、その無知さが——逆に可愛《かわい》らしすぎて、笑《え》みが抑《おさ》えきれんからな！　このっ、カワイイお姫様め！」

「か、カワイイだなんて、そんな事……じゃなくてですね⁉　クロノスは私を貶《おとし》めたいんですか、からかいたいんですかっ⁉　もうっ、もうもうーっ！」

「いやどちらでもなく、可愛がりたいのだ——むっ！　リアラ、こっちへ来いッ！」

「へっ……きゃ、きゃうっ⁉　くくクロノスっ、急に何をっ……ふ、ふええっ⁉」

突然《とつぜん》、クロノスに抱《だ》き寄せられ、リアラは彼の腕《うで》の中で困惑する。異性とこんなにも密着する事など初めての経験で、思わず顔が熱く茹《ゆ》だった。

けれど今は、それどころではなかった事を、クロノスが教えてくれる。

「見ろ、リアラ。さっきの化け物が、意識を取り戻したようだ。危ないトコだったな」

「ふえ、ふえ……ふえ？　……きゃっ、ほ、本当ですっ。どうしましょうっ⁉」

「ウ、ウグルル、ウゥ……？」

クロノスの言う通り、倒《たお》れ込んでいた化け物から、呻《うめ》き声が聞こえてきた。

慌ててクロノスにしがみつき、更《さら》に密着してしまうリアラ。化け物は先ほど打たれた頭を押さえ、まだ朦朧《もうろう》として起き上がれないらしく、クロノスは落ち着いて口を開く。

「ま、気絶させただけだし、当然なんだが。すっかり忘れてたけどな」

「な、なるほどです。……けど、あの、ものすご～くゆっくりというか、まだ全然、起き上がれそうにないのですけれど……わ、私を抱き寄せる必要、ありました？」

「いや、何か理由にかこつけて、抱きたかっただけだ。他意はないぞっ」

「他意！　それが正に他意っ！　クロノスってば、それどころじゃないでしょうー⁉」

リアラが言った通り、化け物はまだ起き上がっていないとはいえ、時間の問題だ。呑気《のんき》にしている場合ではないのだが、クロノスは余裕《よゆう》たっぷりに口を開いてくる。

「さて、ここで一つ、リアラに付けた〝紋〟についての説明をしよう。《通信魔術》が使えるというのは実践《じっせん》した通りだが、無論、それだけではなくてだな」

「く、クロノス？　あの、そんなのんびりしている場合では……」

「まあまあ、今後のためにも、聞いておけって。リアラにも関係するんだからな。さて、ここでカワイイ助手奴隷ちゃんの出番だ。おーい、アテナ、こっちこーい」

クロノスに手招きされ、前髪《まえがみ》で表情が隠《かく》れ気味なアテナが、それでも明らかに分かるほど嬉《うれ》しそうに駆け寄ってくる。

アテナに尻尾《しっぽ》があれば思い切り振《ふ》っていそうだが、兎《と》にも角《かく》にもクロノスは、彼女の前髪を優しくかき上げながら《通信魔術》を使った。

『さて、アテナの可愛らし～い右目の下にある〝紋〟が見えるな？　この小ささが、最も初期の段階にあたる。普段《ふだん》はこの状態が常で、使えるのは《通信魔術》だけだ』

「あ、あう……く、クロノス様、目元がくすぐったいで……きゃんっ」

『実は、ふーっ。さっきアテナが加勢に来る前も、ふーふーっ。こうしてアテナを呼んでいたのだ。ふーふーふーっ、ふっふぅーん』

リアラも体験した事だが、声が送られてくる時、やけにくすぐったかった。

どうやらアテナも『ふーふー』と息も送られているらしく、そんな彼女の反応は。

「やあ、んっ……だ、ダメ、です……クロノス様、あ、あぁ……」

「やめてあげてくださいよ！　何だかアテナさんが、見ていられない感じになっちゃっているじゃないですかー！」

リアラは身悶《みもだ》えるアテナを庇《かば》おうとするが、クロノスはスルーして説明を続けてくる。

「さて、ここからが本題なワケだが。なあアテナ、さっきカス虫共をぶっ飛ばした時に使った例の〝アレ〟。どうなった？」

「ぁ……は、はい。さっきの戦いで、もう限界に……壊《こわ》れちゃいました……」

「ま、そーだよな。じゃあ新品を使って、可愛がってやるか。むふふふふ」

クロノスが言うと、アテナの頬《ほお》が、かっ、と紅潮する。リアラが良く分からず首を傾《かし》げる中、クロノスが取り出したのは、長さは短剣《たんけん》ほどの太めの棒。

その棒を、クロノスは――アテナの背筋へと、ぬらりと這《は》わせ始めた。

「ひゃあ、んっ！　あ、ああ、う……く、クロノス様、あの、ぉ……やっ、あっ」

「ぬふふ、相変わらずイイ声だな、アテナ。背中が弱いのも、相変わらずか。おっと、首筋のほうが好きだったか？　よーし、それじゃもっと、カワイイ声を聞かせてくれ」

「やっ、ち、違《ちが》いま……わたし、は……あっ！　ふうっ、んっ……そ、そこじゃ……」

「……？　く、クロノス？　あの、こんな時に……な、何をしているのです？」

突然、クロノスが謎《なぞ》の棒を使ってアテナの体を撫《な》で始めたが、リアラには訳が分からない。ただ戸惑《とまど》っていると、クロノスは軽く笑いかけてきた。

「リアラはこういう知識、まだ疎《うと》いようだな。まあ今回は、じっくりと見物しておくといい。安心してくれ――今後しっかりと、教えてやるからな！！」

「ふえ？　あ、はい……お願い、します？」

「言質《げんち》取ったぞ。取ったからな。では心置きなく、アテナを可愛がろうか。ふはは⁇」

何となく、本当に何となくだが、リアラは訳が分からないまま、とんでもない返事をしてしまった気がする。

しかし今のリアラに言及《げんきゅう》する余裕はなく、目の前の光景で頭が一杯《いっぱい》だ。クロノスが棒の先で、アテナの背筋を伝って首筋へなぞっていくと、アテナの嬌声《きょうせい》が更に強まる。

「ひにゃんっ⁉　あっ……わ、わたし、なんて声……うぅ、クロノス様……り、リアラちゃんが、見て……は、恥ずかしぃ……ふ、あっ、んっ♡」

リアラと目が合うと、アテナはきまりが悪そうに視線を逸《そ》らす。けれどクロノスが野太い棒を這わせると、再び嬌声を上げ始め、すぐさまそちらに夢中になってしまう。

更に顎下《あごした》を撫でられたアテナは、ぶるりと身震《みぶる》いしたが、クロノスは首を傾げていた。

「ふーむ、どうも物足りなそうだな、アテナ？　んん～、どうしてだろうなぁ～？」

「うっ。……う、うう、わかっている、くせに……クロノス様は、いじわる……です」

「ふはは、そうだとも。だが、優しくもあるぞ。ほら、ホントはココがイイんだろ？」

「あっ。……あ、あぁ……やぁ、んっ……♡」

棒の先端《せんたん》がアテナの頬を撫でると、彼女の表情は恍惚《こうこつ》に彩《いろど》られた。そんなアテナの前髪を、クロノスは空いている方の手で再びかき上げ、改めてリアラに〝紋《もん》〟を見せてくる。

「んっ！　く、クロノス様の、手……きもちぃ……♡」

「えっ……あっ？　〝紋〟の形、変わって……というか、大きくなって⁉」

泣きボクロと見紛《みまが》うほどだったアテナの〝紋〟は、いつの間にか右眼の周りを囲むほどに広がり、先ほどより華美になっていた。

リアラが自身の胸元《むなもと》の〝紋〟と見比べ、驚《おどろ》いている最中、ついに化け物が起き上がる。

「グ、グッ……グオオオオッ……！」

「きゃあっ⁉　た、大変ですっ！　クロノス、敵さんが起き上がってきてっ……というか、こんな状況《じょうきょう》で、なぜそんな事をしているのですっ⁉」

「まあまあ、そう慌《あわ》てるなって。これは、いやこれこそが、必要なコトなんだよ」

慌てふためくリアラとは対照的に、クロノスは冷静そのもの。今の今までアテナを撫で回していた野太い棒を、そのままアテナに手渡《てわた》して告げる。

「さあアテナ、受け取れ。コイツで一発、ぶちかましてこいっ！」

「あぅん……あっ。は、はいっ……任せてください、クロノス様っ……」

アテナが小さな声で、けれど確かな気合を表明すると、大きく華美になった〝紋〟が輝《かがや》きを放ち――彼女の手の内にある野太い棒が、呼応するように強い光を纏《まと》う。

その光を見た瞬間《しゅんかん》、リアラは驚きに目を見開き、自然と言葉を漏らしていた。

「!? この力、《女神の聖具》と、同じ？ ――聖なる力!?」

それからの勝負は、まさに一瞬。尋常《じんじょう》ならざる巨軀《きょく》を持つ化け物に、アテナが短剣ほどの長さの得物を、無造作に向けると。

「これが、わたしと……クロノス様の、力よ」

きりっ、と引き締《し》まったアテナの表情……だったのだが、直後に乙女《おとめ》らしく頰を赤らめ、いたいけな声色で言葉を紡《つむ》いだ。

「……あ、愛の。……えいっ」

ぶちかます、にしては気が抜《ぬ》けそうな掛《か》け声《ごえ》だが、発揮された力は絶大。

アテナの手にする野太い棒の、先っちょから――一筋の白い光線が放たれ、化け物の巨体を一瞬で貫《つらぬ》いた。

「ウッ……ギエァッ!? ギャ、ギャアァァァッ……」

貫かれた化け物の腹部に、ぽっかりと開いた穴から、徐々《じょじょ》に崩壊《ほうかい》が始まって行く。

見ようによっては残酷《ざんこく》な光景に、リアラは両手で口元を覆《おお》う……が、しかし。

「！　そ、そんな、死んでしま……って、ない？　です、ね……えっ!?」

ぼろぼろと、レンガが風化するように崩《くず》れていく巨体。

見る間に縮んでいく体は、けれど風に吹《ふ》かれて消えるでもなく、そのまま。

「ギャ、ギャオ、オ……お、う？」

何と、元の貧相な姿に戻《もど》ってしまった。さすがに無傷とまではいかないが、少なくとも、命に別状は見当たらない。

「あ、あんだァ？　ここは、一体……う、うぅ」

どうも頭は朦朧としているらしい。彼がどうして彼らの奴隷《どれい》となったのか、リアラとしては経緯《けいい》を尋《たず》ねたいところだが、さすがに可哀想《かわいそう》だろうか。

などと考えている間に、クロノスは全く遠慮《えんりょ》なしに尋ねていく。

「おい下郎《げろう》、聞くだけ無駄《むだ》だろーが、貴様は誰《だれ》に買われた？　最後の記憶《きおく》は？」

「は、はァ……？　買われたって、何のことッスかァ？　最後の、って……ああそういや、博打《ばくち》で大負けして、スッカラカンになっちまったような……へヘッ」

「オラ今すぐ消え失《う》せろやカスがーっ！　二度とその汚《きたな》いツラ見せんじゃねーぞぉ！」

「ォぎゃあー!?　なな、なんでェ!?　ひいいい!?」

情状酌《しやくりよう》量の余地もない男は、クロノスに臀部《でんぶ》を蹴《け》り上げられ、さっさと追い払《はら》われる。

むしろ奴隷の立場から解放されているだろうし、優《やさ》しいくらいかもしれないが。

リアラも複雑な心境ではあるが、クロノスの行動を咎《とが》めまではしない。

「う、うーん……蹴っちゃうのは可哀想ですけれど、自業自得《じごう》でしょうか。そもそも、この国では賭博《とばく》も違法《いほう》ですし」

それにクロノスは、事情も聞かず無慈悲《むじひ》に追い払おうとした訳ではなかった。尋ねていた時は渋々《しぶしぶ》といった様子だったし、リアラに配慮《はいりよ》してくれたのかもしれない。

それに今は、リアラにとって最も重要な、本題を訊《たず》ねる事が先決なのだ。

「それより、クロノスっ。今、アテナさんが使っていた武器は、一体何なのですか？　まるで、《神剣《しんけん》アリエス》のような……《女神の聖具》に似た、聖なる力を感じました。あの力で、先ほどの方を、元の姿に戻したのですよね？」

「おお、さすがだな。やはり《お姫様《ひめさま》》だけあって、《女神》の力を感知できるんだな。うむ、じゃあ順番に説明していこうか」

「は、はいっ。お願いします、クロノスっ」

リアラがお行儀《ぎょうぎ》よく姿勢を正すと、クロノスはにこやかに笑い、説明を始めてきた。

「まず、アテナが加勢に来た時に使っていた武器な。いくらアテナがスタイル抜群《ばつぐん》の美少女でも、それだけであそこまで大暴れはできん。あの時、アテナが使っていたのも、俺の授《さず》けたモノで、特に傑作《けっさく》である、《神剣アリエス》のレプリカだったのだ」

「《神剣アリエス》、って……め、《女神の聖具》のレプリカを⁉ うう、完全に罰当《ばちあ》たりですが……命を救われている以上、私には、文句なんて言えません……」

「うんうん、そーいう義理に篤《あつ》い解釈《かいしゃく》、好きだぞー。まあそれはともかく、リアラが見てもピンとこなかった通り、本物とは似ても似つかん。本物の絶大な力には遠く及《およ》ばないし、数回ほど使っただけで、簡単に壊れちまうんだからな」

「な、なるほど。ええと、では、つい先ほど、アテナさんが使っていた武器は？」

重ねてリアラが尋ねると、そこまで黙《もく》していたアテナが、かあっ、と頬を赤らめる。

その反応をリアラは不思議に思ったが、クロノスは、はっきりと明快に告げてきた。

「アテナが、しっとり潤《うる》んだスベスベのお手々で握《にぎ》っていたのは――ディルドです」

クロノスの放った単語は、けれどリアラにとっては、全く馴染《なじ》みがなかった。少しばか

ドキ
ドキ
ドキ

り申し訳なく思いつつ、重ねて尋ねる事にする。

「でぃるど？　……あの、ごめんなさい、全く聞いた事もないのですが……でぃるど、とは、一体なんでしょうか？」

くりっ、とリアラが小首を傾げると、クロノスは頷《うなず》きながら、懇切丁寧《こんせつていねい》に説明してくれる。ただ、その内容はといえば、ちょっぴり度が過ぎていて。

「別名を張形とも言ってな、簡単に言えば、男の象徴《しょうちょう》だよ。股間《こかん》にそびえたつ、男の象徴。分からんか？　本とかで勉強したコトは？」

「男の象徴？　股間に、って……へ？　…………」

仁王立《におうだ》ちするクロノスの言葉に誘《さそ》われ、ついリアラは、彼の股間を注視してしまう。

少し遅《おく》れて言葉の意味を理解すると、かーっ、とリアラの顔は茹《ゆ》だってしまい。

「ななっ、なあーっ⁉　は、破廉恥《はれんち》ですっ！　なんてものに注目させるのですかー⁉」

「おっ、分かるんだな。股間が男の弱点とかは知らない割に、多少の知識はあるのか」

「よ、用途《ようと》は本で学びはしましたが、用法・用量などは存じない、と言いますか……」

「お薬か。いやまあ、人によってはお薬になるかもだけど」

「え、お薬って、どういう意味ですか？　……って違いますそんなの聞きたくありませーんっ！　そうでなく、ぉ、ぉ……おディルド？　が、なぜ《聖具》と同じ聖なる力を⁉」

リアラが焦燥《しょうそう》しながら尋ねるも、対するクロノスには、微塵《みじん》の動揺《どうよう》も窺《うかが》えない。むしろ楽しむように、意気揚々《ようよう》と説明してくる。

「いいかリアラ、確かに各国に散らばる《女神の聖具》は、神聖なる聖遺物として世に知られている。実際に聖なる力や、常識外れの異能を発揮するしな。だからこそ、リアラが《女神の聖具》を神聖なものと思うコト自体は、これっぽっちも、おかしくはない」

「そ、そうですよねっ。そうですよ……じゃあやっぱり、《女神の聖具》は神聖なものなのですよねっ、クロノスっ？」

「ははは。はしゃぐ姿もカワイイが、まあ最後まで聞いてくれ。人々にどう認知されていようと、肝心《かんじん》の女神サマの意図が違《ちが》うのだ。いいか、《女神の聖具》はな？」

「う。……《女神の聖具》、は？」

ごくり、リアラが喉《のど》を鳴らすと、にこり、クロノスは笑《え》みを見せてくる。

そして、リアラの両肩《りょうかた》に両手を置いてきた彼が明かした、真実とは。

「《聖具》なんかじゃない——アレは〝性具〟、即《すなわ》ち女神サマのエログッズだ」

「————」

「知らないのも無理ないが、実は女神サマ、清純なものの性的なコトに興味津々《しんしん》でな。まあ要するに、ムッツリスケベだったのだ。わははー」

呑気《のんき》に笑うクロノスだが、リアラはこの短時間で何度目か、絶句してしまう。ふらり、眩暈《めまい》を起こして倒《たお》れそうになるが、そこは何とか足を踏《ふ》みしめて堪《こら》えた。

しかしクロノスは、ふらつくリアラに対して、容赦《ようしゃ》なく衝撃《しょうげき》の説明を続けてくる。

「で、そんな女神サマのエログッズから派生したのが、俺がアテナに使わせていたようなアイテム、というワケだ。今回なら、ディルドだったたって話だな」

「……い、いえっ！　やっぱり腑《ふ》に落ちませんっ。《女神》様のそんな話、今の今まで誰も知らないはずなのに、なぜクロノスが知っているのですかっ。それに《神剣アリエス》は、どう見ても神聖なもので……そんな卑猥《ひわい》な、せ、〝性具〟には見えませんしっ！」

リアラの指摘《してき》は、誰もが知る常識と言い切れるものだ。けれどここまで常識を覆《くつがえ》し続けてきたクロノスは、顔色一つ変えず、事も無げに述べてくる。

「俺がなぜ知っているのか。そこはまあ、企業《きぎょう》秘密ってコトで、教えられんなあ。だが《女神の聖具》がエログッズに見えないのは、仕方ない。ほら、《女神》サマって世界を救ってから姿を消すまで、ずっと純潔の身だったたって話は、歴史にも伝わってるだろ？」

「そ、そうです、そうですよっ。それは《女神》様が、清らかなお方だったからっ」

「じゃなく、妄想力過剰《もうそうりよくかじよう》なお処女サマが、神ならではの力で創造してみた結果──『なんか創ろうとしてたのと、全然違う』『妙《みよう》に強力な武器になっちゃった』。女神サマがウブすぎる上に、性知識ゼロだったんで、そんな変なモンになっちゃった。それが事実よ」

「……そ、そんなはず……そんな、はずは……」

否定しようとするリアラだが、《女神の聖具》の聖なる力が、よりによってディルドから感じたのと類似していた事もあり、言葉を濁《にご》してしまう。

がっくりとリアラが肩《かた》を落としていると、内容はともかく少しは慮《おもんぱか》ってくれているのか、クロノスは優しい声色で、言い聞かせるように語りかけてきた。

「かつて《女神》サマが世界を救ったのも、心優しいのも、事実だよ。だがそれ以上に、ムッツリスケベでな。神たる力を以《もつ》て、この世界とは別の〝異世界〟ってヤツを覗《のぞ》き見ていたらしい。魔法《まほう》は存在しない、代わりにカガクってヤツの発達した、その〝異世界〟で見たエログッズを模して創ったのが、《女神の聖具》ってワケだ。そこから派生した〝ディルド〟を聞いたコトないのも、元は別世界のモンだし、当然だよな」

「……ぁ、ぁぅ……」

もはや打ちひしがれるしかなく、困惑《こんわく》し尽《つ》くし、まともな言葉も出せないリアラ。

そして、ここまで長らく続いた『女神サマの痴情《ちじよう》解説』も、どうやら次で最後。

クロノスの奴隷が、どうやって聖なる力を〝性具〟に注げるのか、だ。

「それでだ、俺達の持つディルドやらの《性具》も、もちろんただの《性具》じゃない。とはいえ聖なる力も、タダで使えるワケじゃない。条件が、あるワケよ」

「じょ、条件、って……何だかもう、聞くのが、怖《こわ》いのですけれど……」

「聞かずとも、見たろ？　俺がアテナに、ディルドでしていたコトを」

ここまで来ると、嫌《いや》な予感しかないリアラに、クロノスは無遠慮《ぶえんりょ》に言い放ってくる。

「この〝紋《もん》〟は、清らかなる乙女《おとめ》のみ選ぶ。そんな俺様の奴隷《どれい》ちゃんが気持ち良〜くなると、〝紋〟を通して快感が力に変わる！　無論、力を溜《た》められるのは俺だけで、更《さら》に俺が近くにいれば——《性具》は真の力を解放し、今のように《奴隷聖具》となるのよ！」

「やっぱりロクな事じゃなかったですー!?　き、気持ち良くとか、快感とかぁ！」

「また、気持ち良さの強弱、快楽の質次第で、〝紋〟は大きく華美《かび》に変化する。これを俺は——《開発度》と呼び、〝高低〟によって段階分けしているぞっ！」

「ぶーーーっ!?　かか、か、開発度って、なんですか、その言い方っ！　よろしくないですっ。何だかとってもよろしくない、やらしい言い方ですーっ！」

身振《みぶ》りを交えて煩悶《はんもん》するリアラに、クロノスは、バチコーンッとウインクしてきた。

「ちなみに普段《ふだん》の状態が《開発度・低》で、アテナが《奴隷聖具》で聖なる力を発揮した時くらいの〝紋〟の大きさなら、《開発度・中》な★」

「な★　じゃねーですよ!?　う、うう～っ……！」

本来は上品を心がけているリアラも、思わず言葉が乱れるほど、困惑は根深い。

それでも、これだけは聞かない訳にはいかないと、リアラは更に問いかけた。

「そ、そんな能力……今まで見た事も聞いた事も、ありません。一体、何なのですか？　クロノスの、その力は……一体っ!?」

じっ、とリアラが真《ま》っ直《す》ぐ見《み》据《す》えると、クロノスは頷き、恭《うやうや》しく口を開いてきた。

「ふむ、よくぞ聞いた。《通信魔術《まじゅつ》》も《奴隷聖具》も、確かに俺と奴隷ちゃんの力。しかしてコレは、俺の〝とある能力〟に端《たん》を発するモノ。俺様が手ずから、カワイイ奴隷ちゃんを調教するコトで、〝紋〟から通信して力を送る術式――その名も！」

調教、というのっぴきならない単語が聞こえ、軽く戦慄《せんりつ》するリアラだが。

クロノスは止まる事なく、むしろ誇《ほこ》らしそうに、堂々たる言葉を放つ――！

「最強奴隷商たる俺様の、カワイイ奴隷ちゃんのための――《烙印《らくいん》魔術》よ――!!」

どどーん、と手を前に突《つ》き出したポーズを取る、そんなクロノスに対し。

リアラは愕然《がくぜん》とし、俯《うつむ》き、肩を震《ふる》わせながら、言葉を漏《も》らす。

「《女神の聖具》が《性具》とか、《開発度》とか《奴隷聖具》とか……ちょ、調教とかっ！　しかも私が、そんなクロノスの奴隷になっちゃった、なんて……〜〜っ」

ぐぐーっ、と身を屈《かが》め、直後、ばっ、と勢い良く顔を上げたリアラは、

「そんなの、信じませんっ……信じないんですからぁ〜〜っ！」

夜空の星にも届きそうな叫《さけ》び声を上げるが——クロノスは、気にもせず。

「くっくっく、どうしてくれよう、《姫《ひめ》奴隷》。いやー、これから楽しみだな！」

「不穏《ふおん》な事を言わないでください⁉　しかも、でぃ、ディルドを握りしめながらぁ！」

どうにも先行きに不安しか感じないリアラだが、諸悪の根源たるクロノスは、不穏な笑みを絶やさなかった。

《第二章》奴隷になった私が、まさかこんなことをさせられるなんて!?

大きく華美な屋敷《やしき》の、広々とした廊下《ろうか》を、クロノスは一人で歩いていた。窓から差し込む朝陽《あさひ》に目を細めながら、上機嫌《じょうきげん》に鼻歌をうたう。

「フンフンフーン♪　いやあ、イイ陽気だなあ。俺様のカワイイ奴隷ちゃんを可愛《かわい》がるのには、絶好の日和《ひより》ではないかっ！」

ウキウキと弾《はず》む心と足取りに、我《われ》ながら興奮が抑《おさ》えられないのを感じる。

ぴたり、大股《おおまた》で歩んでいた足を止めると、部屋の扉《とびら》を軽くノック——などは特にせず、即座《そくざ》に鍵《かぎ》を突っ込《こ》み、ドアノブに手を掛《か》けた。

「よっしゃ。お邪魔《じゃま》しま——す、っと？」

部屋の主は、どうやらまだ、おやすみ中らしい。宛《あて》がわれた部屋の中央、大きなベッドとシーツに挟《はさ》まれて、眠《ねむ》り姫《ひめ》のように目を閉じている。

いや、ある意味、眠り姫と呼んでも差し支《つか》えはない。何しろ彼女こそが、つい昨晩、クロノスの奴隷となった——《神国アリエスのお姫様》、リアラその人なのだから——！

「すや、すや……ん、こっち、ですよぉ……ねこさーん……にゃー……」

何やら可愛らしい夢を見ているようで、和《なご》やかな寝息《ねいき》と寝言を漏らしている。

それにしても、改めて眺《なが》めてみると、とんでもない美少女だ。陶器《とうき》のような白肌《しろはだ》は滑《なめ》らかに艶《なま》めき、桃色がかった金髪《きんぱつ》と共に、陽光を浴びて煌《きら》めいている。

「うーむ、まるで触《さわ》ってくださいと言わんばかりの、すべすべお肌だ。ならば触らねば失礼に当たるだろう。そいっ」

試《ため》しに頬《ほお》に触《ふ》れてみれば、本当に吸い付いてくるような弾力《だんりょく》を手の平に感じる。

と、外部からの刺《し》激《げき》に反応したせいか、リアラが寝返りを打つと。

「むにぃ……？　う、うぅ～ん……」

掛けていたシーツが捲《めく》れ、リアラのあられもない姿がさらされる。薄桃色《うすももいろ》のネグリジェは、彼女の魅惑的《みわくてき》なボディラインを殊更《ことさら》に強調し、しなやかなおみ足を覗かせていた。

「おいおい、無意識とはいえ、仕方ないな、全く。さて、と」

クロノスは、自身が〝紳士《しんし》である〟と自負している。誰《だれ》よりも女の子の幸せを願い、女の子の事を考え、女の子に対してより良い選択《せんたく》を取ろうと心がけてきた。

ゆえに、〝紳士として〟、ここで取るべき行動は、完璧《かんぺき》に心得ているのだ。

「とりあえず、股間《こかん》の辺りに息を吹《ふ》きかけてみるか。ふーっ、ふーっ。むむ、良《い》いチラリズムだ。全く、俺の判断ときたら、正しすぎて泣けてくるな。ふう～～っ」

　このクロノスの判断が、正しくないと言えるだろうか。いや、言えない。

　ただ、そうして楽しんでいた結果、ついにリアラは、ゆっくりと目を開き始めた。

「ん、んみぃ……？　にゃんだか、くしゅぐったい、ですぅ……ふわぁ～」

（お、目を覚ましたか。寝坊《ねぼう》も防げたし、やはり俺の判断は正しかったな、うんうん）

　クロノスは勝手に納得しつつ、寝起きに自分が真横にいたらどんな反応をするだろう、とリアラの様子を見守る事にした。驚《おどろ》くだろうな、と期待していたのだが。

「……？　あれぇ、ここは、どこでしょう～……うーん、私は、なにをー……？」

　まさかクロノスが部屋に入っているとは、想像もしていなかったのだろう。残念ながらクロノスに気付かず、可愛らしいあくびをしながら、寝惚《ねぼ》け眼《まなこ》を擦《こす》っていた。

「……はれぇ？　私、確か、昨晩……クロノス……あっ」

　広々とした寝台《しんだい》の上で、ぺたんと座り込み、暫《しば》しの沈黙《ちんもく》。徐々《じょじょ》に意識が覚醒《かくせい》してきたのか、リアラの顔から血の気が引いていき、何やら急に頭を抱《かか》えだした。

「そ、そうでした……そうでしたぁ！　私、昨晩、クロノスに助けれられて……かと思えば、こんな〝紋〟を付けられて、奴隷にされてっ！　あ、あぁぁ……あぁーんっ！」

　ぼふっ、とふかふかの枕《まくら》に顔を突っ込み、声を上げて身悶《みもだ》えるリアラ。寝起きが悪いのか良いのか分からないが、これはこれで、見ていて面白《おもしろ》い。

さて、そんな彼女が、そのままの体勢で現状整理を始めていた。

「う、うう……《女神》様の《聖具》が、実は《性具》で……《奴隷聖具》を使うために、か、か、《開発度》を上げなくてはならない、なんて……これから私、一体どうなってしまうのでしょう。ひ、ひどい事をされてしまうのではっ⁉」

リアラの独り言を聞きながら、ふむ、とクロノスは顎先《あごさき》に指を当てる。

カワイイ奴隷ちゃんの不安を取り除くのも、ご主人様の役目かな。クロノスはそんな事を考えながら、小声でさりげなく、彼女に語りかけた。

「大丈夫《だいじょうぶ》サ。クロノス様はリアラちゃんを、きっと幸せにしてくれるヨ」

「うう、でも、奴隷と《奴隷商》なんて、何だかもう、ひどい未来しか訪れない代名詞のようではないですかぁ……」

「そんなコトはナイヨ。クロノスサマはフツーの《奴隷商》とはチガウヨ。だってリアラチャンを、助けてくれたじゃなイカー」

「そ、それはもちろん、感謝していま――すっ？　え、私、誰と喋《しゃべ》って……えっ」

クロノスの声に導かれたリアラが、ベッドの横側へ、おもむろに目を向けてくる。

すると、目が合った。カワイイ奴隷ちゃんと、ご主人様の目が、ばっちりと。

「──────」

一瞬《いっしゅん》、時が止まったかのように、リアラが硬直《こうちょく》し──直後、その小さな可愛らしいお口を、精一杯《せいいっぱい》に開くと。

「きゃ、きゃぁあーーーっ⁉　なな、なぜここにクロノスがっ、一体いつからっ⁉」

「リアラが目覚めるより、少し前からだな。カワイイ寝顔《ねがお》と独り言だったぞ。わはは」

「か、わっ……そ、そんな事を言われても、誤魔化《ごまか》されませんからっ！　じょ、女性の部屋に勝手に入るなんて、デリカシーないですよお！」

「おいおい、リアラは奴隷、俺はご主人様だぞ。デリカシーなんて必要ないだろ？」

「うぐっ⁉　で、ですから、奴隷とかは認めてませんってば！　第一ですねえっ！」

「まあまあ、別にやましいコトしてたワケじゃないんだし、そんなに怒《おこ》るなって」

「ん、うっ……ほ、本当でしょうね？　……ふう、ああもう、心臓に悪いです」

少しだけ安心したのか、ほっ、と一息ついたリアラ。

クロノスも頷《うなず》きながら、更に安心感を与《あた》えるため、褒《ほ》め言葉《ことば》のつもりで言う。

「にしても、純白にフリルをあしらい、シンプルながらも洗練されていて、リアラにピッタリで可愛らしかったな。うん、いいパンツの穿《は》きこなしだぞ、リアラ！」

「や・ま・し・い！　やましい事、しているじゃないですかあっ！」

「む、何を言う！　リアラに何かしたのではなく、布団《ふとん》が捲れた結果、たまたま目に入っただけだ！　大体、やましいコトというのはな、リアラが眠っているのをイイコトに、股間に息を吹きかけて反応させたりするコトを言うのだ！　楽しかったです！」

「どう転んでも、していますよねっ⁉　こ、このヘンタイさんめぇ……きゃっ⁉」

怒ったリアラが身を乗り出した瞬間《しゅんかん》、体勢を崩《くず》してしまう。前のめりに寝台から落ちそうになるリアラを、クロノスが黙《だま》って見ているはずもなく、両腕《りょううで》で抱《だ》きとめた。

「おっと。おいおい、気を付けろよ。リアラ、大丈夫か？」

「きゃっ。……は、はわっ⁉　ごめんなさっ……ち、近い、近いです、クロノスっ！」

「ん、そーだな。役得、役得。わははは」

「や、ですから、離《はな》れて……私、寝間着《ねまき》ですから……み、みっともなくてっ」

妙《みょう》なところで恥《は》ずかしがるのが、また女の子らしいというべきか。だが、絶世の美少女たるリアラの着る、薄絹《うすぎぬ》のネグリジェ姿は、みっともないどころか幻想的《げんそうてき》なほどで。

「みっともなくなんて、全然ないぞ。どこの《お姫様》かと思ったくらいだ。あ、この国のか。まあとにかく、ホントに、思い切り抱きしめたくなるほどカワイイぞ」

「っ。ま、また、カワイイとか。そういうの、よくない、ですよぉ……」

「そう言いながら、満更《まんざら》でもなさそうだぞ。さて、リアラが起きるまで、随分《ずいぶん》と我慢《がまん》したのだ。そろそろ、イイ、だろ？」

「!? えっ、やっ、何する気ですかっ。まさか本当に、抱きしめたり……い、いけません、そんなの、私、初めてでっ。……ほ、本当に……ダメです、よ？」

リアラの初心《うぶ》な反応は、ずっと眺めていても飽《あ》きないほどだ。しかし、彼女の言葉の裏返し、即《すなわ》ち期待に応えるべく、クロノスは行動を起こす事にする。

甘酸《あまず》っぱい雰囲気《ふんいき》の中、クロノスはリアラの目を真剣《しんけん》に見つめ、提案した。

「じゃ、起き抜《ぬ》けに一発――〝性具〟試してみるか？　もう昨日から俺、リアラのキモチイイ顔が見たくて見たくて、仕方なくてなあ。ほれ、コイツなんてどうだ？　ぶるぶる振《しん》動《どう》する卵形のアイテム。女神サマ曰《いわ》く、ローターっつーらしいんだけど」

「みみ見せないでくださいー!?　というか離して、はーなーしーてー！」

甘酸っぱさはあっさりと吹き飛び、リアラは身をよじって、クロノスの腕から逃《のが》れようとする。だが、抵抗《ていこう》するリアラを、クロノスは腕に力を込めて逃《に》がさない。

「！　やっ、痛……くはないですね!?　何ですかこの絶妙《ぜつみょう》な力加減、逆に怖《こわ》いです！」

「俺様のカワイイ奴隷《どれい》ちゃんに、そんな粗雑《そざつ》な扱《あつか》いするワケないぞ。あっ、でもイタイのが好きとかだったらどうしよう。うーむ、努力するしかないのか」

「そんな怖い努力は望んでいませんーっ!?　ああもうっ、いい加減にしてください～!?」

届かぬ願い（断定）を叫《さけ》ぶリアラは、クロノスの腕の中で、じたばたと暴れる事しかできないようだった。

■■■

あれから暫《しばら》くして、少しは落ち着いたらしいリアラを、クロノスは渋々《しぶしぶ》ながら解放した。クロノスとしては名残惜《なごりお》しかったが、リアラは安堵《あんど》のため息を漏《も》らしている。

「はあ、もう……クロノスの行動は、本当に心臓に悪いです……」

なかなか人聞きの悪い事を言ってくれるが、クロノスにしてみれば、反論がある。

「おいおい、そうは言うがな、これはリアラのためでもあるんだぞ。《奴隷聖具》の力は、昨晩も見ただろう？　リアラの身を守るため、使えるようになっておかねば、な」

「うぅ、でもそれって……〝開発度〟？　とかいうのを、上げるのでしょう？　そんなの良く分かりませんし、それに昨晩のような事態に、そうそう出くわすはずは……」

「ない、と思うなら、浅はかと言わざるを得んぞ。城にいればある程度は安全、と考えているのだろうが、むしろ逆だ。なぜ《お姫様《ひめさま》》のリアラが狙《ねら》われたか――いや、この国の最高権力者たる《お姫様》を狙って得するのは〝誰〟なのか、良く考えてみろ」

クロノスの言葉に、「えっ？」と目を丸めるリアラは、良く分かっていないらしい。

やはりな、とクロノスは腕組《うでぐ》みし、己《おのれ》の見解を彼女に伝える事にした。

「単刀直入に言うぞ。リアラを狙っているのは、《お姫様》の持つ権力を、そっくりそのまま奪《うば》い取ろうとしている――〝重臣〟の誰かに、違《ちが》いない。特に、城仕えの奴《やつ》だな」

「……ふえっ⁉　な、何を言っているのですか、クロノスっ。清廉《せいれん》潔白と知られる、この《神国アリエス》で……よりにもよって、重職に携《たずさ》わる人間が、そんな事っ！」

「お国柄《くにがら》は、あまり関係ないなあ。そこが天上だろうと地の底だろうと、生まれるのが人間である限り、善も悪も必ず存在する。権力が強まるほど、顕著《けんちょ》になるだろうしな」

もちろん、どんなに権力を持てど、誠実さと純粋《じゅんすい》な心を失わない者も存在するが。

その代表とも言えるリアラが、美しい顔を沈痛《ちんつう》の色に染め、尋《たず》ねてくる。

「け、けれど、一体誰が、そんな事を……私には、見当もつきません……」

「うむ。そこのトコも含《ふく》めて、現在調査中だ。だがな、安心しろ、リアラ」

不安を隠《かく》せないリアラに、クロノスは真《ま》っ直《す》ぐ、絶対の自信を持って言い切る。

「俺が必ず、守ってやるから。なぜなら俺は、俺様のカワイイ奴隷ちゃんを守るためなら、何でもするのだからな！」

「！　く、クロノス……って、だから私は奴隷だなんて、認めてませんったらあ！」

「ふはは、往生際《おうじょうぎわ》の悪い。だが、そんなトコもカワイイぞー。わっはっはー」

「も、もおっ。……けど、守ってくださる、と言ってくれたのは……嬉《うれ》しい、です。ありがとうございます、ふふっ♪」

陰《かげ》っていたリアラの表情に、ようやく笑顔《えがお》の光が差すと、クロノスも朗《ほが》らかに頷く。

早朝の陽光にも似た、和《なご》やかな時間が帰ってきた。互《たが》いに笑い合い、リアラの緊張《きんちょう》も解けた今こそと、クロノスが自身のポケットから改めて取り出したのは。

「てなワケで、イザって時のために《奴隷聖具》を使えるようになろうゼ！　なあに怖がるコトはない。知らないコトは一から百まで、手取り足取り腰《こし》取り教えてやるヨー！」

「結局そんな話になっちゃうのですーっ⁉　うう、もうもうっ、せっかく感動していたのにいっ！　その……ローター？　とかいうの、見せないでくださいっ。え、え……えっちな、その……〝性具〟なのでしょう⁉」

「いやいや、そうとも限らんぞ。ほれ、この『ブイーン』と振動するヤツな、マッサージとかにもイイんだよ。肩《かた》こりなんかにも効くぞー（ウソはついてないぞ、うん）」

「えっ。……そう、なのですか？　へえ～……私、なぜか肩がこりがちなので、ちょっと興味が……はっ⁉　な、何だかまた、騙《だま》そうとしていませんか⁉」

また人聞きの悪い事を、別の使い方も提示してみただけだ――と口には出さず、心の中で呟《つぶや》くクロノス。カワイイ女の子に嘘《うそ》はつかないが、真実ばかり語るとは言っていない。

だが、返事がないのが答えと捉《とら》えたのか、リアラは憤慨《ふんがい》してくる。

「やっぱり、そうなのですねっ……いくら私が世間知らずだからって、そう簡単に騙せると思わないでくださいっ！　私、怒っちゃうんですからっ。すう……めっ——！」

渾身《こんしん》の『めっ』を繰《く》り出そうとしたリアラだが、（クロノス的にも）残念ながら、それは阻《はば》まれる事になる。

突如《とつじょ》、寝室《しんしつ》の扉《とびら》が、ばんっ、と音を立てて開け放たれたのだ。

「きゃっ⁉　えっ、えっ……な、何ですか？　あ、あらっ？」

リアラが慌《あわ》ててそちらを向いたが、彼女にしてみれば、見知らぬ顔だろう。

「えっ、あなたは？　ええと……どちら様、でしょうか？」

「…………」

そこに立っていたのは、一人の少女。一言で表すなら、純朴《じゅんぼく》、けれどその雰囲気が、むしろ少女の愛くるしさを引き立たせている。

しかしそんな彼女の顔は、寝室に入った時から妙に強張《こわば》っていた。ともすれば怒っているようにも、リアラには見えているのだろう。

「あ、あのう……あ！　もしかして、朝から騒《さわ》がしくしてしまって、ご迷惑《めいわく》を？　ご、ごめんなさいっ。で、でもですねっ、この人も悪いのですよっ。だってっ」

「………ほ」

「！　す、すみません、言い訳なんてっ。うう、怒られても、仕方ないですね……」

しゅん、とうなだれてしまったリアラに、少女がようやくかけた一言とは。

「ほっほほ本日はごっごきげん、およろしくぞんじあそばせせせせ」

「なぜ小刻みに振動しているのですか⁉　し、しっかりしてくださいーっ⁉」

「は、はわわわわ！　ご、ごめんなさい不快にさせちゃって《お姫様》ー⁉」

「⁉　お、《お姫様》って……クロノスっ？」

昨日、リアラがクロノスの奴隷となった（リアラは認めていないが）、その際、この国の《お姫様》であるという事実は、他人には公言しないという約束を交わしていた。

リアラの立場を考えれば当然だし、クロノスも快く受け入れている。

けれど、この少女は他人ではないのだと、クロノスは説明する事にした。

「うむ。この子は元々平民の身分だったが、今や俺のカワイイ奴隷ちゃんだ。計算や事務作業が得意でな、先にこの《神国》に入って、この屋敷《やしき》に滞在《たいざい》できるよう手続きなんかもしてくれていたんだぞ」

「あっ……そういえば昨晩、ノノさんが途中《とちゅう》で別れたのは、お仲間のお手伝いに行っていたからでしたね。そのお仲間が、この方なのですね」

「うむ、そのとーり。まあ礼儀《れいぎ》の一環《いっかん》だし、名前なんかは本人から聞くといい」

と、クロノスが少女に視線を向けると、途端《とたん》に少女は震《ふる》えだした。

「ぴゃっ⁉　ああああたしが自分で、《お姫様》にっ⁉　あ、あうぅ……」

最初は強張っていた表情が、今は泣き出しそうな顔に変わっている。むしろこれが彼女の本来の姿なのだが、それでも何とか、自己紹介《しょうかい》を始めていた。

「あ、ああ、あたしは……る、ルーア＝サンフレアと申しますっ！　……ルーアでごめんなさいサンフレアですみませんっ！　ああもう、お詫《わ》びに引っ叩《ぱた》いてくださーいっ⁉」

「いえ何一つとして悪くないですよ⁉　叩《たた》いたりしませんからね⁉　……こ、こほん。えと、私はリアラと申します。よろしくお願いしま」

「もももちろん存じています《お姫様》！　平手打ちですか、それとも蹴《け》っちゃうんですか⁉　で、できれば鞭《むち》は、あんまり傷が残らないようお願いしますーっ⁉」

「だからそんな事しませんってばー⁉　も、もうっ、ちょっと落ち着いてくださいっ」

ルーアを慌てて宥《なだ》めようとするリアラ。なかなか混沌《こんとん》とした状況《じょうきょう》に、やれやれ、とクロノスは失笑《しっしょう》しながら、爽《さわ》やかに助け船を出すべく手を伸《の》ばした。

そう、手を伸ばして——ルーアの尻《しり》を、思いっっっ切り、鷲摑《わしづか》みにした。

「落ち着けルーア、そいやあああッ!!」

「へ――ふ、ふぎゃー!? なっ、何をするんですかクロノスさん!? ひあぁんっ!?」

揉《も》まれながらも問い立ててくるルーアに、クロノスは渾身の笑顔で答えてみせた。

「なーに、落ち着かせてやろうと思ってな。俺なりの気遣《きづか》いってヤツだっ」

「落ち着ける訳ないですけどっ!? むしろビックリして……んっ!? ちょ、一回、揉むのやめてっ……んっ、ゅんっ!」

「むしろ興奮して、挨拶《あいさつ》どころじゃなくなるって？ でもなあ、ほれ、震えもバッチリ止まったぞ。結果オーライというヤツだなっ。ふははー」

クロノスは悪びれる事もなく笑い声を上げ、ルーアの尻を揉む手は全く止めない。

だが、身悶《みもだ》えるルーアを見かねてか、リアラが怒《いか》り顔で割り込んでくる。

「結果オーライ、ではないでしょうー!? なぜ、お……お尻を揉んでいるのですっ！」

「むっ、よくぞ聞いてくれた。ルーアはな、それはそれはイイ尻をお持ちなのだ。程よく引き締まった肉付きに、揉めば返事をしてくるような豊かな弾力《だんりょく》。ツヤもハリも超《ちょう》一級品の、他に二人《しり》といないであろう、極上の美尻の持ち主でだなぁ」

「お尻の感想を聞いている訳ではないですよ!? もうっ、ルーアさんが嫌《いや》がっているではないですかっ！ すぐにその手をお放しなさーい！」

クロノスとルーアの間に、割り込む形で介入《かいにゅう》してくるリアラ。

するとルーアは、己を庇《かば》ったリアラに、目を輝《かがや》かせながら感謝を述べ始めた。

「！　あ、あうっ……や、優《やさ》しいっ……ありがとうございます、《お姫様》！　うう、あたしがこんな風に、庇ってもらえる日が来るなんてぇ……」

「え、ええっ？　その、いつもこんな感じなのですか？　アテナさんとかなら、助けてくれそうですけれど」

「うう、アテナさんは確かに優しいですけど、控《ひか》えめですし、クロノスさんには逆らいませんしぃ……ノノさんは、むしろクロノスさんに加勢する勢いですしぃ……」

「そ、そうなのですか……ノノさんとはあまりお話しできませんでしたが、確かにクロノスの言う事は、良く聞いていましたし……事態は思った以上に深刻ですね、むむ～っ」

ルーアを慮《おもんぱか》っているのだろう、リアラがクロノスを睨《にら》みつけて……とは言い難《がた》く、あまりにも可愛《かわい》らしい目で見つめてくる。

だがクロノスは、リアラの文句はあえてスルーし、ノノについて説明を付け足した。

「まあノノは確かに〝色んな意味で〟刺激的《しげきてき》な子だが、あの時はまだ、リアラを警戒《けいかい》していたからな。次は多少、慣れているはずだし、きちんと挨拶するとイイ」

「わ、わかってますっ。それも一つの礼儀ですからっ」

ふんす、と大きな胸を張るリアラは、自分がネグリジェ姿なのを忘れているのかもしれない。と、そこでルーアが、おずおずと声をかけようとしていた、が。

「あ、あの、《お姫様》。言いそびれてたんですけど――」

「むっ。《お姫様》、ですって？　……無礼者っ！」

「……ひえっ⁉　ごご、ごめんなさい！　あたし、何か粗相《そそう》をっ⁉」

ルーアは慌てているが、クロノスにしてみれば、リアラの言動はわざとらしい事この上ない。しかしルーアの反応が期待通りだったのか、リアラは苦笑し、改めて言った。

「そうです、粗相ですっ。お友達の事を、名前で呼ばないなんて、無礼ですよっ」

「……え？　お、お友、達？」

きょとん、としながらルーアが顔を上げると、リアラは太陽のような笑顔を見せていた。

「はいっ。私が《お姫様》だとか、そんなの関係ありませんっ。私の事は、名前で呼んでくださいっ。その……わ、私の初めてのお友達としてっ。ね、ルーアさん？」

「！　あ、ああっ、《お姫様》……い、いえっ」

感極《きわ》まっていたルーアが、頭《かぶり》を振《ふ》り、リアラに笑顔を向けて言い放った。

「リアラちゃんっ！　よ、よろしくお願いしますねっ！」

「はいっ！　……うふふ、何だか少しだけ、照れ臭《くさ》いですねっ」

「そ、そうですねっ。え、えへへ……」

片や《お姫様》、片や元・平民、しかしそんな身分差など、関係ない。

微笑《ほほえ》みあう二人の美少女。その眩《まばゆ》い友情に、クロノスも思わずホロリとし。

「ふっ、美しいな――美しい乳と尻だ。ン～もみもみッ」

「揉まないでくださいっ！」

息もピッタリ、なかなか良いコンビになりそうである。

と、そこでルーアが思い出したように、手を叩いて声を上げる。

「って、あっ！　わ、忘れるところでしたっ。さっきも言おうとしてたんですけど……あたし、クロノスさんに頼《たの》まれて、リアラちゃんのお洋服を持ってきてたんですっ」

「えっ、お洋服、ですか？　く、クロノス？」

リアラに尋《たず》ねかけられると、クロノスは頷《うなず》きながら答えた。

「ああ、リアラが着ていたドレス、昨晩の一件で結構ボロボロになったろ？　俺のために裾《すそ》を破かせたりしちまったし。てなワケで、リアラに似合いそうな服を用意したんだ」

「！　そ、そうなの、ですか？　ぅ……ど、どうしましょう。うう、どうしましょう。えと、その、素直《すなお》に……～っ。う、嬉《うれ》しい、です……♪」

本当に、心根は素直で、澄《す》んだ娘《むすめ》である。リアラの可愛らしい感想に、クロノスは心の中で軽く吐血《とけつ》しかけていたが、それはおくびにも出さず笑《え》みを浮《う》かべた。

「喜んでもらえたなら何よりだ、が――勘違《かんちが》いしてもらっては困るな。その服は、あくまでも間に合わせよ。ネグリジェや破れたドレスで、連れ回すワケにはいかんだろう?」

「ふえ? え、あの……わ、私、これからどこかへ、連れて行かれるのですか? な、何かされちゃったり、とか……?」

「おいおい、決まっているだろう? 俺様のカワイイ奴隷《どれい》ちゃんに、相応《ふさわ》しいコトさあ。覚悟《かくご》しろよ、《姫《ひめ》奴隷》リアラちゃ〜ん?」

「⁉ 奴隷に、相応しい……? っ、何か外道《げどう》を働く気ですね⁉ ついに本性《ほんしよう》を現しましたね、《奴隷商》クロノスっ……くっ! 私は決して、屈《くつ》したりはしませんっ!」

健気《けなげ》にも睨み……いや、やはり見つめてくる程度にしか感じないが、果たしてその威勢《いせい》がいつまで続くかと、クロノスはほくそ笑む。

「クックック、思う存分、可愛がってくれるわ――ハァーッハッハッハァ!」

「お、おのれー。おのれクロノスっ、ですっ!」

リアラと見つめ合い、火花のような何かを散らせてみる、クロノス。

その横で、何やら微妙《びみよう》な表情をしていたルーアが、首を傾《かし》げながら呟《つぶや》いていた。

「……? えっ、なぜこんなことで喧嘩《けんか》を……? あの、クロノスさん、あのー?」

説明を求めてか、呼びかけてくるルーアだが、クロノスは積極的にスルーした。

■■■

屋敷前に馬車を手配していたクロノスは、リアラとルーアを同乗させ、とある店を訪れていた。リアラは警戒心《けいかいしん》剝《む》き出しだったが、連れ込んでしまえば、どうしようもない。

見るからに怪《あや》しい、ピンクを基調とした店。そう、クロノスはここで、リアラを可愛がってやろうというのだ。

その意図を察した《姫奴隷》は、これから起こる出来事を予見し、言葉を失っていた。

店に入るや否《いな》や、玩具《がんぐ》の如《ごと》く弄《もてあそ》ばれ、すっかり目の光が消えているリアラ。

けれどクロノスは容赦《ようしゃ》なく、更《さら》に可愛がってやろうと手を伸ばす――！

「おーいリアラ、こっちのドレスはどうだ？　フリフリが多くて可愛らしいだろ。リアラはカワイイから、良く似合うと思うんだがなー」

「わあ……本当に、可愛らしいお洋服ですね……とても、素敵です……」

「だろー？　ああでも、少し子供っぽすぎるか。リアラはカワイイが、色気もあるからなあ。胸元《むなもと》は普段《ふだん》、〝紋《もん》〟を隠《かく》さねばならんし、代わりにスカートの丈《たけ》を短くするか！」

「いえ、スカートもロングで結構です。……あの、結構です、って……ちょ、持ってこないでください。ですから、あてがわないでください、ちょ……んもぉー！」

気のせいだろうか、どこからか、こう聞こえた気がする。「思ってたんと違《ちが》う」と。

だがクロノスは、何一つとして嘘《うそ》は吐《つ》いていない。自分なりに、カワイイ奴隷ちゃんを正しく可愛がっているだけだ。リアラはちょっぴり怒《おこ》っているが。

ピンクを基調とした店も、女の子用の衣服を中心に売っているのだから、別に不自然ではない。玩具の如く、つまり着せ替《か》え人形の如く、弄んでいるのも本当だ。

だがどうやら、リアラとしても、思っていたのと違ったらしく。

「もぉ、もぉっ……何なんですか、これえっ！　奴隷に相応しい事、なんて言うから身構えていたらっ……想像していたのと、全然違うじゃないですかっ！　もぉーっ！」

華美《かび》なドレスを手に、謎《なぞ》の文句を言う美少女の姿は、なかなかシュールだ。

しかしせっかくなのでクロノスは、からかいついでにリアラへと尋ねてみる。

「おいおい、想像と違うなんて言うが、一体どんな想像をしていたんだ？　清楚《せいそ》で何も知らないように見えて、意外とムッツリな――」

「それはまあ、例えば……こう、岩を運ばされたり、穴を掘《ほ》らされたり、でしょうか？」

「俺、別に女の子に岩を運んでもらうような用事、全くないぞ。墓でも作るのか。ていうか何にせよ、カワイイ女の子の奴隷にさせるにしても、一般的《いっぱんてき》ですらないし。まあ趣味《しゅみ》と嗜好《しこう》によっては、別の意味で穴を掘ってもらいたい奴《やつ》もいるかもしれんが」

「えっ、奴隷さんの役割って、男女で違ったりするのですか？ ⁇」

「ふむ、そこんトコ、良く分かっていないご様子。まあその辺も、追々教えてやるからな。楽しみだなあ、むふふ」

「えええ……またそうやって、不安ばかり煽《あお》ってぇ……もう〜……」

まだ不満はありそうだが、むくれるリアラに、ルーアが駆《か》け寄って行った。

「リアラちゃん、リアラちゃんっ。こっちのお洋服はどうでしょうかっ。お上品ですし、リアラちゃんにピッタリだと思うんですっ」

「ルーアさん！　わあ、いいですねっ。とってもシンプルですし、何よりっ……露出《ろしゅつ》が控えめですっ。さすがルーアさん、女の子同士、気持ちを分かってくれていますっ！」

「え、えへへっ……リアラちゃんが喜んでくれたなら、何よりですっ♪」

仲睦《むつ》まじく、微笑ましい二人の美少女。ルーアの持ってきたドレスは、確かに今しがたリアラが言ったように、上品で〝お姫様《ひめさま》好み〟とでも言えそうなものだった。

だが、クロノスにしてみれば文句があるチョイスで、ルーアの後ろに無言で回り。

「おいルーア、そのチョイスは失敗だ——ケツ揉《も》みッ」

「へ、あ——ふやぁぁぁんっ⁉」

「ちょ、また何て事をしているのですか、クロノスーっ！」

ただルーアの美尻《びじり》を揉みしだいただけなのに、憤慨《ふんがい》をぶつけてくるリアラ。

だがクロノスとて、何も『露出が少ないのはつまらん』『リアラにはもっとエロい服を着せたい』という理由だけで、ルーアの尻を揉んで文句を言った訳ではないのだ。

「あのなあ、そんなヒラヒラとスカート丈の長いドレスなんざ、動きにくくて仕方ないだろう。つい昨晩、逃《に》げにくそうにしていたのを、もう忘れたのか？　こんなトコで呑気《のんき》にしてちゃ、説得力はないかもしれんが、リアラは狙《ねら》われている身なんだからな」

「うっ。そ、それはっ。……そう、ですけれどぉ……」

「言っとくが俺は、俺のカワイイ奴隷ちゃんのためを想《おも》い、言っているんだからな。俺の行動は、全てリアラやルーアのためなのだ。そこは信じてくれてイイぞ」

きっぱりとクロノスは断言する、が、どうやらリアラは納得いかないらしい。

「うう〜っ……信じられませんっ！　だって、どう考えてもおかしいじゃないですかっ。ルーアさんのためを想っているなら、なぜ、お、お……お尻を揉むのですっ！　ルーアさんは、あんなにイヤがっているのにっ」

ルーアを慮って指摘《してき》してくるリアラだが、クロノスに言わせれば、まだまだだ。

付き合いが短いのだし仕方ないと、正直にルーアの本質を説明してあげる事にする。

「いやいや、リアラは当然知らんだろうが、ルーアは無自覚ドMだからな。口ではイヤがっているが、本人も気付いていない部分では、喜んでいるのだぞ、うん」

「無自覚、ド、えむ……？　もうっ、私が世間知らずだからって、訳の分からない理屈《りくつ》ではぐらかさないでくださいっ。ルーアさんをいぢめては……めっ！　ですよっ！」

「前から思っていたが、叱《しか》り方カワイイな。しかしまあ、知識がなければ納得できないのも、仕方ないか。うーん、では、そうだなあ」

どう説明したものか、とクロノスが店内を見回した、その時。

「あら、あらあら……あらあらあらァ！　素敵な御客様《おきやくさま》いらっしゃいまァ～せェ～！」

「きゃっ!?　あ、あの、貴女《あなた》は、一体……？」

突然《とつぜん》の闖入者《ちんにゅうしゃ》に戸惑《とまど》うリアラだが、クロノスはごく当たり前の事を口にする。

「一体も何も、店員さんに決まってるだろう。ちなみに人目を避《さ》けるため、念を入れて貸し切りで手配してるからな。刺客《しかく》の心配なんかはないぞ」

「そ、そうなのですね。……ええと、実は私、こういうお店に来るの、初めてで。服飾《ふくしょく》については、お抱《かか》えの洋裁師さんや、異国の行商の方にお世話になっていたので……」

なるほど、《お姫様》らしいな、とクロノスが納得する。

が、やけに声とテンションが甲高《かんだか》い女性店員は、耳聡《みみざと》くリアラの言葉を聞きつけて。

「お抱え？　異国の行商？　つまりそちら……アッ、大金持ちのお嬢様《じょうさま》ァ～！　フゥ～ッ販売魂《はんばいだましい》、燃え滾《たぎ》るッ！　もしもしそちらのお嬢様、ワオ、良く見れば本当に御高貴でェ！　宝石をふんだんに鏤《ちりば》めた、こちらのドレスはいかがでしょオ、ヨヨイ～ッ⁉」

「へ……きゃ、きゃあっ⁉　いきなりどういうテンションなのですか⁉　こ、これが市井《しせい》の普通《ふつう》なのですか……？　うう、何だかもう怖《こわ》いです～っ⁉」

さすがにこのテンションは普通ではないが、初体験（意味深）のリアラにしてみれば、訳も分からず戸惑うしかないらしい。

ちょっぴり行きすぎた市井のハングリー精神に、たじたじのリアラ。しかしクロノスは、助け船も出さず、事の成り行きを静観する。

なぜならば、もう一人の〝カワイイ奴隷ちゃん〟の行動を、信じていたからだ。

「――あ、あのっ！　ちょっと、強引《ごういん》すぎませんかっ⁉」

「！　る、ルーアさん？」

尻を揉まれている時以外では初めてではないか、というほどのルーアの大声に、リアラは目を丸めている。

一方、商魂《しょうこん》たくましい店員は、負けじと反論しようとしていた、が。

「なっ、なんですかァ～……あたくしは、アッ、あたくしはァ～、お嬢様に似合えばこそと思い、オススメしているだけなのォ～にイ～……強引だなんて、ヒドォ～イ～！」

「……いえ、こんなゴテゴテした宝石だらけの派手な衣装《いしょう》、清楚なリアラちゃ……彼女には、全く似合いませんよ。というかこんな服が似合う人、いると思います……？」

「アッ、ハイ。……いえ、でもまあ、似合う人も……いるんじゃないかな、と……」

「いたとしても、それは彼女じゃないですよね？　どうなんですか？」

「アッハイ。ええ、そう、でっ……ッス、ねェ～……ハイ」

キッパリと拒否《きょひ》の意を示すルーアに、店員のテンションは完全に消沈《しょうちん》していた。

ルーアを知るクロノスにしてみれば、これは当然の結果である。だが、今日会ったばかりのリアラにしてみれば、この展開は意外だったようで。

「えっ、えっ……る、ルーアさん、すごいですっ。ついさっきまで、気弱そうだったのに……あんなに堂々と対応してっ。ルーアさんって、本当は強気な方なのですかっ？」

尊敬に目を輝《かがや》かせるリアラに、クロノスは得意気な調子で説明してやる。

「フッ、それは違うな。本来のルーアは、リアラの言う通り、気弱なのが本質。ルーアは一年ほど前、平民の身分から俺の奴隷になったのだが、当時はもっと酷《ひど》くてな」

「そう、なのですか？　平民さんだったのに、奴隷に……」

「生活苦から家族を救うために、仕方なくな。しかし俺が奴隷として拾っていなければ、果たして今頃《いまごろ》、どんな目に遭《あ》っていたか。何しろ気弱すぎて、他人と目を合わせるコトさえできなかったのだからな」

「そこまで、だったのですか？　けれど、それがどうして、あんなに堂々と？」

興味深そうに尋《たず》ねてくるリアラに、ニッ、とクロノスは笑い返す。

もったいぶって間を置いたクロノスが、返事を待つリアラに、改めて答えた――！

「無論、この俺が――ルーアのケツを揉んでいるから、ルーアは強くなったのよ！」

「いえケ……ッお尻を揉んで、何でああなるのですっ⁉　納得いきませんーっ⁉」

リアラの意見は、一般的に見れば、至極《しごく》真っ当と言わざるを得ない。だがクロノスは、真っ当だけが正しい事ではないのだと、彼女の目を真《ま》っ直《す》ぐ見つめて言い聞かせた。

「今でもそうであるように、いきなりケツを揉まれれば、誰《だれ》でも『やめて』と自己主張する。当然、ルーアもそうだった。だが、それこそがキッカケというヤツよ」

ニヤリ、笑《え》みを深めたクロノスが、ケツ揉み調教法の真意を明かす。

「気弱すぎて、自ら何かを決定するコトなどできなかった少女だ。だがケツを揉まれたコトで、『やめて』と決意《ケツ》を表明できた。気弱とはいえ高潔《ケツ》な娘《むすめ》だ、当然の帰結《ケツ》と言える。

そうして過ごしてきた結末《ケツ》は、御覧《ごらん》の通りよ。結果《ケツ》論と思うかもしれんが、見事、欠点《ケツ》を克服《こくふく》しているだろう？」

「？　……何かニュアンスに違和感《いわかん》を覚えますが、それはともかく……だ、だからといって、何もお尻を揉まなくとも、良かったのではっ？」

「確かにな、他に手段はあったかもしれん。荒療治《あらりょうじ》であるコトも認めよう。しかし、それでも、ルーアがああまで物を言えるようになったのは、紛《まぎ》れもない事実。ケツを揉まれるコトで、ルーアはケツ弾力《だんりょく》を――いや決断力を身に付けたのだッ！」

クロノスはハッキリと言い切りながら、ビシッ、とルーアを指差す。

しかし当の彼女は、いまだに店員を相手に、粛々《しゅくしゅく》と文句を連ねていて。

「大体、お値段が張りすぎなんですよ。これ一着で、三か月は食べるのに困らないですし。こんなのを売りつけようなんて、真っ当な商売とは言えないと思うんですけど」

「ウェイイィ……」

「まあ今回は、ルーアの境遇《きょうぐう》が変に刺激《しげき》されてる気もするけどな。何にせよ、苦労してきたおかげか計算能力も高いし、今となっては欠かせない、ウチの優秀《ゆうしゅう》な勘定《かんじょう》係よ」

ついでに、とクロノスはリアラに向き直り、付け加える。

「あと元々、常識的な子だったからな、ルーアは。唯一《ゆいいつ》のツッコミ役としても欠かせんぞ。ホントあの子がいないと、俺達ボケ倒《たお》しだし。リアラも含《ふく》めてな」

「なっ、ボケだなんてっ……そんな口汚《くちぎたな》い罵《ののし》り、ひどいです、クロノスっ！」

「そういうトコだぞ。まあそういうのも、追々教えていくとして、だ」

騒《さわ》がしかったせいで忘れかけていたが、此処《ここ》へ来たのには目的がある。それを果たすために、クロノスはルーアを呼び付けた。

「おーいルーア、その辺にしといて、そろそろリアラの服を選んでやるぞー。本来の目的を忘れてると、またケツ揉むぞー」

「……ひえっ!? い、イヤですよっ！　服、服ですねっ、選びますからっ。えーとっ」

このようにルーアの暴走を止める事も簡単なため、調教は行き届いていると言えよう。

これをクロノスは、『ケツの抑止力《よくしりよく》』と呼んでいた（浸透《しんとう》はしていない）。

さて、本題の〝リアラの服〟を選ぶルーアの目は、真剣《しんけん》そのもの。先ほどの失敗を反芻《はんすう》しながら、ルーアは居並ぶ衣装に目を走らせている。

「派手すぎず、動きやすくて……リアラちゃんの可愛《かわい》さを、ブラッシュアップする。それでいて、《お姫様《ひめさま》》であることを隠《かく》せる、そんな服は、服はっ……これですっ！」

今度こそ、とルーアが提示した、リアラが纏《まと》うに相応《ふさわ》しき衣装とは。

可愛らしいメイド風の、フリルをあしらった――ただしミニスカートだ――！

「――よしっ！　いいぞルーア、見事なチョイスだッ！」

「ほ、ほんとですかっ？　えへへ、よかったぁ……これならリアラちゃんも、動きやすいと思ってっ♪」

「いえ待ってくださいスカートの丈《たけ》！　確かに動きやすそうですけれど、短すぎではっ⁉　る、ルーアさんだけは信じていたのにーっ⁉」

一安心しているルーアとは対照的に、煩悶《はんもん》するリアラ。

だが、クロノスは電光石火で会計を済ませ、笑みを浮《う》かべてリアラに語りかけた。

「クックック、もう遅《おそ》い。《奴隷姫《どれいき》》ちゃんにお似合いの衣装は手に入れたぞ。無論、替《か》えの服に困らないよう、バリエーション豊かにいくつか見繕《みつくろ》ってな！　ハーッハッハ！」

「くうっ、何だか至れり尽《つ》くせりな気がしないでもないですが……な、なぜそんな服を着なければならないのですかっ。……可愛らしいですけれど……」

「ハッハーン？　おいおい、さっきも言ったろうに。男女の奴隷の違《ちが》いも、追々教えてやると。ここまでは、あくまで前哨戦《ぜんしょうせん》。これから先が本番よ、ホ・ン・バ・ン」

「⁉　本番、とは……い、一体私に、何をさせようというのです、クロノスっ⁉」

「ククク、想像してみるがイイ。その露出度《ろしゅつど》の高いエロエロメイド風衣装を纏い、見目麗《うるわ》しき《姫奴隷《ひめどれい》》が、一体何をさせられるのかをなァ！」

言い放ったクロノスだが、世間知らずにして純朴《じゅんぼく》なリアラは、想像力が追い付いていない模様。くっ、と悔《くや》しそうに唇《くちびる》を震《ふる》わせ、クロノスに語りかけてくる。

「うう、もう正直、不安しかないですが……分からない事を考えても、仕方ありません。とりあえず……お洋服の入った袋《ふくろ》くらい、私が持ちます。こちらへ――」

「アァン？　おいおい、何を言っていやがる――俺のカワイイ奴隷ちゃんに荷物なんぞ持たせるワケなかろうがぁ！　残念だったなあ、フハハハーッ！」

「岩どころか荷物も運ばせないのですか⁉　しかも自分のものなのに⁉　じょ、女性の奴隷が何をさせられるのか、逆に不安になってきたのですけれどー⁉」

高笑いするクロノスに、変な方向で焦燥《しょうそう》が深まっている様子のリアラ。

しかしクロノスは一切《いっさい》ブレず、リアラとルーアを連れ、馬車で帰途《きと》に就《つ》いたのだった。

■■■

リアラの衣装を買ってやってから、数日の時が流れようとしていた。

今、クロノスは屋敷《やしき》の自室にて、リアラと二人きりでいる。先日、彼女のために購入《こうにゅう》した露出度《ろしゅつど》の高いメイド服衣装を着せ、一体何をしているのか。

言うまでもない——リアラに《奴隷》としての仕事を、実技で教え込んでいるのだ。

「い、いやあっ……だ、ダメです、クロノスっ。私、やっぱりまだ、怖いですっ……」

「おいおい、もう初めてじゃないんだ。昨日まで何度もヤっただろう？　大丈夫《だいじょうぶ》さ、リアラ。その綺麗《きれい》なお手々で、その硬《かた》～い先っちょから、熱いのをたくさん出すのだー」

「っ。わ、分かりました……リアラ、がんばりますっ！　え、えいっ……」

「そうだ、その調子だ。ゆっくり、慎重《しんちょう》にだぞ。繊細《せんさい》なモノだから、優《やさ》しくな」

「は、はい。はあ、はあ……やっ、こんな、熱くなってっ……っ、～っ……あんっ！」

頰《ほお》を上気させたリアラの口から、短い悲鳴にも似た、艶《つや》っぽい声が上がる。

そしてそのまま、クロノスが導く通り、熱を持った先端《せんたん》から液体を溢《あふ》れさせた——！

「——ンアアア熱ッ！　アッチチチチィ！」

「きゃーっ⁉　ごめんなさいごめんなさい大丈夫ですかクロノスーっ⁉」

そう、もちろん紅茶を淹《い》れているだけである。他に何かあるだろうか？

ただ、問題の紅茶はティーカップを大きく外れ、クロノスの頭上に注がれていた。何か恨《うら》みがあるのだろうか、とクロノスは思うが、そこそこ心当たりがあるのも否《いな》めない。

けれどリアラは、全く悪気などなかったようで、しょんぼりとうなだれている。

「うう、本当にごめんなさい……昨日まで何度も練習していたのに、また失敗してしまって……紅茶の一つも満足に淹れられないなんて、私、お恥《は》ずかしいです……」

どうもリアラは、責任感が強すぎるのか、物事を重く受け止めすぎる傾向《けいこう》にある。落ち込む顔も美しいが、あまり思い詰《つ》めさせるのも、彼女の性格的には良くない。

それを察していたクロノスは、彼女を明るく励《はげ》ます事にした。

「そう気にするな、リアラ。大体お城じゃ、自分で紅茶を淹れるなんてコトはなかったんだろ？　《お姫様《ひめさま》》だったんだし、すぐにはできなくても、仕方ないさ」

「うう、でもでもっ……こんなにできないなんて、思ってなかったのですっ。『紅茶くらい淹れられますっ』と豪語《ごうご》した、数日前の私を引っ叩《ぱた》きたいですよう……」

「うーん、まあな。確かに初っ端《しょぱな》、なぜか俺の背中に熱湯を注いできた時は、『あっ、反逆かな』と肌《はだ》が粟立《あわだ》つ始末だったけども」

「え、えーん！　ごめんなさい、本当にごめんなさいー！　やっぱり私、ダメダメです、ダメダメ《お姫様》なのですー！　ふえーん！」

「あ、いやほら、まあちょっとは成長しているではないか。今回は頭だし、えーと」

見事に励ましは失敗してしまった。カワイイ女の子には、ついつい正直に対応してしまう自分の癖《くせ》も、困ったものだ、とクロノスは呑気《のんき》に思う。

さて、どう励ましたものか、と考えていると、リアラが唐突《とうとつ》に提案してきた。

「うう、この失敗は、私自身の責任……クロノス、私に――お仕置きしてください！」

「はは、そんな――えっお仕置きだとう⁉　してイイのか、ホントにイイのか⁉」

お仕置き、その甘美《かんび》な響《ひび》きに、クロノスは励ます事も忘れ、つい食いついてしまう。

だが、相手は純心にして無知なるリアラだ。急《せ》いては事を子孫汁《じる》、いや仕損じると、慎重に彼女へと尋ねた。

「あー、コホン。お仕置きとは言うが、リアラは一体、どんなお仕置きを考えているのだ？言ってみ？《姫奴隷》ちゃんのカワイイお口から、ご主人様に言ってみ？」

「いえ、奴隷については認めていませんけれど……そう、ですね。やっぱり、お仕置きというくらいですし……うう、お尻《しり》ペンペン、とかでしょうか？」

「ほほう、ほっほう！　やや子供じみて聞こえるが、お尻を、ペンペンと！　つまり今、合意を得た上で、おしりを触《さわ》ってイイと言っているのだな⁉　なるほど、確かにリアラも、ルーアに負けない非凡《ひぼん》な尻の持ち主だからな！　やるな、リアラ！」

「ふえ？　……あっ。やっ、ちが、違いますっ！　触っていいとか、そんなつもりで言っていませんから！　目つきも手つきも、やらしいですしっ！　き、来ちゃダメーっ⁉」

クロノスが両手をわきわきさせて近づくと、リアラは慌《あわ》てて後ずさりする。

全く、自分で言い出しておきながら……カワイイやつめ、などと思いながら、《お姫様》の美尻を全力で撫《な》で回……ペンペンすべく、クロノスが足を踏《ふ》み出そうとする、と。

思いがけず忍《しの》び寄っていた人物が、リアラを背後から捕《つか》まえてくれた。

「――確保。奴隷が主人に、抵抗《ていこう》なんて。不遜《ふそん》、許すまじ」

「きゃあっ⁉　い、いつの間に……アナタは、ノノさん⁉」

両腕《りょううで》を掴《つか》まれたリアラも、何とか背後のノノを確認し、驚《おどろ》きの声を上げている。

ノノ、彼女もアテナやルーアと同じく、クロノスの《奴隷》だ。小柄《こがら》ゆえに幼く見えるが、洗練された冷静な雰囲気《ふんいき》は大人びていて、小麦色の肌は艶を帯びている。

そんなノノに拘束《こうそく》されているリアラは、初対面でナイフを突《つ》きつけられた事もあってか、殊更《ことさら》に焦《あせ》っていた。今回はナイフを持っていないとはいえ、苦手意識は仕方ない。

今回もクロノスは助け船を出すべく、ノノに向けて仲裁《ちゅうさい》の声を上げる、が。

「おいおいノノ、俺のための行動はありがたいが、その辺にしときなさ――」

「うん分かったっ。クロが、言うなら。ノノ、言うコト聞く、褒《ほ》めてーっ」

「喰《く》い気味ィ。さてはノノ、リアラをダシにして、イチャつきたかっただけだな？　全く、オマエというヤツは――カワイイなっ。うりうりっ」

「はぅん♡　ぁーぅー……クロの、ナデナデ……至福。うゅー♡」

じゃれついてきたノノの頭を撫でてやると、喉《のど》を鳴らす勢いで目を細めている。

だが、一瞬《いっしゅん》で拘束が外れて置いてけぼりになったリアラが、ノノに文句を連ねた。

「あ、あのっ！　いきなり捕まった事も不満ではありますが、それより……ちょ、ちょっとお二人とも、距離《きょり》が近すぎではないですかっ？」

何しろノノは、クロノスに抱《だ》き着いてきているのだから、リアラの言い分は確かだ。

だがノノは、むっ、と顔を顰《しか》め、クロノスに対するのとは正反対の、冷淡《れいたん》な言葉をリアラへと送る。

「なに？　ノノとクロ、イチャついてる、からって……嫉妬《しっと》、してるの？」

「しっ、と……って、ち、違いますっ！　ええと、そうではなく……だ、男女なのですからっ。そんな風に触《ふ》れ合うのは、淫《みだ》らというか、ですねっ」

「……《奴隷》の言葉、思えない。けどまあ、イイ。嫉妬しても、無駄《むだ》だし」

「だから私は《奴隷》じゃないですし、嫉妬なんてしていませんからっ！　けど……む、無駄だなんて、どうして言い切れるのですかっ」

嫉妬していないという割に、理由まで尋《たず》ねているリアラ。

一方、ノノはなぜか、リアラの大きな胸をジッと見つめ――「ふんっ」と鼻を鳴らし、自信満々に言い切った。

「なぜなら、クロは――〝貧乳派〟だからっ。嫉妬しても、無駄なのっ」

「ひん、にゅ？　ええと、それはつまり……ち、小さなお胸がお好き、という事ですか？

……んなっ⁉　く、クロノス、そうなのですかっ⁉」

少し間はあったが、リアラは自分の胸元《むなもと》に両手を添《そ》えながら、詰問《きつもん》してくる。

ちなみにクロノスは〝貧乳派〟などと公言した事はないのだが、とりあえず自身の正直な気持ちを、リアラへと答えてやる事にした。

「うむ、そうだな。小さい胸もカワイイと思うし、ノノの胸も好みだぞ」

「！　……へ、へえー、そう、なのですか。……まあ別に私は、どうでも良い、のです、けれど？　……どうでも良い、ですし」

言いつつしょぼくれている気がするリアラ、だがクロノスの話は終わっていない。

「ちなみに大きな胸も大好きだから〝巨乳派《きょにゅうは》〟でもあるぞ。中くらいの大きさでも魅力《みりょく》を感じるから〝普乳派〟とも言えるし、美しさにもこだわるから〝美乳派〟でもあるな」

「な、何でもいいのではないですかあっ！　も、もおっ……クロノスは本当に、やらしいですっ。節操なしさんですーっ」

非難してくるリアラだが、先ほどよりもずっと元気が出た気がする。何よりだ。

ちなみに言いだしっぺのノノは、相変わらずクロノスに対して甘く、リアラに対しては塩のごとくしょっぱい反応を見せる。

「さすがクロ、器《うつわ》、おっきい。……に比べ、チッ、新入り、ホントうるさい。これだから、乳ばかり大きい、乳女は。クロに代わり、お仕置き、ノノがする？」

「誰《だれ》が乳女ですか、名前で呼んでくれません⁉　……けど、ノノさんがお仕置き、ですか。うーん、怖《こわ》い気はしますが、クロノスにお尻を触られちゃうよりは、まあ……」

クロノスにとってはちょっぴり不本意な方向で話が進んでいるが、女性同士だからといってここでノノを選んでしまうのが、リアラの無知さだ。

妥協《だきょう》して承服するリアラに、ノノは小さく頷《うなず》き、〝ある物〟を取り出す。

「その意気や、良し。じゃ、お尻、出して——この〝鞭《むち》〟で、引っ叩く、から」

「ちょっ待ってください。思いのほか、ハードなのですけれど⁉　いえ岩を運んだりする奴《ど》隷《れい》さんのイメージには当てはまるのですけれど、そ、それは堪忍《かんにん》してください⁉」

「意気は良くとも、往生際《おうじょうぎわ》は悪し。諦《あきら》める。大体、クロ、甘々さん。こんな時こそ、性具の、出番なのに」

「えっ、鞭が性具、って……なぜですか？　……いえあの、無言で素振《すぶ》りしないでください、ビュンビュン言っていますよ⁉　や、ちょ、本当に……助けて、クロノス～っ⁉」

性具としての鞭を知らない無知なリアラが、恐怖《きょうふ》のまま助けを求めてくる。無自覚ドM

のルーアとは違《ちが》い、リアラの嫌《いや》がりようは、本物だ。

そう見立てたクロノスは、リアラの求める声に応じ、ノノを止めてやる事にした。

「ノノ、俺の見立てでは、リアラに鞭とかは向いていないようだ。リアラに適した《性具》は、目下、探《さぐ》っているトコだからな。そこは俺に、任せてくれないか？」

「む。……残念。けど、クロが言うなら、信じる。しぶしぶ」

言葉通り、ノノが渋々《しぶしぶ》と鞭を引くと、リアラはようやく安堵《あんど》の表情を浮《う》かべる。

しかしその安堵は、恐《おそ》らくすぐに緊張《きんちょう》へと変わるだろう。それを予測しながら、クロノスはノノへと真剣《しんけん》な声色で尋ねた。

「それにだ、ノノの本題は別だろう？　リアラが狙《ねら》われている件について、調査の進捗《しんちょく》を聞かせてくれ」

「……え!?　私が狙われている件について……調査してくれていたのですかっ？」

リアラの驚きの声に、クロノスは頷いて返事し、改めてノノに向き直る。

クロノスとリアラ、報告を受ける体勢が整ったのを確認したノノは、口を開いてきた。

「ン。結論から、言う。やっぱりクロの、考え通り。黒幕は、お城の重臣の、誰か」

「！　重臣の、誰か……やはり、そう、なのですか……？」

ショックを受けるリアラだが、クロノスは即座《そくざ》に、ぽん、と頭に手を置いてやる。するとリアラは「きゃっ」と短い悲鳴を上げたが、すぐに安心した笑《え》みを浮かべてくれた。

大切な《姫奴隷《ひめどれい》》ちゃんの笑顔を確認したクロノスは、改めてノノと対話する。

「ふーむ。重臣の誰か、というコトは、特定まではできていないのだな？」

「ウン。乳女、襲《おそ》おうとして、逃《に》げたアホ共……アテナと一緒《いっしょ》に、捕縛《ほばく》して、吐《は》かせた。けど、さすがに黒幕、自分の身分、隠《かく》してた。ま、トーゼンだけど。でも、ね？」

説明しながら、ノノは人差し指を立て、誇《ほこ》らしげに続けてきた。

「ノノが目を付けたの、乳女の、警護兵のほう。なぜ持ち場、離《はな》れたか、調査した。そしたら、簡単。上から命令、出てたって。それは、つまり」

「《お姫様》の警護の兵を任意で動かせる奴《やつ》なんざ、重臣以外にはいないぞ、ってコトだな。それも当然、城仕えの者に絞《しぼ》られる、ってか」

「！　そのとーり、さすがクロ、察しイイ。ほれぼれ。……でも、誰かまで、特定できなかった。不甲斐《ふがい》ない……」

しゅん、と沈《しず》んだ声を漏《も》らすノノに、クロノスは首を横に振《ふ》りながら笑いかける。

「いいや、そこまで確定できれば、上々だ。ありがとうな、ノノ。〝順番〟が終わったら、たーっぷりと『ご褒美《ほうび》』をやるからな、ふははー」

「っ、ホントっ？　ノノ、嬉《うれ》しいっ……楽しみに、してるから、クロっ♪」

ノノは喜びに弾《はず》んだ声を上げるが、リアラは「？」と首を傾《かし》げている。まあ『ご褒美』の内容を教えていないのだから、仕方ないだろうが。

とにかく、とクロノスは、大切な用事に臨むべく、まずはリアラに語りかける。

「さて、ノノも戻《もど》ってきてくれたコトだしな。《姫奴隷》ちゃんの特訓の続きは、ノノに任せよう。俺は大切～～な用事があるから、その間、頑張《がんば》るんだぞ？」

「奴隷ではないですけれど……でも、分かりましたっ。何の用事かは分かりませんが、クロノスが戻ってくるまでに、今度こそ美味《おい》しい紅茶を淹《い》れてみせますからっ」

ふんす、と気合を入れるリアラに、その意気だ、とクロノスは笑いかける。

続けてクロノスは、ちょこん、と自身の真横に待機するノノにお願いした。

「というワケでだ、ノノ。リアラの教育、頼《たの》まれてくれるか？　センパイとしてさ」

「ン。鞭、使ってイイ？」

「フハハ。まあ今回のトコは、勘弁《かんべん》してあげなさい」

クロノスが禁止を言い渡《わた》すと、残念がるノノより、安堵するリアラの方が目につく。

その様子に軽く苦笑《くしょう》していると、ノノが小さな胸を張り、承諾《しょうだく》の声を上げてきた。

「ま、クロの判断なら、従う。ノノ、ちゃんと聞き分ける、イイ女、だから」

「おお、そりゃ間違《まちが》いない。イイ女だぞ、ノノは。じゃあ行ってくるから、よろしくな」

最後にもう一撫でしてやると、ノノは名残惜《なごりお》しそうにクロノスの手の平に頭を擦《こす》りつけてから、素直に離れた。

クロノスが扉《とびら》の前まで歩み寄り、部屋を出る直前、二人の対話が聞こえてくる。

「それではノノさん、よろしくお願いしますねっ。私、頑張りますから……どうぞ遠慮《えんりょ》なく、厳しいご指導をお願いしますっ！」

「オウヨ。ノノ……ビシバシ、いく。クロみたいに、甘くない。覚悟《かくご》せよ」

「……や、やっぱり、少しくらい手心を加えて頂ければ、幸いですっ」

若干《じゃっかん》の不安は残るが、まあ大丈夫《だいじょうぶ》だろ、とクロノスは割と軽いノリで済ませ、部屋を出るのだった。

■■■

リアラがクロノスと別れてから、丸二日ほど経過しようとしている。しかし今、リアラはクロノスと一緒だった時とは、比べ物にならないほど緊張していた。

ゆっくりと、慎重《しんちょう》に動いていたリアラが、手を止めて大きく息を吐く。

「――はあっ。はあ、はあ……で、できました、ノノさん。お洗濯物《せんたくもの》、畳《たた》めましたっ」

些細《ささい》な事ではあるものの、リアラは我《われ》ながら、誇らしい気持ちになる。

だが、ノノの反応はといえば、全くもって素っ気ないものだった。

「遅《おそ》い。二、三個畳むのに、どれだけかかってる。ノノ、その間、一山畳み終えた。しかも畳み方、まだまだ雑。もっと速く、かつ丁寧《ていねい》に、やれ」

「はうっ！　う、うう～、尤《もっと》もです、尤もです、けれど……ノノさんは、厳しすぎですっ。私、まだまだ初心者なのにぃ……鬼《おに》教官さんです～っ！」

リアラにも、我ながら情けない事を言っている、という自覚はある。

やはりノノも、呆《あき》れ顔をしている――が、思いも寄らぬ発言をしてきた。

「なに言う。これでも手加減、してるほう。それに……そんな難しい、思うなら。《奴隷聖具》、使えば？　ま、調教足りてないなら、無理だろーけど」

「えっ。……えっ、《奴隷聖具》を？　えっ、でもあれは、戦いのための道具では？」

「……はあ。やれやれ、分かってない。クロの、力……《烙印魔術《らくいんまじゅつ》》。そんな単純、違う。そこで、見てればイイ」

溜《た》め息《いき》を吐《つ》いたノノが取り出したのは、アテナも持っていたディルド。男性の大切な部分を模したモノ、という話を思い出し、リアラの身は思わず強張《こわば》った。

しかしノノは、そんなリアラの初心《うぶ》さは気にも留めず、ディルドを構えて集中する。

マイペース加減はクロノスに似ているかも、などとリアラが考えていると。

「クロの、ディルド……ちょっとだけ、力、貸して。ふうっ……んっ！」

ノノが力を込めると同時に、彼女の太股《ふともも》の〝紋《もん》〟が輝《かがや》きを放つ。形が変容するほどではないが、ディルドも〝紋〟に呼応し、光を放った。

直後——何とディルドの先端《せんたん》から、風が吹《ふ》き荒《あ》れる。洗濯物を吹き飛ばしてしまった、かと思いきや、まるで無数の人手が織り成すように、衣類が丁寧に畳まれていく。

ついには全ての洗濯物が片付いてしまい、リアラは思わず感嘆《かんたん》した。

「す、すごいっ……すごいです、ノノさんっ！　あれだけあったお洗濯物が、一瞬《いっしゅん》で……ど、《奴隷聖具》って、こんな使い方もできるのですねっ……！」

リアラが無邪気《むじゃき》にはしゃぐと、ノノも珍《めずら》しく気を良くしたのか、軽く胸を張ってくる。

「んむ。クロが近くいれば、もっとスゴイけど、ね。でも、離れてても、これくらいできる。ま、奴隷によって、能力、違うけど。アテナは接近戦向き、ノノは風を吹かせられる、ってカンジ。ディルドは、クロの奴隷の、基本装備だし」

「基本装備とは一体……けど、本当にすごいです。この力があれば……もしかすると」

ふと、リアラは思い立つ。今の自分には、何の力もない。だが、クロノスの力を借り、《奴隷聖具》を扱《あつか》えるようになれば、狙われている現状を好転させられるのでは、と。

リアラが物思いに耽《ふけ》っている間に、ノノは更《さら》にディルドの活用法を見せつけてくる。

「あと、衣類のシワとか、伸《の》ばすのにもイイ。ンー、コレでいっか。んしょ、んしょ……ほら、こんな感じで、擦りつけるよーに、する」

「おおっ、他にも使い方がっ。……うん、あの、なぜ私の下着で？　ちょ、ディルドを擦りつけないで、そしてそれを私に見せつけないでくれます？　あの、やめ……やめっ！　んもうっ、何だかその下着、次から穿《は》きにくくなっちゃうじゃないですかあっ⁉」

制止するリアラだが、ノノは一切《いっさい》手を止めない。この娘《むすめ》、本当にリアラの言う事は聞いてくれない。このままでは、何だか、何だか、居た堪《たま》れないにもほどがある。

リアラは何とかノノの注意を逸《そ》らすべく、同時に気になっていた事を尋《たず》ねた。

「そ、そういえば！　ノノさんは随分《ずいぶん》と、クロノスに肩入《かたい》れしていますよね？　奴隷というのは、是非《ぜひ》はともかく、分かっていますが……特別な理由でも、あるのですか？」

「ム。……ふふん、トーゼン。何せノノ、クロの最初の奴隷、一番付き合い、長いし」

「えっ、そうなのですか？　えっと、なぜクロノスの奴隷に？」

ようやく手を止めたノノに、つい尋ねてしまったが、聞いて良かったのだろうか。

口にしてから悩《なや》むリアラに、対するノノは、あっさりと答えてくる。

「ノノ、昔――孤児《こじ》だった。飢《う》えて、行き倒《だお》れてたら。クロに、拾ってもらったの」

「……えっ？」

想像以上に過酷《かこく》だったノノの境遇《きょうぐう》に、リアラは思わず絶句する。

しかし当のノノは、己《おのれ》の過去など、どうでも良さそうだ。そんな事よりも、クロノスとの思い出を、まるで宝物を自慢《じまん》するように口にしている。

「クロの奴隷、なってからは……ずっとノノ、しあわせ。ノノ、名前さえ、なかった。クロが、付けてくれたの。この名も、クロとの日々も……ノノの、宝物」

「……そう、だったの、ですか。……」

リアラは奴隷というものを、良くないと、漠然《ばくぜん》と考えていた。今でも根本的な考えは変わらない。けれど、ノノのように、クロノスの奴隷となった事で、救われた者もいる。

クロノスが、特別なのだろうか。少なくともリアラの価値観は、彼と出会った事で変わりつつある。物事が単純に、正しいか正しくないかだけでは、決まらないと知った。

リアラの複雑な心中は、けれどノノにはどこ吹く風で、彼女は寂《さび》しそうな声を漏らす。

「けど……はあ、クロと離れると、ノノ、しんどい。しかも今、クロ、アテナに『ご褒美』、してるはず。うらやましくて、二重しんどい」

「アテナさんに？　という事は、今クロノスは、アテナさんと一緒にいるのですね。……ところで気になるのですが、『ご褒美』とは、一体なんでしょう？　お菓子《かし》とか？」

「子供か。そんなん、じゃなく……もっと、イイもの」

件《くだん》の『ご褒美』とやらを想像しているのか、ほう、とノノは溜め息を吐く。小柄《こがら》ゆえに幼く見える彼女が、その時ばかりは妖艶《ようえん》な横顔を見せ、呟《つぶや》いた一言は。

「クロ、キモチイイご褒美、くれるの」

「はい？」

一瞬、リアラの時が止まった。キモチイイご褒美、それは一体、何の事だろう。考えるまでもない。あのクロノスが女の子に与《あた》える、キモチイイご褒美なんて。

――〝えっちなこと〟に、決まっているではないか――！

「な、ななっ、なんですか、それー!?　キモチイイご褒美って、そんなの結局、クロノスが、ええと……し、シたいだけでしょうっ!?　もうっ、ちょっと見直しかけていたのに、損した気分ですっ！」

「？　見直すとか、意味不明。……よくわからないけど、興味あるなら、見る？　クロ、見るの、別にイイって」

「みっみみ見せつけながら!?　そういうのもあるのですかっ!?　そうなのですか!?」

「ノノも、時々、見る。うらやましい……ノノも、してほしく、なる」

「神の国の貞操《ていそう》観念がー！　淫《みだ》らに、淫らに侵食《しんしょく》されてしまうー！　あー！」

リアラが煩悶《はんもん》していると、どこまでもマイペースなノノは、既《すで》に行動を起こそうとしていた。部屋を出て、まさにその〝ご褒美現場〟へと、見学に行くつもりらしい。

「話してたら、見たくなった。ノノ、いってくる。それじゃ――んっ？」

そそくさと退室しようとするノノの手を、リアラは摑《つか》んでいた。表情は変えず首を傾げるノノに、リアラは己の義心の赴《おもむ》くまま、情熱的に宣言する。

「私も……私も、行きます！　そんな淫らな事が行われていると知って、こんな所で黙《だま》って待ってなど、いられません！」

「はあ。別に、イイけど。何でそんな、興奮気味？」

「さあ行きますよ、ノノさん！　待っていてください、アテナさんっ……覚悟してください、クロノス！　今すぐ行きますからねっ！　えいえい、おー！」

「わあ、すごい気合。そんな、見たいの。……清純に見えて、ムッツリスケベ？」

何やら聞き捨てならない発言があった気はするが、しかし今は、それどころではない。

以前、自分を救ってくれたアテナに迫《せま》る、えっちな魔《ま》の手を払《はら》いのけるべく。

リアラは今、勇敢《ゆうかん》にも、部屋を飛び出した――！

■■■

先頭を切って部屋を飛び出したリアラだが、クロノス達の居場所が分からないため、今はノノの後ろを付いて歩いている。忸怩《じくじ》たる思いとは、この事だ。

恥《は》ずかしさに顔が熱くなるリアラだが、ノノのおかげで、ようやく目的地に辿《たど》り着く。

そう、そこは、クロノスが寝泊《ねと》まりしているという部屋。足を踏《ふ》み入れた室内は、カーテンで窓を閉め切っており薄暗《うすぐら》く、備え付けのランプだけが頼《たよ》りだ。

広々とした室内は、手前と奥を隔《へだ》てるように、薄布《うすぬの》で幕が張られている。その薄布の向こうから、聞き覚えのある澄《す》んだ美声が、艶《なま》めかしさを帯びて聞こえてきた。

『んっ！　く、クロノス様、あ……んんっ！　やっ……だ、だめです、だめぇ……』

『くっくっく、どうした、イイ声が抑《おさ》えきれていないぞ？　こんなに喜ぶとは、そんなに俺の手がイイのか？　ほれほれ、ここか？　ここが気持ちイイのか？』

『んっ、あっ……い、いやぁ……そんなに、したら……めちゃくちゃに、なっちゃいます、からっ。ふ、ふわあぁ……だ、だめです、ってばぁ……あんっ！』

『くっくっく、イイではないか、メチャクチャになっても。そーれそれぇ～』

力なく繰《く》り返されるアテナの抵抗《ていこう》を、容赦《ようしゃ》なく蹂躙《じゅうりん》するクロノスの声。それを聞いていると、一時は萎《な》えかけたリアラの闘志《とうし》が、再び湧《わ》きあがってくる。

「あ、あんなに嫌《いや》がっている、アテナさんにっ……こんな事を、まさかこの、丸二日間も？っ……やっぱり許せません！　クロノスを止めなければばっ！」

「乳女、言葉の裏、読めないタイプ？　あのダメは、ダメじゃない、って意味。なの」

「乳女は止めてくださいってば！　というか、当のアテナさんがダメと言っているではないですかっ！　私は同じ女として、アテナさんを信じますっ！」

ふんすっ、とリアラが気合を露《あら》わにするが、ノノは「はあ」と興味なさそうだ。

とにかく、今はアテナを救うのが先決。リアラは大きく深呼吸し、薄布の向こうで交差している二つの影《かげ》に向け、勢いよく飛びこむと、そこには！

「クロノス、アテナさんを解放するのですっ！　えっちなのは、いけませ——ん？」

確かに、クロノスとアテナは、いた。が、そこで見た光景はというと。

「やぁ……クロノス様ぁ……そんなに、ナデナデされたら……髪《かみ》、めちゃくちゃに、なっちゃいますぅ……♪」

「ふはは、構わん構わん。めちゃくちゃになっても、後で俺が丁寧《ていねい》に梳《と》かしてやるわー。今はそんなコト気にせず、俺様の手を堪能《たんのう》するのだー」

「ほ、ほんと、に……？　なら……ぅ、んっ！　……もっとして、ください……♪」

「よーし、素直になったな、更にカワイイぞー。では心行くまで撫《な》でてやろう。ほーれほれ、頭か、喉《のど》か、頬《ほ》っぺたか？　満足するまで撫でて——ん、リアラ？　どーした？」

「すみません。間違《まちが》えました」

行われていたのは、特にいやらしくなどない、至極《しごく》健全な触《ふ》れ合いだった。アテナの頭を、顔を、クロノスが思い切り撫で回しているだけである。

「あぅ、クロノス様の手……やっぱり、素敵《すてき》、ですぅ……わぅん……♪」

「……はあ、何だか私、空回ってばかりな気が……うう、恥ずかしいです……」

アテナに尻尾《しっぽ》があれば、やはり振《ふ》り乱している事だろう。完全に気勢を削《そ》がれたリアラだが、しかしクロノスが口にしたのは、とんでもない一言だった。

「さーて、前戯《ぜんぎ》はここまでだな。アテナ、お楽しみの本番はこれからだぞ」

「えっ、前戯……えっ、本番？　あの何だか、やらしい響《ひび》きが……く、クロノス？」

「おおリアラ。何だかんだ言って見物に来るとは、やっぱり興味津々《しんしん》なんだな。ふふふ、まあ折角だし、よ〜く見ていけ。さてここは一つ、コレを使うとするか」

言いながら瓶《びん》を手に取ったクロノスが、やや白く濁《にご》った液体を手の平に滴《したた》らせた。やけに粘性《ねんせい》が強く、クロノスが手を蠢《うごめ》かせるたび、ニチャッ、と粘《ねば》り気《け》のある音が響く。

あれは一体何なのか、そんなリアラの疑問を見透《みす》かしたように、クロノスは液体を弄《もてあそ》びつつ説明してくれた。

「こいつも《女神》サマから伝えられたモノで、〝ローション〟という。体に優《やさ》しい自然由来の潤滑油《じゆんかつゆ》に、地底湖にのみ棲息《せいそく》するホワイトスライムから美容成分を抽出《ちゆうしゆつ》し、配合した一品よ。少々体を火照《ほて》らせ、血行を良くする効果があるのだが、コイツでだな？」

粘性の強い潤滑油、ローションと呼んだそれを、クロノスが両手の平に広げ終わる。すると、にたり、妖《あや》しい笑《え》みを浮《う》かべ。

「アテナの体を！　入念にっ、マッサージするのよぉぉぉ！」

「あ——ひゃっ、あぁぁぁんっ♡　あっ、クロノス様っ、いきな、りぃ……っ！」

やたらと粘性の高い液体を、しかも唐突《とうとつ》に塗《ぬ》りつけられ、アテナが高く嬌声《きようせい》を上げた。

先ほどは健全な触れ合いに気を取られて意識していなかったが、良く見ればアテナの着衣は妙《みよう》に露出度《ろしゆつど》が高く、背中が特に開いた薄絹《うすぎぬ》を纏《まと》っている程度である。

そんなアテナの背中に、クロノスはローション塗《まみ》れの手を這《は》わせ、同時に細長い右腕《みぎうで》は爪先《つまさき》でなぞるように撫でる。クロノスの手と指が動くたび、アテナは短く痙攣《けいれん》した。

「ひぅっ、ひぅっ、んっ、あっ、あんっ♡　く、クロノス様、わたし、変です……体が、熱く、なって……こんなの、おかしい、のにっ。ん、きゅうっ♡」

「おかしくない、おかしくなどないさ、アテナ。体が熱くなるのは、ローションの成分によるものだ。だからアテナは、何も気にせず、気持ち良くなればいいのだ」

「ぁ、んっ……ほ、ほんと、ですか？　気持ちよく、なるの……変じゃ、ないですか？」

「もちろんだとも。むしろ、気持ち良くなるのが正しいのだ。俺は今、ただただアテナを労《ねぎら》いたいだけなのだ。そう、これは、ただのマッサージなのだからネー」

　世間知らずなリアラでさえ、こう思った。「絶対嘘《うそ》ですっ！」と。クロノスが心の底から、アテナのきめ細かな柔肌《やわはだ》を楽しんでいるのは、やらしい笑顔からも感じ取れる。

　だけど、それなのに、リアラは何も言えないでいた。ここに至るまでに、二度も気勢を削がれたから、という事もある。けれど、それだけではない。

「よかっ、たぁ……わたし、気持ちよく、なっても……いいん、ですね……ふあっ♡」

（あ、ああっ……あの優しくて控《ひか》えめなアテナさんが、あんな……あんなにっ⁉）

　先ほどからずっと、艶めかしい声を上げ続けているアテナから、リアラは目が離《はな》せないでいた。それを横目で、じとっ、と見てきていたノノが、何やら呟いている。

「うらやまし─の、わかる。けど……ガン見、甚《はなは》だしい。やっぱ、ムッツリスケベ」

　その言葉がはっきりと聞こえても、リアラには言い返す余裕《よゆう》もない。ぬめぬめ、ヌチャヌチャ、トゥルルンと、アテナの玉の肌《はだ》に、ローションが塗りたくられていく光景を。

「んんっ！　ふ、わぅ……あっ、あっ……！　〜〜っ、やぁ〜〜ぁ……♡」

（あ、あわわわ……あわわわわわー！）

クロノスの手により、一際《ひときわ》大きな嬌声を上げさせられる。

そんなアテナの姿を、リアラは最後まで、ひたすら眺《なが》めている事しかできなかった。

■■■

クロノスがアテナに『ご褒美《ほうび》』を施《ほどこ》し、リアラがそれを見物に来てから、一週間ほど経《た》とうとしていた。当初は暫《しばら》く惚《ほう》けていたリアラも、さすがに我《われ》を取り戻《もど》している。

そして今、リアラはクロノスの自室で、肝心《かんじん》の〝奴隷《どれい》のお仕事〟に、従事しており。

「お湯の温度、良し……茶葉、良しっ。……んっ、今回は、良い感じですっ♪」

ぐっ、と両手を頬《ほお》の横で握《にぎ》り、喜ぶリアラ。可愛《かわい》らしいミニスカートのメイド風衣装《いしょう》も、今となってはしっくりくるほどで、クロノスは感慨《かんがい》深くなって頷《うなず》いた。

「うむうむ、最初の頃《ころ》はどうなるコトかと心配したが、なかなか板についてきたな。さすがはリアラ——俺のカワイイ《姫《ひめ》奴隷》ちゃんだなっ！」

「え、えへへ、そうでしょうか……ってだから私、奴隷じゃないですってばあっ！」

そこに関しては、相変わらず往生際の悪いリアラである。その頑《かたく》なさも、クロノスにしてみればカワイイ所の一つではあるが。

それはともかくと、クロノスは笑いながら、リアラに問いかける事にした。

「ふはは、まあ何にせよ、だ。実際、今の生活はどうだ？　今まで知らなかったコトを知り、できなかったコトができるようになって、どう感じている？」

「！　それ、は……ええと、その、ですね」

一瞬《いっしゅん》、逡巡《しゅんじゅん》する素振《そぶ》りを見せたリアラだが、続けて出た言葉は素直なものだった。

「……はい。正直に言うと、私……とても楽しいです。お買い物に、初めて行った時も。紅茶を淹《い》れる練習をして……失敗していた時でさえも。お城にいたままでは、きっとずっと、体験できなかった事です。そう考えると、この時間が、なおさら大切に想《おも》えて」

両手に持った宝物を、胸元《むなもと》で抱《だ》きしめるように、きゅっ、と添《そ》えるリアラ。その様子を微笑《ほほえ》ましく眺めていたクロノスが、頷きながら語りかける。

「そうだろ、そうだろ。知らなかったコトを知れるのは、楽しいし、嬉《うれ》しいモンだ。時にそれが、自分の身を救うコトもある。まあ何にせよ、俺としては——俺のカワイイ奴隷ちゃんが幸せであれば、何よりだよ。わははー」

「だ、だから私、奴隷じゃないですーっ。……けれど、そう、ですね。《奴隷》と《奴隷商》

だからこそ、というか……私には、どうしても腑《ふ》に落ちない事があります」

リアラの真剣味《しんけんみ》を帯びた発言に、ふむ、とクロノスは顎先《あごさき》を指で摘《つ》まみ、黙《もく》して待つ。

暫くすると、リアラは考えながら、言葉を続けてきた。

「《奴隷商》、そういう方々に私が持っていた印象は、〝人を人と思わない悪人〟であったり、〝他者の不幸を顧《かえり》みない悪徳な商人〟であったり、そういうものでした」

「ん。まあ全てがそうだとは言わんが、職業柄《しょくぎょうがら》、そういうヤツが多いのは事実だな。奴隷を大事にするヤツもいるが、大体は商品価値の維持《いじ》だとか、目的が胸糞《むなくそ》悪いし」

「はい。ですがクロノスは、違《ちが》いますよね？　クロノスは、えっちですけど……すごく、えっちですけど！　……でも、奴隷にしているアテナさん達を、ぞんざいには扱《あつか》っていません。ちゃんと大事にして、優しく接している、と感じました」

どうやらクロノスは、リアラが想像していた悪逆な《奴隷商》とは、印象が違うらしい。

しかし、だからこそ、リアラは今、悩《なや》んでいるのだろう。

「クロノスは、一体どういう人なのですか？　なぜ……《奴隷商》なのですか？」

「ん？　俺が《奴隷商》をやっている理由、か？　んー、そうだな」

クロノスはクロノスで、自分でも不思議だが、リアラとは出会って日が浅いにも拘《かか》わらず、何でも話してしまいたくなる。クロノス自身、気付いたら言葉が出ていたほどだ。

「まあ俺も、幼い頃は、奴隷だったからなあ」

「えっ？　く、クロノスが？」

リアラが意外そうな声を発すると、クロノスは頷いて返事しながら、話を続ける。

奴隷だった頃の、けれど忌《い》むべき過去とは違う、懐《なつ》かしい昔話に思いを馳《は》せる心境で。

「だがその時、俺の主人となり、救ってくれた《奴隷商》は、まさしく絶世の美女だった。心優しく慈愛《じあい》に満ちて、しかしどこか少女のように純真で。そんな、身も心も美しい、絶世の美女のおかげで、俺は救われたんだ。当時の主人との日々は、奴隷になってしまう前の地獄《じごく》とは比べ物にならないほど、幸せだったよ」

いつもの、おちゃらけた調子とは違う、真摯《しんし》な声色。

リアラにもそれが伝わっているのか、彼女は一つ頷き、肯定《こうてい》してくれた。

「……はい、クロノスの表情を見ていたら……何となく、わかります」

「ああ。だが俺がそれなりに大きくなった、十三歳くらいの頃だったかな。主人は俺の前から姿を消した。ま、色々と事情があってな、とにかくその後、俺は主人に倣《なら》って《奴隷商》の仕事を始めた。最初の奴隷が、ノノでな。そして現在にまで至る、というワケよ」

何となく小恥《こは》ずかしくなったクロノスは、最後は簡潔にまとめ、話を終えた。

対するリアラは、上等な宝石のように輝《かがや》く双眸《そうぼう》で、クロノスを真《ま》っ直《す》ぐ見詰《みつ》めてくる。

「そうだったの、ですね。つまり、その時の経験が元となって、わた……アテナさん達を奴隷にしても、大切にしてあげている、という事なのですね」

「ん、まあ、それもあるが。う－ん、何て言うか、それだけじゃなくってだな」

我ながら珍《めずら》しく、歯切れの悪い物言いをしてしまうと、リアラはきょとんと首を傾《かし》げた。

クロノスとしても気恥ずかしくはあるが、それでも苦笑《くしょう》しつつ口を開く。

「俺はな、困っている女の子がいるんなら、全員を救ってやりたいんだよ」

「えっ。……こ、困っている女の子、全員を、ですか？」

「ああ、そうだ。それは当然、リアラもだし――リアラの妹姫《いもうとひめ》、メイちゃんもな」

「……ふえっ⁉　な、なぜ妹の……メイの事まで知ってて⁉」

驚《おどろ》きに目を見開くリアラに、クロノスは種を明かす。

「この間からノノに加えて、ルーアも調査を進めてくれていてな。何しろ《通信魔術《まじゅつ》》があるから、連絡《れんらく》も簡単よ。この《神国アリエス》の置かれている現状だとか、分かり次第、全てを伝えてくれている、というワケだ」

「そ、そうなのですか。道理で最近、ルーアさん、お疲《つか》れだと……」

戸惑《とまど》いながらも、なるほど、と頷くリアラに、クロノスは続けて説明する。

「さて《神国》の現状だが、この国では百年以上、《神剣《しんけん》アリエス》を継承《けいしょう》する資格を持つ《お姫様》が現れなかったはずだな。だがついに数か月前、奇《く》しくも〝姉妹姫〟が、同時に〝神託《しんたく》〟を受けてしまう。そう、リアラと、その妹姫であるメイちゃんだ」

「は、はい。確かに私達姉妹は、《神剣アリエス》が封印《ふういん》されている神殿《しんでん》における祭儀《さいぎ》で、祈《いの》りを捧《ささ》げていた最中……《女神》様を象《かたど》る聖像から流れた涙《なみだ》、《女神の慈《じ》雨》と呼ばれる〝神託〟を受けました。本当に、神々《こうごう》しい……聖なる力を、感じて――」

「ああうん、まあそれ実際は『勘弁《かんべん》して！』って女神サマの涙なんだけどな。ほら、《女神の聖具》は性具だって言ったろ？　そんなモンの前で真面目に祈られたら、そりゃ女神サマだって泣きたくなるっていうね？」

「んなっ……もうっ、クロノスはまた、そんなデタラメを言ってー！　そもそも私、《女神の聖具》が性具だとか、信じていないのですからねっ⁉」

本当なんだけどな、とクロノスが思えど、長い歴史で語り継《つ》がれているという事もあるし、信じてもらえないのも仕方ない。

そもそも、その〝神託〟とやらを〝王家の清らかな乙女《おとめ》〟が受けた結果、実際に《女神の聖具》を扱える《お姫様》になるのだから、誤解が加速するのも当然か。

今や神聖なものとして認知され、信じ込まれているものを、否定するのは無粋《ぶすい》。

それよりも、クロノスはリアラに降りかかっている当面の問題について言及《げんきゅう》する。

「まあとにかくだ、《神国》の〝姉妹姫〟二人が同時に〝神託〟を受けたはイイが、姉妹仲は良好。特に揉《も》めるコトもなく、《神剣アリエス》の継承権は第一王女である、姉姫リアラが得るコトになっていた。そのはずだったな？」

「は、はい。私も妹も、そういう権力だとかには、興味なくて……とはいえ妹は純粋《じゅんすい》すぎて、権謀《けんぼう》の蔓延《はびこ》る国事には向いていませんし、姉の私が頑張《がんば》らなくちゃ、って。何より妹は私なんかより、ずっと心優《やさ》しいですから」

「ははは、リアラも充分《じゅうぶん》すぎるくらい純粋だし、心優しいけどな。だが、それでリアラが命を狙《ねら》われたってコトは、第一王女であるリアラを廃《はい》し、第二王女のメイちゃんを《お姫様》に即位《そくい》させ、傀儡《かいらい》にして国の実権を握ろうとする人間がいる。前にも言ったな——その黒幕は、城仕えの重臣の、誰《だれ》かだと」

「っ。は、はい……その事は、もう、覚悟《かくご》を決めています」

覚悟を決めている、その言葉に、偽《いつわ》りはないだろう。だが、ショックがなくなる訳ではない。リアラの失意に暮れる表情が、それを証明している。

けれど、だからこそクロノスは、彼女へと力強い笑《え》みを向けた。

「よーし、俺は決めたぞ、リアラ！」

「……ふ、え？　え、ええと、決めたって……何を、ですか？」

「決まっている。リアラを狙い、《神国》の実権を握ろうとする、悪逆無道の黒幕を見つけ出し、そして――」

迷いなど、微塵《みじん》もない。クロノスは、ただひたすらに自らの《奴隷姫《どれいひめ》》を――リアラのためを想い、胸を叩《たた》いて宣言した。

「この俺様が、カワイイ姉妹姫を救い出し――必ず、幸せにしてやると――！」

この堂々たる宣言を受け、ぽかん、と呆《ほう》けていたリアラが、慌《あわ》てて反論してくる。

「っ……そ、そんなっ！　相手が国の重臣なら、場合によっては国そのものを、敵に回すかもしれないのですよ!?　一介《いっかい》の《奴隷商》である、クロノスが……む、無謀《むぼう》です！」

「はっ。俺様のカワイイ奴隷ちゃんを幸せにするためなら、国だろうが世界だろうが敵に回して、その上でぶち勝ってやる！　だから安心しろよ、俺の《姫奴隷》ちゃん！」

「く、クロノス……って、だから奴隷になったとは認めていませんってばー！」

このどさくさでも認めないリアラだが、次の瞬間《しゅんかん》、小さく唇《くちびる》の端《はし》を緩《ゆる》めて。

「……でも、本気なのですね、クロノス……無茶苦茶なんですから、ふふっ」

久し振《ぶ》りに、リアラの笑顔を見た気がする。やはり彼女には、笑顔が一番似合う。

とクロノスがクサい事を考えていると、表情を引き締《し》めたリアラが再び尋《たず》ねてきた。

「ですがクロノス、やはりまだ、納得できません。女性を幸せにしたいあなたが、どうして〝奴隷〟になんてするのですか？　まさか、本当は……何か、深い事情でも？」

「！　ふっ、さすがに聡《さと》いな、リアラ。深い事情、か。イイトコを突《つ》いてくる」

「あっ……や、やはり何か、あるのですね⁉　い、一体、どんな理由がっ？」

「ああ、良く聞け、リアラ！　俺がカワイイ女の子に〝紋《もん》〟を付け、彼女達を救い、そして全力で幸せにしようとする――その理由は！」

クロノスが意味深な微笑《びしょう》を浮《う》かべると、リアラは身を乗り出して続く言葉を待つ。そう、今こそ明かそう。クロノスがカワイイ女の子を奴隷にする、深い深い訳を――！

「カワイイ奴隷ちゃんでハーレムを築きたいという――俺の趣味《しゅみ》デース！」

「――ああああおおおおっ！　せっかく見直しかけていたのにっ！　んもーーーっ！」

「怒《おこ》るなってー。それに何だかんだで、絶対に幸せにするヨ？　最終的には俺様の奴隷になってヨカッター、って思わせてやんヨー？　マジマジ、奴隷商、ウソツカナーイ」

「棒読み！　し、信用できますかっ！　……それに、幸せにするなら、奴隷なんかじゃなく、例えばこう……お、お嫁《よめ》さん、ト ヵ……そういう手段も、ですねっ……」

もじもじと身動ぎしながら、何やら乙女チックな可愛《かわい》らしい主張をしてくる。そんな姿

に、思わず求婚《きゅうこん》したい衝動《しょうどう》に駆《か》られながら、クロノスはにこやかに笑いかけた。

「いや、可愛い女の子を奴隷にしまくってハーレム築くとか、ロマンだし。そこはどんなカワイイコト言われても、譲《ゆず》れねーわ」

「こっここ、こんにゃろうがですー！」

出会ってからの短い間に、リアラもなかなか逞《たくま》しくなってしまった気がする。少し責任を感じたが、「ま、それも人生かな」と軽く投げ捨て、ついでの目的を口にした。

「それで、リアラと妹ちゃんを助けて、そのおまけに《女神の聖具》も頂こうかな、と。《女神の聖具》を集めるのも、俺の女主人だった人への恩返しってヤツでな。しっかり恩返しも済ませてから、心置きなくハーレムを楽しむつもりだよ。ふははー」

「な、何だか国が引っくり返されそうな発言は、聞き捨てなりませんけれど……女主人さんへの、恩返しですか？　一体その方は、何者なのです？」

「そりゃもちろん——心優しい、絶世の美女だよ。超《ちょう》ウブだけどな」

「そ、それはさっきも軽く聞きましたっ。むう、話す気はない、という事ですか？　そのくせ、その方の事を話している時は、楽しそうですし……何だか、むー、ですっ」

さすがに、はぐらかされているのに気づいたのか、リアラは不機嫌《ふきげん》そうだ。

とはいえ、この先どうするか、方向性も定まった。この話が一段落したところで、クロノスが一息つくと、俯《うつむ》くリアラの姿が目に映る。

まだ怒っているのだろうか、とクロノスが声をかけようとした、がしかし。

「おーいリアラ、そう拗《す》ねず、そろそろ機嫌を直して——」

「——あのっ、クロノス！　私、お願いがあるのですっ！」

「おおっ？　どうしたどうした、急に」

どうやら怒っていた訳ではないらしいが、リアラの突然《とつぜん》のお願いに、さすがのクロノスも首を捻《ひね》る。

対するリアラは、自身の胸元《むなもと》に片手を添《そ》え、思いの丈《たけ》を口にしてきた。

「クロノスが、私や妹のため、戦ってくださると……そのお気持ちは、心の底から嬉《うれ》しいですし、頼《たの》もしいです。でも、だからといって私自身が……この国の《お姫様》たる私が、何もせず、ただ守られているだけなんて……耐《た》えられないのですっ！」

「ふ、む。ん～、気持ちは分かるがな、リアラ。戦う力がないと、やはり危険で——」

「もちろん分かっていますっ。でも……手段は、ありますよね？　私も《奴隷聖具》の力を、使えるようになれば……クロノスの《烙印魔術《らくいんまじゅつ》》で、力を授けてもらえればっ！」

「！　おいおいリアラ、自分が何を言っているのか、分かっているのか？」

「は、はいっ！　クロノス……お願いです！」

リアラが胸元に添えていた指先が、〝紋〟に軽く触《ふ》れている。数度、リアラは己《おのれ》の決意を引き締めるように深呼吸し、ゆっくりと顔を上げ。

そしてついに、決定的な一言を放った――！

「クロノスの手で、私を――〝調教〟してくださいっ！」


絶世の美少女にして《お姫様》たる少女が放った、爆弾《ばくだん》発言。

『調教してください』――その言葉が、クロノスの頭の中で、何度もリフレインする。

責任感の強い彼女だ、相当の覚悟を持っての発言だろう。そんなリアラに対し、クロノスの返す答えには、少しばかりの悪戯《いたずら》心が宿っていた。

「くっくっく、なかなか大胆《だいたん》だが――俺様だけの異能たる《烙印魔術》の力、そう易々《やすやす》と授けると思ったか？　どうしてもというなら、誠意を見せてもらわねばなあ？」

「っ。せ、誠意、ですか……？　そ、それは、一体……どう、すれば？」

一気に不安そうな顔を見せるリアラに、クロノスは不穏《ふおん》な笑みを浮かべる。

そして、散々もったいぶった後に、クロノスが口にした条件とは。

「――美味《うま》い紅茶を一杯《いっぱい》、淹《い》れてくれ。頼むぞ、リアラ」

「ふえっ？　……！　く、クロノス、それって……！」

あまりに簡単な条件で、リアラに意図を察せられてしまったかもしれない。元々クロノスには、断ろうという気など、微塵もなかったのだ。リアラが気兼《きが》ねせずに済むよう、悪戯っぽく条件を提示してみた、それだけの事である。

（ふっふっふ、さすが俺様、カワイイ奴隷ちゃんの心情まで慮《おもんぱか》った采配《さいはい》、我《われ》ながら見事。というか、まあ──リアラに『調教して♡』なんておねだりされては、断れんからなっ！　ふはは、何からしてやろーか。楽しみだなあ、わっはっは）

リアラを慮るのも、調教したいのも、どちらもクロノスの本心。とはいえ提示した条件は少しわざとらしかったかな、と照れ臭《くさ》さを誤魔化《ごまか》すべく、リアラに声をかける。

「ほれほれ、すっかり忘れていたようだが、淹れる途中《とちゆう》だったろ？　あまり時間をかけすぎると渋《しぶ》くなって、美味《おい》しくなくなってしまうぞ？」

「あっ。……きゃ、きゃあっ⁉　そうでした、そうでしたっ。で、でもまだ、時間的には大丈夫《だいじようぶ》のはずですっ。……ふ、ふふっ！　待っていてくださいね、クロノスっ」

クロノスが促《うなが》すと、リアラは身を弾《はず》ませる勢いで、紅茶を淹れる作業に戻《もど》る。実際、大きな胸と短いスカートは上下に弾み、眼福だが、まあそれは置いておくとして。

「……よーしっ。ノノさんにも教わった通り、完璧《かんぺき》ですっ！」

リアラも、最初の頃《ころ》の慌てぶりと比べれば、見違《みちが》えるように成長している。

これなら今日こそ、美味い紅茶が飲めそうだし――調教もできそうだな、とクロノスはニヤリと笑みを浮かべ、彼女に声をかける。

「フッ、イイ感じだな、リアラ。どうやらもう、心配いらない――」

「そっそそそそれでは、いいいきますよ、くろろくろクロノス。おおお落ち着いて、ゆっくり、ゆっくり紅茶、そっそ注いで。左手は、そそ添えるだけ注いでで」

「ダメそうだ。おーいリアラ、落ち着け、一回落ち着こう。とりあえず、ティーポットをテーブルに置くのだ。うん、俺に近づく前にな？　あのリアラ、聞いてくれ――」

いくら呼びかけても、緊張《きんちょう》に囚《とら》われ尽《つ》くしているリアラには、聞こえていない様子。

とはいえ、目標のティーカップは、テーブルの上だ。零《こぼ》す事があったとしても、念のため少し離《はな》れているクロノスに、被害《ひがい》が及《およ》ぶはずもない。

そう考えてきた、これまでも――何と儚《はかな》かった事か。

「きゃっ、きゃっ……きゃあ～～っ！　躓《つまず》いてしまいましたあっ、ふえ～～ん！」

「丁寧《ていねい》なご説明、痛み入る。そしてなぜわざわざコッチに。ドジっ子ってレベルじゃねーぞ。ふう、さてと――ンンン熱ウッ！　アッチチチチィ！」

もはや何度も喰《く》らいすぎて、紅茶を被《かぶ》るまでに、心の準備ができてしまうほどだ。

しかし初めて背中に注がれた時、そして頭上から降らされていた頃と比べれば、今回は股間《こかん》に引っかけられている。被害は最も甚大《じんだい》に思えるが、ティーカップに徐々《じょじょ》に近づいている分、見ようによっては成長していると言え……言える？（躊躇《ちゅうちょ》）

だがとにかく、失敗は失敗。責任感の強いリアラの自責は、やはり相当なもので。

「あ、あぁ……私、私、またこんな……うう、ごめんなさい、クロノスっ……こんなのでは私、クロノスに〝調教〟してもらえません～……うっ、せめてお仕置きしてください、え～～んっ！」

「！　ふむ、お仕置き、お仕置きか——ん、そうだなぁ、うん」

〝お仕置き〟、そのフレーズに、クロノスにはピンとくるものがあった。いや別に、いやらしい意味では……ないこともなくはないかもしれないが、まあ、とにかくだ。

よし、と腹を決めたクロノスが、我ながら演技過剰《かじょう》である事を自覚しながら、リアラに向けて厳しい態度を取る。

「よーし良く言ったリアラ！　全く、いくらカワイイから、いやカワイイすぎるからといって、手加減はせん！　オマエの望み通り、思い切りお仕置きしてやる！　では——」

「は、はいっ……うう、おしり、ペンペンされちゃうのでしょうか……こ、怖《こわ》いですけれど、私の責任っ……な、何でもしますから、遠慮《えんりょ》なくどうぞっ！」

あまりにも不用意すぎる発言をしたリアラに、クロノスが提示したお仕置きは──！

「ならば、リアラ！　今しがたオマエ自身のせいで、紅茶まみれにしてしまった俺を、綺《き》麗《れい》さっぱり洗い流すべく──今から俺の、湯浴みの世話をするのだ──！」

「は、はいっ！　……は、い？　ゆあみ、の……せわ？　⁇」

「よしよし、素直《すなお》なイイ子だ。さあ行こう、やれ行こう、どんと行こー！」

リアラの頭がパンクしている隙《すき》に、彼女の手を引っ張って部屋を出た。手を引かれながらも「？　⁇」と困惑《こんわく》するリアラを見つつ、クロノスは思考を奔《はし》らせる。

（ククク、リアラは良く分かっていないだろうが、〝お仕置き〟と〝調教〟は密接な関係にある。美味い紅茶のご褒美《ほうび》ではなくなったが、これも俺の《烙印魔術》で、リアラに力を注いでやるために、必要なコトなのよ。うん、うん）

まあ、あえて一つ付け加えるなら──イヤイヤやっているのか、と問われれば。

（──無論、何より俺様が、リアラを調教し、気持ち良くしてやりたいしなっ！　さあ行くぞリアラ、いざ高みへとっ！　うーん意味深！　フハハハーッ！）

「……ふぁっ⁉　ちょ、クロノス、湯浴みって、ほ……本気なのですかっ⁉　……あの、ニヤけ顔が怖いのですけれどっ、あのーっ⁉」

趣味《しゅみ》と実益を兼《か》ね備えた、一分の隙もない、クロノスの『奴隷《どれい》ちゃん道』（今考えた）。

手を引かれるリアラも、興奮しているのか、何やら叫《さけ》んでいたが。

もはや、止まる事など有り得ない——夜も更《ふ》け、お楽しみは、これからである。

■■■

瞬《また》く間に、風呂《ふろ》。広大なお屋敷《やしき》には、それに見合う浴場が備えられていた。広々とした浴槽《よくそう》にはなみなみと湯が張られており、既《すで》に準備は万端《ばんたん》である。

「フッ、さすがはルーアの手配したお屋敷、立派な浴場よ。だが、しかし、うーむ」

クロノスは感心して頷《うなず》くが、そんな自分の湯浴みを世話してくれる肝心《かんじん》の本人は、心の準備が全くできていないようで。

「な、なぜ私が、こんな……ゆ、湯浴みのお世話なんて、した事ないですよお……」

頼《たよ》りないタオル一枚を体に巻いたリアラが、両腕《りょううで》も使って体を隠《かく》そうとし、一向に動かないでいる。先に入って腰《こし》かけにチン座——鎮座《ちんざ》していたクロノスも、さすがに痺《しび》れを切らし、リアラに声をかける事にした。

「おいおい、お仕置きだと言っただろーに。それにリアラも奴隷なんだし、当然だろ。ほれ、ちゃっちゃと働けー、《姫《ひめ》奴隷》ちゃーん」

「ひ、《姫奴隷》言わないの！　うう……でもでも、どうやればぁ……」

促すも、やはりリアラは一向に動けないようだ。こうなっては仕方ない。やれやれ、とクロノスは重い腰を上げ、手伝って差し上げる事にする。

「全く、仕方ないな。じゃあまずは手本として、俺がリアラを洗ってやろう！」

「え。……えええええ⁉　い、いいえ、いいです！」

「お、いいんだな？　よーし、待っていろよー、リアラー」

「いえ今の『いい』は否定の意味で——ぴゃーーーっ⁉　ここ来ないでくださいっ、見え、みっ、見えちゃいますよっ⁉　みーえーっ⁉」

一応タオルは引っかけているのに、大げさだな、とクロノスは思う。慌《あわ》てふためくリアラに近づき、彼女を落ち着かせるために、クロノスが右手を伸《の》ばすと。

「ほら、よしよし。大丈夫だから、少し落ち着けー」

「みぃっ……んっ？　えっ、あっ……きゃっ」

リアラの茹《ゆ》だっていそうな頭を、撫《な》でてやった。すると、顔が真っ赤ではあるが、先ほどまでと比べれば落ち着きを取り戻し、もじもじと身動ぎし始める。

「あ、あの、クロノス……これはこれで、恥《は》ずかしいの、ですけれど……んっ♪」

なるほど、どうやら頭を撫でられるのが、お好みらしい。かなり気持ちよさそうだし、このまま続けてあげよう——ただし一歩先の行為《こうい》を、だ。

「よしよし、じゃあコイツを使うか。さーて、ぬるぬる〜、っと」

「へ？　こいつ、って……それアテナさんにも使っていた、ローションとかいうのじゃないですかーっ⁉　い、いえ私はそんなのナシで、このままでもっ……うきゅうーっ⁉」

しかしリアラの口は、彼女へのマッサージによって閉じられた。隠し持っていたローションを迅速《じんそく》に手の平の上で混ぜ、リアラの首筋、肩《かた》から背中へと、塗《ぬ》り付けていく。

ぬるり、ぬちゃっ、生々しい音を立てるたび、リアラの体がビクンと跳《は》ねる。ローションを塗り付けている手の平からも、彼女の体が火照《ほて》りつつあるのが伝わってきた。

「っ！　な、なんです、これぇ……ぬるぬるして、か、体が、火照って……う、うう、アテナさんも、こんな、こんなぁ……こんな、の、ダメぇ……っ」

リアラの声が艶《つや》を帯びていき、クロノスは仕事人の顔（自称《じしょう》）をキリリと崩《くず》さぬまま、言い聞かせるように言葉を紡《つむ》ぐ。

「リアラよ、これはお仕置きではあるが、同時に〝調教〟でもある。つまりリアラが《奴隷聖具》を扱《あつか》えるようになるための行為なのだ。全身全霊《ぜんれい》をもって、快感を受け入れるコトも、それを力に変えるために必要なコトなのだぞ？」

「⁉　そ……そう、だったの、ですか？　ふあ、あぁ、んん……っ」

クロノスが言い訳を与《あた》えてやると、先ほどよりも更《さら》にリアラの熱が高まって行く。実際のところ、クロノスの言葉は嘘《うそ》ではなく、彼女の〝紋《もん》〟には力が溜《た》まっているのだ。

そして次が本題、とクロノスはローションの入った瓶《びん》を手渡《てわた》し、彼女に背を向ける。

「とはいえ、だ。リアラだけキモチよくなってちゃ、ダメだぞ。さあ、今度は姫奴隷ちゃんが、ご主人様を洗う番だ。そのローションを使ってな！」

「んあぅ……う？　……え、ええっ⁉　これを使って、って……う、うう」

もはや「奴隷ではない」とツッコむ事も忘れ、リアラがローションを凝視《ぎょうし》する。恐《おそ》る恐る、それを滴《したた》らせた手の平を、背中に向けて伸ばしてきた。

「え、えと……こう、です？　ん、よいしょっ……あ、ちょっと、楽しいかも……♪」

「──はぁ～～っ。おいおい、リアラ？　全く、何か間違《まちが》っていましたかっ⁉」

「⁉　え、ええっ⁉　わわ私、何か間違っていましたかっ⁉」

クロノスがわざとらしく大きな溜め息を吐《つ》くと、リアラは慌てて手を引いた。

間違っていた、気持ち良くなかった、そう言うと嘘になる。彼女のきめ細かでしなやかな指で、しかもローションを塗り付けられて、不満などあろうはずもない。

だがクロノスは、欲張《よくば》りさん（控《ひか》えめな表現）なのである。もう一歩、ただし大股《おおまた》で踏《ふ》み込んでみようと、リアラにとんでもない提案をぶちかました。

「あのなリアラ、こういう時は——乳につけて、そいつで洗うに決まっているだろ？」

「え。……えええええ!?　ち、ち……む、胸でって、な、何を言っているのですっ!?」

リアラの初心《うぶ》な反応は当然だが、クロノスとて、それくらいは予測している。

だからこそ、言葉でリアラを説き伏《ふ》せるのだ。人はこれを、言い包《くる》める、と呼びます。

「おいおいホント、世間知らずだなー。乳が何で柔《やわ》らかいのか、知ってるか？　人を幸せにするためダヨ？　奴隷が主人を優《やさ》しく洗うために使うなんて、常識ッスよ？」

「えっ。じょ、常識……そう、なの？　い、いえでも、そんな……ほ、ほんと？」

「ホントホント。奴隷商、ウソツカナイってば。オレヲシンジロッテー。マジダッテー」

「う、うぅ……？　ほ、ほんと、ですね……？　で、では、その、えっとぉ……」

浴場の絡《から》みつくような熱気と、ローションで火照った体のせいだろうか。リアラの目が虚《うつ》ろになっていき、クロノスの言葉に導かれるように、肢体《したい》を徐々に倒《たお》し始める。

ゆっくり、ゆっくり、傾《かたむ》いてくると——大きく柔らかな双丘《そうきゅう》が、いち早く到達《とうたつ》し。

「え、えいっ」

「おっふ。おお、これは、おお。うーむ、うむ。う、うむぅ——んぐっ」

ふにん、とした感触《かんしょく》に、ぬちゅっ、とローションの滑《ぬめ》りが加わる。平静を装《よそお》うにも、声が乱れるのを抑《おさ》えきれないほど、クロノスの背中に快楽の奔流《ほんりゅう》が襲《おそ》ってきていた。

抗《あらが》いがたい柔らかさが交互《こうご》に擦《こす》りつけられて、さすがのクロノスも焦《あせ》り始める。

「むむむ。これは、うーむ、ヤバイな、想像以上に。おっふ。ぐ、ぐぬぬ。やるなリアラ、この俺をここまで追い詰《つ》めるとは！」

「んっ、んっ……な、なにこれぇ……わ、私まで、変になっちゃいますぅ……♡」

「おっとこちらも盛り上がってまいりました。アレだな、自分で唆《そそのか》しといて何だけど、こっちの理性もぶっ壊《こわ》れそうだな！　いやー、ヤバぅおっふ」

まさに熱中、クロノスの背中に胸を擦りつける動きが、大胆《だいたん》になってきた。押し付けられる柔らかさだけでなく、双丘の頂点で輝《かがや》く二つ星が、絶妙《ぜつみょう》なアクセントを加えてくる。

クロノスがここまで防戦一方になるとは、リアラはそれほどまでに、恐ろしい才能の持ち主だったのか。

（いや、違《ちが》う。確かにリアラの乳は、人類の至宝と呼んでも過言ではない。だが、それだけではない――成長している。リアラは戦いの中で、成長しているのだッ！）

そろそろクロノス自身、何を考えているのか分からなくなってきた。理性はもはや爆発《ばくはつ》寸前、このままでは本戦（意味深）が始まりかねない。

だが、この空気を変える救いの手は、意外にも現れた。浴場の扉《とびら》を、強く開け放ち！

――なぜか律儀《りちぎ》にもタオル一枚の、《良い尻《しり》のルーア》（異名）、参戦――！

「そ、そこまでです！　何も知らない《お姫様《ひめさま》》の……いいえ！　リアラちゃんを救うのは、お友達のあたしで」

「何だおまえイイ尻で主人を洗いに来たか不敬なるぞウーラー!!」

「ぴぎゃあああ!?　う、うえぇん……や、やめてくださぁいぃ……」

たとえ窮地《きゅうち》に陥《おちい》ろうと、目の前に良い尻があれば、全力で揉《も》むのがクロノスだ。

それはともかく、加勢に来た瞬間《しゅんかん》に即堕《そくお》ちしたルーアの姿が、リアラの視界にも入ったらしく。

「はあ、はあ……う？　ルーアさん……ってクロノス、何を揉んでいるのですかっ！」

さすが清廉《せいれん》なる《お姫様》、我《われ》を失っていたように見えても、友の危機とあらば、すぐさま己《おのれ》を取り戻《もど》せるらしい。

だが、ルーアの白桃《はくとう》を思わせるお尻が、リアラの目に映ったのだろう、その瞬間。

「離《はな》しなさ……んっ？　あっ、ルーアさんの〝紋〟は、お尻にあるのですね。あれ？　けど、クロノスの〝紋〟は、口付けで……と、という事は!?」

「ひんっ!?　ぁ、ぁぁ、恥ずかしい……見ないでぇ、リアラちゃ、あんっ！」

ルーアの桃尻《ももじり》の右側にある〝紋〟を見て、リアラがとんでもない事実に気付いたようだ。

しかしその間もクロノスは、尻を揉む手を止めない。

ローションが付いたままという事もあり、あっという間に火照ってしまったルーアを見て、リアラが怒《おこ》り始めた。

「ま、またルーアさんにひどい事をっ！　しかもこんな恥ずかしがり屋なルーアさんの、お、お尻に……キスした、という事でしょうっ⁉　あんまりです、クロノスっ！」

「いやあ、そうは言うがな、割とルーアの嗜好《しこう》に寄せた結果なんだよ。言ったろ、ルーアはイヤがってるように見えて、無自覚ドMなのだと！　なあルーア、そぉれっ」

「ひゃぁんっ⁉　ち、違いましゅ……あたし、そんなんじゃにゃぁ……ぃあっ♡」

「ほらこの通り、無自覚なので否定はするが、この蕩《とろ》け顔よ。決していぢめているワケではなく、可愛《かわい》がるための行為なのだ。分かったろ？」

クロノスがルーアの事を知る限りでは、決して嘘偽《うそいつわ》りはない。だが、ルーア自身が無自覚ゆえに認めようとしないので、ややこしくなっているのは確かだ。

そのため、リアラはお友達のルーアを信じ、クロノスを諫《いさ》めようとしてくる、が。

「もうっ、クロノスったら、妙《みょう》な言い訳しないで……というかルーアさんのお尻を揉み続けるの、やめてあげてくださいーっ⁉　ゆ、許しませんよ——」

「そこまで。それ以上、クロに逆らうの、こっちこそ、許さない」

「ってきゃあーっ⁉　の、ノノさんまで⁉　ど、どうなっているのです、ここはーっ⁉」

当然タオル一枚で現れたノノに、焦りを隠せないリアラ。

もはやこの場に男女の区別などなく、完全に混浴状態と化している事に、《奴隷》と化しても清純さを失わないリアラは、危機感を抱《いだ》いているようだ。

「な、なぜノノさんまで、入ってきちゃったのですかっ。ダメですよ、男性と女性が一緒《いっしょ》にお風呂《ふろ》に入るなんて、不埒《ふらち》ですっ。そんなえっちなのは、いけないんですからっ」

「自分だって、ここいるクセに、ナニを今さら。……それに、ノノだけ、違う。アテナだって、来てるし」

「へ？　アテナさんも、って……あっ、いつの間に浴槽《よくそう》に？　あ、あのー？」

ノノの指差す先に、確かにアテナはいた。しかし、何やら真っ赤にした顔を湯船から半分ほど出して、おずおずとリアラへ向けて声を漏《も》らしている。

「り、リアラちゃん……すごかった、ね。クロノス様に、あんなに……お、お胸を使って、ローションで、背中を……」

「みみ見ていたのですかっ⁉　ち、違うのです。あの時の私は本当、どうかしていて⁉」

「尊敬、しちゃう、な……け、けどわたしだって。こんどぶくぶくぶく」

「あ、アテナさーん！　不穏《ふおん》な言葉を残して、沈《しず》まないでくださいー⁉」

沈みゆくアテナを、心配したリアラは駆《か》け寄って引き上げようとする。それにしても、浴場という憩《いこ》いの場で、騒《さわ》がしい事この上ない。まあ大体クロノスのせいだが。

しかしこの騒がしさが心地よく、失笑《しっしょう》するクロノスに、ノノが語りかけてきた。

「クロ。……楽しそう。こーゆーの、好き？」

「おお、ノノ。ん、そーだな。俺のカワイイ奴隷《どれい》ちゃん達が、こうして賑《にぎ》やかにしている分には、俺も満足だよ。うん」

「そ。クロが、イイなら……ノノも、イイ。ふふっ」

「ははは、ノノは相変わらず、カワイイことばかり言ってくれるな。はっはっは」

「く、クロノスさん、お尻、お尻揉むのぉ……やめてぇ……はうんっ！」

そう、この和《なご》やかなやり取りの中でも、クロノスはノノの尻を揉む事は中断していない。

このブレなさこそクロノスだが、しかしブレないのは、ノノも同じで。

「じゃ、クロ？　ノノも、ローションで、洗ったげる。さあ、出して、股間《こかん》を。ノノも、洗うから。お股《また》で。さあ、クロ。さあ、はよ」

「はっはっは、すげえグイグイくる～。刺激《しげき》っぷりハンパない～」

「うぁうぅ……揉むの、やぁ……だめ、なのぉ……んっ♡」

ほぼ全裸《ぜんら》にも拘《かか》わらず、躊躇《ちゅうちょ》なくクロノスの膝《ひざ》に乗っかってくるノノ。そして今もなお、クロノスに休みなく尻を揉まれ続けるルーア。何だろうここ、欲望の地獄《じごく》か。

さて、そんな混沌《こんとん》とした現状に気付いたのか、アテナを宥《なだ》めていたリアラが駆け寄ってくる。何やらぷりぷりと怒っているが、少しばかり、足元が見えていないようだ。

「あっ、こらっ、クロノスっ！　まだルーアさんを揉み続けているのですかっ⁉　しかもノノさんまで侍《はべ》らせてっ……きゃ、あっ⁉」

体に塗《ぬ》りたくっていたローションが、足元にまで及《およ》んでいたのだろう。つるつるっ、とリアラが、クロノスに向かって倒れ込みそうになっている。

「おっと！　ノノ、下がってろ！」

「むう。……残念」

「ルーア、どかすぞ！　ついでに一揉みっ」

「ひあぁうっ♡　ぁ、ぁぅぁぅ」

ノノを膝から下ろし、ルーアの尻を一揉みしてから押し飛ばす。

そしてついに、足を滑《すべ》らせたリアラが目の前まで迫《せま》ると、クロノスは両手を広げ。

「よし！　いいぞリアラ、安心して飛び込んでこぉいっ！」

「あ、あうっ……ご、ごめんなさいぃ～っ！　……あんっ」

「エクセレンツ」

リアラの柔らかく滑《なめ》らかな肢体を、クロノスは完璧《かんぺき》に受け切ってみせた。だが、今は入浴中。ほぼ裸《はだか》の二人が、絡み合い、もつれるように倒れ込むと。

「あっ。う、あ、う。ち、ちか……近い、で、す……きゃあ、きゃあっ……!?」

今日一番の密着──前から抱《だ》き合う形になってしまう。

この大胆な構図に、アテナ、ノノ、ルーアと、順番に上がってきた声は。

「り、リアラちゃんっ……本当に、すごい……わたし、もっと、頑張《がんば》らないとっ……」

「まさか、これ、狙《ねら》ってた？　……おのれ新顔、策士。いつか、後ろから、さす」

「ち、違いますよぉ！　リアラちゃんはきっと、あたしを助けようとしてくれたんですっ
……うう、あたしの身代わりになってくれるなんて、ごめんなさいぃ……」

三者三様の感想、思惑《おもわく》が入り乱れる中、当のリアラはといえば。

「もう、もうっ……何でこうなっちゃうのですかぁ～っ！　ふえぇ～ん！」

「トホホ、大浴場ローション祭りは、もうこりごりダヨー」

「クロノスが言わないでください、クロノスが！　もーーーっ！」

浴場に、やるせない声を響《ひび》かせるしか、なかったようだ。

《第三章》姫奴隷と化した私に、今さら怖いものなどありません！

「よし、リアラ。〝お仕事〟だ。今日も一杯《いっぱい》、淹《い》れてくれるか」

自室にて、クロノスが目の前のリアラに促《うなが》すと、こくり、彼女は無言で一つ頷《うなず》く。

リアラがクロノスの《姫奴隷《ひめどれい》》となって、二十日以上の時が過ぎていた。可愛らしいフリルをあしらった、メイド風のミニスカート姿も、すっかり板についている。

クロノスに背を向け、紅茶を用意するリアラの、際《きわ》どくも可愛らしいお尻が左右に揺《ゆ》れていた。ずっと眺《なが》めていても飽《あ》きない光景だが、準備はすぐに終わってしまう。

ティーポットを手に、リアラがゆっくりと近づいてきた。彼女の失敗の数々を体感してきたクロノスは、つい自身の体が強張《こわば》るのを感じるのだが、その心配はもはや杞憂《きゆう》。

さすがは《お姫様》たるリアラ、見惚《みと》れるほどの流麗《りゅうれい》な動作は、元から持ち合わせていたもので——クロノスの眼前のティーカップに、紅茶が注がれていく。

もはや紅茶に濡《ぬ》れる事などなくなったクロノスは、緊張《きんちょう》した面持《おもも》ちのリアラへと笑いかけながら頷き、今しがた淹れられた紅茶を一口啜《すす》り、そして。

「――うむ、美味《うま》い！　お世辞じゃないぞ。成長したな、リアラ！」

クロノスが率直《そっちょく》な感想を述べると、ぱあっ、とリアラに笑顔の花が咲《さ》いた。

「ほ、本当ですかっ？　良かったぁ……えへへっ、どうぞ召《め》し上がれ、ですっ♪」

「うんうん、もちろん遠慮《えんりょ》なく召し上がろう。いやあ、初めの頃《ころ》はどうなるコトかと心配したが、今やすっかり馴染《なじ》んだな。俺の自慢《じまん》の――《姫奴隷》ちゃんとして！」

「そ、そうですか？　照れちゃいます……ってだから奴隷じゃないですってばあ！」

この期《ご》に及んで、やはりしぶとい《姫奴隷》ちゃんであった。

とはいえ何となくだが、リアラは以前と比べて、あらゆる対応が柔軟《じゅうなん》になっている気がする。奴隷になり立ての頃の緊張感がなくなり、角が取れていくような印象だ。

思えば、その傾向《けいこう》が顕著《けんちょ》になってきたのは――浴場でリアラに、ローションマッサージをしてあげた後くらいだろうか。

『俺様のテクにメロメロというワケか。なるほどね』とクロノスが頷いていると、リアラは可愛らしく小首を傾《かし》げてくる。

「？　クロノス、何だか良く分かりませんけれど、嬉《うれ》しそうですね……そんなに紅茶が美味《お》味《い》しかったのでしょうか。ふふっ、達成感、ですっ♪」

何やら勘違《かんちが》いしているようだが、カワイイので良し、とクロノスは思うのだった。

そんないつものやり取りに興じていると、いつの間にか室内に入っていた少女が声を上げてくる。神出鬼没《きぼつ》な事に定評のある、ノノだ。

「甘い、まだまだ。淹れられるよう、なっただけ。この程度で満足、されるの困る」

「ぴゃっ!? う、うう、いつの間に。ノノさんは相変わらず、厳しいです～……」

ノノの容赦《ようしゃ》ない発言に、縮こまってしまうリアラ。ついカワイイ女の子には甘い顔をしてしまうクロノスと違い、厳しい指導をするノノは、なかなか得難《えがた》い存在である。

とはいえ本題は、やはり別。クロノスは改めて、ノノに尋《たず》ねかけた。

「ノノ、リアラを狙う黒幕について、何か分かったか？　調査の調子はどうだ？」

問いかけると、思い出したように手を叩《たた》いたノノが、けれどすぐさま首を横に振《ふ》る。

「ン……イマイチ。街での調査、もー限界、かも。後はお城、調べるしか、ナイ。まあ、それについては――」

「……あ、あの、クロノス、ノノさん！　少し、よろしいですか？」

ノノが淡々《たんたん》と説明を続けていると、不意にリアラが割り込んでくる。ノノは少しだけ面食《く》らっていたようだが、クロノスが軽く頷くと、言葉を止めて聞く体勢に入った。

リアラは緊張している様子で、少し逡巡《しゅんじゅん》していたが、意を決して口を開いてきた。

「私っ……一度、お城へ戻《もど》りたいのです！」

どうやら、かなりの覚悟《かくご》で放った発言らしい。しかし一度口にしてしまえば、そこからのリアラは勢いのまま、自身の発言の意図を説明してきた。

「私が国の重臣に命を狙われているのは、承知しています。クロノスの推測を疑っている訳では、決してありません。ですが私は、仮にもこの国の第一王女。《お姫様《ひめさま》》としての責務を放棄《ほうき》したまま……全ての事をクロノスやノノさん達にお任せして、当事者である私だけが安全な場所にいる訳には、いかないのですっ！」

確固たる意志を言葉で示したリアラが、懇願《こんがん》するようにクロノスに詰《つ》め寄ってくる。

「世間知らずな私にできる事なんて、たかが知れているのも、分かっています。ですが、何もせずには、いられないのです！　黒幕の事だってありますし、妹の……メイの様子も心配なのです。だから、お願いします、クロノス！」

椅子《いす》に座るクロノスの右手を、小さく可愛《かわい》らしい両手で握《にぎ》ってくる。

そんな《姫奴隷》リアラの必死の懇願に対し、クロノスの放った決断とは。

「ん？　あー、別にイイぞー。了解《りょうかい》、了解ー」

「軽くないですか⁉　私の深刻さに、少しは合わせて欲しいのですけれどー⁉」

快諾《かいだく》してあげたのに、なぜか不満をぶつけられる。ちょっぴり不思議なリアラに、クロノスは軽い調子はそのままで、自分の意見を口にした。

「とは言ってもなあ、リアラの気持ちは理解できるし、言っているコトも間違《まちが》ってはいない。それに、ちゃんと俺に話してくれたろ？　そうやって筋を通せる、そんなリアラのコトを、俺は信じているからな。だから、別にイイのだ。わっはっは」

「えっ、では、私の事を信頼《しんらい》して？　っ……ありがとうございます、クロノスっ」

大きく頭を下げてくるリアラ。だが、それまで黙《だま》っていたノノが、口を挟《はさ》んできた。

「……どーだか。そんなこと、言って。そのまま帰らない、つもりじゃ」

「そんな事、ありませんっ」

「！　……むぅ」

リアラのはっきりとした物言いに、ノノが珍《めずら》しく言い返せなくなっている。

対するリアラは、きゅ、と自身の胸元《むなもと》に手を添《そ》え、真剣《しんけん》な表情で言葉を紡《つむ》いでいた。

「クロノスは今、私の事を信じて、送り出すと言ってくれました。そんなクロノスを裏切るなんて、絶対にありえないのですっ」

言い切ったリアラが、「あっ」と短く声を発してから、更《さら》に付け加えてきた。

「その、勘違いはしないでくださいね。もちろん帰ってくるつもりですが、私は自分を奴《ど》隷《れい》だなんて、認めた訳ではありませんからっ。むしろ私は、クロノスのそういう……えっちな所とかっ。更生《こうせい》させるため、戻ってくるのです。ふふっ、覚悟してくださいね♪」

潑剌《はつらつ》とした笑顔を見せるリアラに、ノノも少しばかり戸惑《とまど》いながら、言葉を漏《も》らす。

「……ふー、ん。ま、無駄《むだ》なあがき、だけど……やるだけ、やってみる？　……帰って、くるんなら。なんでも、イイし」

ぷい、とリアラからそっぽを向いたノノの頰《ほお》は、クロノスの目には赤らんで見えた。何だかんだ言って、ノノも本心では、リアラがいなくなるのは嫌《いや》なのだろう。

なかなか微笑《ほほえ》ましい光景に、クロノスも思わず和《なご》みそうになる。とはいえ、そのままリアラを送り出そうとするほど、不用心なつもりもない。

クロノスは椅子から立ち上がり、リアラへと歩み寄って、彼女を真《ま》っ直《す》ぐ見つめた。

「リアラの気持ちは、良く分かった。けどな、リアラが承知している通り、危険なのは確かだ。だからこそ、もし助けが必要になった、その時は」

「えっ？　そ、その時は？」

復唱して問いかけてくるリアラに、ニッ、とクロノスは歯を見せて笑いかけた。

「いつでも、俺を呼べ――！　俺様の大事な大事な、カワイイ奴隷ちゃんのためなら、何があっても応えるし、空を飛んででも助けに行ってやるからなっ！」

「！　は、はいっ！　……って、だから私は、奴隷ではありませんったらー！　……でも、ふふっ。ありがとうございます、クロノスっ♪」

リアラの笑顔は、まるで太陽のように眩《まぶ》しい。そんな笑顔に絆《ほだ》されて、クロノスは軽く鼻の頭を擦《こす》りながら、更に彼女へと語りかけた。

「それじゃ、餞別《せんべつ》というワケでもないが、お守り代わりにプレゼントをあげよう。何かあっても、きっとコイツが、リアラを守ってくれる。さあ、受け取ってくれ」

「クロノス……も、もうっ。何だか私、もらってばかりです……えへへ」

リアラもまた、はにかんだように笑ってくれる。二人の間に和やかな空気が流れる中、クロノスはリアラへと、とっておきのプレゼントを手渡《てわた》した。

「はい、ディルド」

「あの、クロノス。もしかして私、おちょくられています？」

和やかな空気は一瞬《いっしゅん》で吹《ふ》っ飛び、リアラはディルドを受け取ったまま、物言いたげなジト目で睨《にら》んでくる。いきなり慌《あわ》てたりはしなくなったので、慣れてきたとも言えるが。

だがこれは、クロノスにしてみれば、本当に彼女を慮《おもんぱか》っての事である。

「まあまあ、《奴隷聖具》のコトは教えただろ？　いざという時は、ホントに役立つモノだし。それに今日までの〝調教〟の日々を思えば、きっと今なら使えるはずだし」

「う、うう。それは、まあ、心強いですけれど～……でも、こんな物を忍《しの》ばせてお城に帰る王女って、どうなのですかぁ～……」

「些事《さじ》、些事。それくらいの保険はないと、さすがに心配だしな。大体これは、俺様のカワイイ奴隷ちゃん達の、基本装備なんだぞ。諦《あきら》めて、持っていけーい」

「ノノさんにも聞きましたけれど、基本装備って何なのですかぁ……うう、分かりましたよう。私は決して奴隷ではないですけれど、持っていきますよう……」

やや強引《ごういん》ではあるが、リアラも渋々《しぶしぶ》納得したらしい。と、そこでクロノスは、これは本当に、言わなくても良かった事なのだが。ついつい、口が滑《すべ》ってしまった。

「あ、それとディルドは全部——俺のを模したモンでな。わはは」

「えっ？　えっ。………………」

沈黙《ちんもく》してしまったリアラが、なぜだろう、手に持ったディルドを、ジッ、と見つめている。だが、すぐ我《われ》に返り、慌てて目を逸《そ》らしながら、真っ赤な顔でわめき始めた。

「な、ななっ……何てものを持たせるのですかーっ⁉　も、模した、って……く、クロノスの変態さんっ！　そんなの、知りたくありませんでしたっ！」

「うーむ。その割には、何か興味津々《しんしん》に見つめていたような？」

「そっそそそんな訳ないです、ないですよ⁉　変にゃこと言わないでくださいっ⁉」

噛《か》んでしまっているし説得力はなく、リアラは真っ赤な顔で大慌《おおあわ》てだ。

そんな彼女には悪いが、まだ渡《わた》すべき物があるため、クロノスは更に一つ取り出す。

「あと、ほら。コイツも持っていくとイイぞ」

「うぅ……へ？　コイツ、って……蠟燭《ろうそく》、ですよね？」

まだ頬は赤らんだまま、きょとん、と首を傾げてくるリアラ。直後、くすっ、と口元を綻《ほころ》ばせ、朗《ほが》らかな声で語りかけてきた。

「もう、クロノスったら。蠟燭くらい、お城にちゃんとありますよ？　ふふっ、細かい所まで気にかけてくださるのは嬉しいですけれど、心配性《しんぱいしょう》すぎますっ♪」

「なんか嬉しそうなトコ悪いが、そうじゃなくてな——コイツも《奴隷聖具》なんだよ」

「ふえ？　蠟燭が、って……何を言っているのですか。そんなはずないでしょうー？」

「いやいやホント、ロウが垂れてもヤケドとかしないよう、溶《と》けやすい素材で作っていて——と、本題はそこじゃないしな。うん、じゃあまあ、一見にしかず、っと」

クロノスは手に持った蠟燭を、テーブル端《はじ》のランプの火を使って灯火する。と、蠟燭の火に照らされたリアラから、口が全く動いていないにも拘《かか》わらず、声が聞こえてきて。

『……クロノスって素敵《すてき》なのに、えっちすぎるのが、もったいないですー……』

「ふーむ。リアラは俺のコト、素敵だと思っているのか。ほほう、嬉しいな、むふふ」

「……えっ、何で⁉　って、あっ⁉」

しまった、とリアラが失言した口を手で押さえるが、もう遅《おそ》い。

クロノスは彼女の反応に満足しながら、ニヤニヤと笑《え》みを浮《う》かべて説明する。

「この蠟燭は、その者の真実を照らし出す魔法《まほう》の火よ。使用者だけに、相手の心の声が聞こえるというワケだな。コイツの前では、どんな嘘《うそ》も無意味。フフフ、便利だろ？　さあ、これも持って――どうした、リアラ？」

「っ……っ、～～～ッ！」

蠟燭よりも強い火が出るのでは、と思うほど顔を真っ赤にしたリアラが、肩《かた》を小刻みに震《ふる》わせ、クロノスに大声を放ってきた。

「く、クロノスの、クロノスのバカぁ～～～っ！　こんなもので乙女《おとめ》の心を勝手に覗《のぞ》くなんて、無粋《ぶすい》ですっ！　ふ、ふえぇ～～んっ！」

火の消えた蠟燭を奪《うば》い取ったリアラが、今までになく取り乱し、駆《か》け去ろうとする。

が、クロノスはあくまでも落ち着いて、彼女が部屋に出る前に声をかけた。

「あっ、おーい、待て待て。馬車を手配するから、もう少しだけ待っておけって―」

「そんなのっ！　っ……ありがとうございますーっ！　えーんっ！」

クロノスの部屋を飛び出したリアラが、外側から、お礼と喚声《かんせい》を器用に響《ひび》かせる。

その後リアラは、クロノスと出会った時に着ていた、修復済みのドレスに着《き》替《が》えていた。

胸元の〝紋《もん》〟はクロノスの魔術で隠《かく》してやると、リアラは改めて馬車に乗り込んだ。

■■■

クロノスは自室の窓から、リアラの乗る馬車を見送った。馬車が城へと向かっているのを確認しながら、ぽつりと呟《つぶや》く。

「行った、か。責任感が強いトコもカワイイが、心配になるな。なあ、ノノ——お？」

部屋にいたはずのノノに声をかけるが、既《すで》に姿がなく、代わりに置手紙が一通。

『だいじょぶ。全部、分かってる。任せて』

そのメッセージを読みながら、くっ、とクロノスは失笑《しっしょう》した。

「さすがノノ、言葉にせずとも、俺の考えはお見通しか。さて、それでは俺も——準備を整えねば、な」

軽く伸《の》びをしたクロノスは、ニッ、と笑みを深めるのだった。

■■■

クロノス達と滞在《たいざい》していた屋敷《やしき》から離《はな》れ、馬車を降り、見慣れた城門の前に立つ。

けれど、なぜだろう。長い付き合いのはずの城の光景が、あの屋敷と比べれば、どこか他人事のように感じられてしまうのは。

リアラがそんな物思いに耽《ふけ》っていると、物見台にいた門兵が、こちらに気付いて。

「!? ま、まさか……り、リアラ王女様が——《お姫《ひめ》様》が帰還《きかん》なされたぞォォ！」

「か、開門ッ！　開門じゃあぁぁぁ！」

ほとんど間もなく、分厚く巨大《きょだい》な扉《とびら》が、音を立てて左右に開かれる。開け放たれた門を潜《くぐ》ると、城から数名が姿を現し、慌ただしく駆け寄ってきた。

「お、《お姫様》！　よくぞご無事でっ……！」

「皆《みな》、心配しておりましたっ……お怪我《けが》などは、ありませぬか!?」

「必死で捜索《そうさく》していたのですが……今まで、一体どちらへ？」

神官職を兼任《けんにん》する官吏《かんり》達が、口々に問いかけてくる。

対してリアラは、一切《いっさい》慌てる事もなく、毅然《きぜん》として答えを返した。

「心配は無用です。この通り、大事ありません。そのような些事よりも、私の留守中、何か変わりはなかったですか？」

「は……ははっ！　それはもちろん、全て滞《とどこお》りなく、順調に！」

「結構。では私の事は構わず、精勤するよう。お戻《もど》りなさい」

畏縮《いしゅく》した官吏達が揃《そろ》って頭を下げてくるのを、リアラは片手で制し、下がらせた。

リアラの態度は、ともすれば周囲を冷たく突《つ》き放しているように見えるだろう。その原因は、どこかに自分の命を狙《ねら》う〝黒幕〟がいる事を警戒《けいかい》して——というだけではない。

昔からリアラは誰《だれ》に対しても、一線を引いて接してきた。第一王女として、そして〝神託《しんたく》〟を受けた《お姫様》として、責任感を持ち、厳格であるよう努めてきた結果だ。

むしろこれが、リアラの《お姫様》としての、本来の姿。そそくさと立ち去る官吏達を厳しい目で見送りつつ、リアラは改めて考えを巡《めぐ》らせる。

(私が突然《とつぜん》、行方《ゆくえ》不明になっても、国事には支障も出ず順調……つまり私がいなくなる事は、予定調和？　やはりクロノスの言う通り、国の重臣に、黒幕がいるのですね)

あらかじめ覚悟《かくご》していたが、やはり気は重くなる。いや、重いのは気分だけではない。空気が重く感じられる。リアラが城を離れる以前より、兵士が明らかに増えていた。

物々しさに嫌気《いやけ》がさしそうになる、が——そこで一筋、清涼《せいりょう》な声が流れ込んでくる。

「リアラ様、お帰りなさいませ——御身《おんみ》の御帰り、待ち侘《わ》びておりました」

「！　あなたは……フィオナ！　わざわざ出迎《でむか》えてくれたのですねっ」

フィオナ、フルネームをフィオナ＝アインスバッハ＝セルシウス。リアラとは遠縁《とおえん》に当たる、由緒正《ゆいしょただ》しき家柄《いえがら》出身の、城仕えの女性だ。

とはいえ彼女は、家柄だけで身を立てた人間ではない。清廉《せいれん》と知られる《神国》でも、厳格と実直で知られる人柄で、高い武才から《神国の盾《たて》》とさえ称《しょう》されている。

リアラにとっても心から信頼《しんらい》できる、数少ない人物だ。今は妹姫たるメイの近衛《このえ》兵長を務めており、同時に多くの政務もこなしている。

アテナほどではないが背の高いフィオナが、恭《うやうや》しく礼をしてリアラに顔を近づけながら、声を潜《ひそ》めて語りかけてくる。

「はっ。実はよからぬ噂《うわさ》を聞き及《およ》び、心配しておりました。……リアラ様、お気を付けください。御身を狙う不埒《ふらち》者が、何処《どこ》かに潜んでいるやもしれません。重臣達が念のため、兵を増員したようですが……貴女御自身《あなたごじしん》も、どうか警戒を怠《おこた》る事なく」

「！　そう、ですか。重臣達が……分かりました。忠告、感謝します」

リアラが礼を述べると、フィオナは真剣《しんけん》な表情を崩《くず》さぬまま、端整《たんせい》な顔を上げる。

そのままフィオナは一礼して立ち去ろうとするが、その前にリアラは彼女を呼び止め、大切な事を問いかけた。

「あっ、待ってください、フィオナ。妹……第二王女メイは、どうしています？」

「！　はい、それが……リアラ様が行方不明と聞き及んだ日から、メイ様は気が塞《ふさ》ぎ、体調を崩してしまい……今は御自室で、療養《りょうよう》中でございます」

「っ、体調不良っ？　そう、でしたか……では、お見舞《みま》いに行きたいのですが」

「ええ、それは……きっと、お喜びになるでしょう。ですが体調を崩されたのは、つい最近の事。まだ大事を取っておりますので、お見舞いは、また後日になさるべきかと」

「……そう、ですか。そうですね、分かりました。そうします」

　少しばかり残念に思うリアラだが、その心情を見抜《みぬ》いてきたのか、フィオナが一つ付け足してくる。彼女にしては珍《めずら》しい、小さな笑みを見せながら。

「ご安心ください、リアラ様。体調を崩したといっても、ほんの軽いものです。ですからどうか、お笑いください。貴女には、笑顔が似合いますよ」

「！　……ふふっ、お気遣《きづか》い、ありがとうございます、フィオナ」

「いいえ、そのような、もったいない……では今度こそ、私は失礼しますね」

　言い終えたフィオナが、厳粛《げんしゅく》な表情に戻り、立ち去って行く。

　ふう、とリアラは溜《た》め息《いき》を吐《つ》き、やっと少しだけ気を抜けた。この城に帰ってきてからは、気を張り詰《つ》め通しだったし、フィオナの顔を見る事ができて良かったと思える。

……ただ、けれど、どうしてだろうか。

アテナやノノ、ルーア——そしてクロノスと一緒《いっしょ》にいた時は、もっと自然体でいられた気がする。それこそ、クロノス達といた時の自分こそ、本当の自分だと思えるような。

（……クロノス達と離れて、まだ数時間と経《た》っていないのに……ダメですね、こんなに思い出してばかりいては。それに私には、やるべき事があるのですから）

リアラは改めて気を引き締《し》め、城内に足を踏《ふ》み入れた——ちょうどその瞬間《しゅんかん》、厨房《ちゅうぼう》の方から突然、何かが大量に割れる音が響いてきた。

『ッ、キャーーー！　ちょっと新入りィ！　何枚割ってんのアンタァ!!』

『ひえええ！　ごめんなさい緊張《きんちょう》して転んで手が滑《すべ》っちゃってみゃーーっ！』

（……な、何だか随分《ずいぶん》と、賑《にぎ》やかですね？）

どうやら新入りのメイドが、失敗をしでかしてしまったらしい。それにしても、何となく懐《なつ》かしさを感じる騒《さわ》がしさだ。

つい先ほどまで、クロノス達の事を思い出していたからだろう。どうもセンチメンタルになってしまっているな、とリアラが自嘲《じちょう》しながら、城の長い廊下《ろうか》を歩いていく。

（……いえ、気が滅入《めい》っても仕方ありません。やはりお城の雰囲気《ふんいき》は、どこか異常です）

フィオナから、重臣達が兵を増員した、という話は聞いていた。そのせいか、城内までもが戦時の如《ごと》く、物々しくなってしまっている。

多くの兵が右往左往するのを眺《なが》めていたリアラの目に、また一人、兵士の姿が映る。

なぜか他の兵士に近づかず、ぽつんと佇《たたず》む、長身でフルフェイスのマスクの――

「……ふ、えっ？　え、ええっ？」

なぜか長身の兵士が、軽く手首だけ動かし、こっそり手を振《ふ》ってくる。普《ふ》通《つう》、そんな馴《な》れ馴れしい兵士は有り得ないが、不意を突かれたリアラは、つい手を振り返した。

すると、長身の兵士は軽く一礼し、また何処かへと立ち去ってしまう。その後ろ姿を見送りながら、リアラは呆気《あっけ》にとられて呟いた。

「な、なんだか、お茶目な方もいらっしゃるみたい、ですね？　う、う～ん……？」

兵士の姿は、もう見えなくなってしまったが、お茶目で済ませて良かったのか。

つい呆気にとられてしまったリアラ、だがしかし、すぐに気を取り直す。呆《ほう》けている場合ではない。自分には、やる事があり、そのために城へ戻って来たのだ。

改めて城内を注視したリアラは、ふと気付く。忙《せわ》しなく働く、いかにも勤勉そうな兵士が一人、城内の倉庫へ入り込んでいくのを。

今なら、彼は一人だろう。チャンスは、今かもしれない。

「……よーしっ。私を見守っていてくださいね、クロノスっ……」

ぐっ、と気合を入れたリアラは、不自然さを悟《さと》られないよう何気ない足取りで、兵士の後を追って倉庫に入った。

■■■

部屋の四隅《よすみ》に設置された、蠟燭《ろうそく》の灯《あか》りが頼《たよ》りの、閉めきられた薄暗《うすぐら》い倉庫。そこへリアラが足を踏み入れた瞬間、疲《つか》れたような男の声が聞こえてくる。

「ふう、はあ……ああ、忙《いそが》しい、忙しい。何だってこんな、急に……はあ」

文句とため息は止まらないようだが、それでも仕事の手は止まらないあたり、《神国》の兵士たる勤勉さが窺《うかが》える。

そんな彼に、リアラが厳《おごそ》かな声色で、不意を衝《つ》くように語りかけた。

「――精が出ますね。ご苦労様です」

「はあ……あ？　……おお、おっ……《お姫様》⁉　な、なぜこんな所にッ⁉」

大の男が声をかけただけで、後ずさり、蒼白《そうはく》な表情で畏《かしこ》まってきた。《お姫様》としては慣れた反応のはずだが、クロノスの所にいた影響《えいきょう》か、少しばかりうんざりしてしまう。

だが、そんな事を咎《とが》める理不尽《りふじん》な態度を取る気はないし、今は情報収集が目的だ。

こほん、と埃《ほこり》っぽい倉庫で咳払《せきばら》いしたリアラが、兵士へと尋《たず》ねかける。

「率直《そっちょく》に言って、あなたにお尋ねしたい事があります。城内の、昨今の内情……特に、なぜ城兵をこんなにも増員しているのか、教えてください」

「……えっ⁉　あ、いえ、それは……その」

リアラの問いに、しかし兵士はすぐに答えようとせず、逡巡《しゅんじゅん》する素振《そぶ》りを見せてくる。

暫《しばら》くして、ようやく口を開いた彼の言葉は、芳《かんば》しくないものだった。

「も……申し訳ございません！　その、城内警備全般《ぜんぱん》、上から箝口令《かんこうれい》を敷《し》かれておりまして……た、たとえ《お姫様》といえど、自分個人の裁量では、何も語る訳には……」

「！　上から……それは具体的に、一体どなたの命令なのでしょうか？」

「はっ。あ、いえっ……そ、それも、御答えはできず、その」

答える事を禁じられている兵士は、バツの悪い表情で、忙しなく視線を動かす。

それにしても、国のトップたる《お姫様》のリアラにも話せないとは、明らかに只事《ただごと》ではない。どうにか情報を得たい所だが、リアラにできる事など――

（何もない――と、少し前までの私なら、思っていたでしょうね。まあ、全く気は進みませんけれど……仕方ありません）

ふう、とため息を吐きながら、リアラは更《さら》に、兵士へと言葉を投げかける。

「どうしても、話せませんか？　《お姫様《ひめさま》》たる私が……これほど聞いても？」

「っ。も、申し訳ございません！　それでも、その……えっ。……ぶ、ぶほっ⁉」

リアラに視線を向けてきた兵士が、不意に噴《ふ》き出す。それも、仕方のない事だろう。

何しろリアラは、今──ドレスの裾《すそ》を、太股《ふともも》の辺りまで、捲《まく》り上げているのだから──！

「な、なな、なあっ……⁉　おおお《お姫様》、いい一体何をォ⁉」

勤勉な兵士といえど、思いきり取り乱すあたり、やはり男は男。

そういえばリアラも、初めてミニスカートを穿《は》いて姿見の前に立った時は、この兵士とは別の意味で驚《おどろ》いたのを思い出す。思っていたよりも、見えないものなのだ。実際に穿いてみるまでは、常に見えてしまうのでは、と危惧《きぐ》していたのに。

　これくらい捲り上げた程度では、下着までは見えない事も、リアラには分かっている。

そこまで計算した上で、演技を交えて言葉を紡《つむ》いだ。

「もう一度、お尋ねしますが……一体誰の命令で、城の兵を増員しているのですか？」

「……ほあっ⁉　い、いえですから、お答えできません、と……あ、ああっ」

「はあ……ここは蒸し暑いですね。スカートの中が、蒸れてしまいそうです。ふう……」

「う、うああ、あ……お、《お姫様》が……〝神国の至宝〟が、おみ足が、こんなっ……う、

ムラッ…♥
ハァ…♥
ハァ…♥
ハァ…♥

うう っ、 うぐぐっ⁉」

「……さあ、答えてください。一体、誰の命令なのか……さあ、さあ、早く？」

ぱた、ぱた、とスカートの裾をはためかせるのに合わせ、兵士の鼻息が荒《あら》くなる。

実の所、この薄暗い倉庫内では、大して見えてもいないだろう。それでも、彼の興奮は尋常《じんじょう》ではない。そしてついに、理性の堤防《ていぼう》が、決壊《けっかい》してしまったのか。

「だ、誰、ということはなくっ――神官長達です！　その、ほぼ全員が、手配をォ！」

この《神国》では、政治の要職には、神官位の者が就《つ》くのが基本。つまり神官長といえば、この国の重臣という立ち位置という事になる。

「そう、ですか……なるほど。では例えば、私の護衛の兵などを動かせるのも、同じく神官長達、という事になりますね？」

「そ、それは……っ、は、はいィ！　そのはず、そのはずですっ！　はあ、はあっ」

つまるところ、凶漢《きょうかん》達に追われたあの日、護衛の兵士達を動かしてリアラを孤立《こりつ》させたのは、重臣達という事になる。その事実を確定できたのは、収穫《しゅうかく》だ。

ただ……それにしても、だ。今もなお目を血走らせ、凝視《ぎょうし》してくる男の姿を、リアラは冷ややかな目で見てしまう。

（自分でやっておいて、何ですが……情けない人です。このくらいの事で、箝口令まで破ってしまうなんて。これが彼なら、そう簡単にはいきませんよ。むしろ『もっと大胆《だいたん》に』と、すごい要求をされちゃいます……そう、クロノスなら、きっと……）

思いがけず、ついクロノスの事を考えてしまっていると。

兵士は興奮の極《きわ》みに達してしまったのか、その手をいきなり伸《の》ばしてくる……が。

「はあっ……も、もう我慢《がまん》できん！　お、《お姫様》、欲求不満《よっきゅう》なら、自分が――！」

「――無礼者」

「がっ？　……ひ、ひいっ⁉」

瞬間、スカートの裾を元に戻《もど》しながら、リアラは威《おど》すように低い声を放つ。劣情《れつじょう》に支配されていた兵士の目が、一瞬《いっしゅん》で恐怖《きょうふ》の色に染まる中、リアラは容赦《ようしゃ》なく続けた。

「あなたは今、その手で何をしようとしていたのです？　まさか私が、あなたを誘惑《ゆうわく》しているなどと勘違《かんちが》いし、過《あやま》ちでも犯《おか》そうとしていたのですか？　どうなのです？」

「いぃっ……いいえ⁉　決して、決してそんなっ……おおお許しください《お姫様》⁉」

「……そうですか。ええ、良《い》いでしょう、信じます。では、この件は忘れて差し上げますから、あなたも忘れて仕事に戻りなさい。それが、身のためですよ」

「は、はいっ！　ああ、寛大《かんだい》な処置、ありがとうございますぅぅ……！」

平伏《へいふく》する勢いで畏まる兵士に、リアラは早々に背を向け、倉庫を出ていく。薄暗さから解き放たれ、陽《ひ》の差し込む廊下を歩きながら、表情は変えずに思考を奔《はし》らせた。

（……はあっ。ああ、緊張しました～……情報を得るためとはいえ、あの兵士さんには、悪い事をしてしまいましたね。私ったらいつの間にか、悪い事を覚えて……うう）

そもそも、こんな色仕掛《いろじか》けのような真似《まね》、凶漢達に追い回された時点でのリアラなら、思いつきもしなかったはずだ。これを成長と、呼んでも良いものか。

とはいえ、おかげで情報を得られたのも事実。清濁併《せいだくあわ》せ呑《の》み、以前と比べれば行動の幅《はば》が広がったと思えば、やはり成長ではあるのだろう。自信はないが。

（……ただ、それでも……どうしても、あれだけは）

体に触《ふ》れられる、という事だけは——心と体が、反射的に拒《こば》んでいた。あの瞬間、実は自分でも驚くような低い声が、自然と漏《も》れ出ていたのだ。

たとえ色仕掛けでも、どんな目的があったとしても、それだけは、許せない。

そう——クロノス以外になんて、絶対に——

（……って、違います、違うでしょう、私っ。何を考えているのですかっ。それではまるで、クロノスにならっ触《さわ》られても良いような……う、うう～っ、違いますからあ～っ！）

誰《だれ》が聞く訳でもないのに、頭の中で、言い訳を繰《く》り広げてしまうリアラ。

何だか体の内外から、クロノスの〝調教〟が順調に進んでいるようで——リアラはちょっぴり、危機感を覚えてしまうのだった。

■■■

結局リアラは、あれから大した情報を得る事は、残念ながらできなかった。

今は夜を迎《むか》え、政務などが執《と》り行われる城の中央から離《はな》れ、別棟《べつむね》にある自室へ久し振《ぶ》りに帰っている。王族の、特に女性のみの居住区で、当然ながら男子禁制だ。

「ふうっ……はあ～っ。今日は何だか、一気に疲れちゃいました……」

お屋敷《やしき》で過ごしていた頃《ころ》より大きく、豪華《ごうか》な天蓋《てんがい》付きベッドの、柔《やわ》らかな枕《まくら》に顔から飛び込む。幼い頃から、こうして一人でいる時が、心休まるのだった。

久方ぶりに、思い切り羽を伸ばせる。そう思っていたのだが。

「？　ん、んん～……ん？　……うーん、何でしょう、何か……」

何か、違和感《いわかん》がある。身動《みじろ》ぎしても、体の向きを変えても、違和感は晴れない。

言い表すならば、〝しっくりこない〟。それが最も、適切な表現に思える。

クロノス達と過ごしたお屋敷では、必ずと言って良いほど、誰かと接していた。優《やさ》しいアテナが気にかけてくれ、リアラとは年相応のお喋《しゃべ》りをし、ノノには急に脅《おびや》かされ。

そして、クロノスは――えっちだ。とてもとても、えっちである。

「く、クロノスの事はともかくっ。はあ……私って、こんなに寂《さみ》しがりやだったのですね……クロノス達に出会うまで、知りもしませんでした。……う、うーん」

ここで思い出されるのが、クロノスに付けられた胸元《むなもと》の〝紋《もん》〟による、《通信魔術《まじゅつ》》。これを使えば、もしかすると、クロノスと会話できるのではないか。

だがリアラは、逡巡する。こちらから声を送れば、「寂《さび》しかったのです」と言っているのも同然。それはさすがに、恥《は》ずかしい。

でも、けれど、だけど。ベッドの上でゴロゴロと右往左往し、リアラが決断したのは。

「う、うう～……っ。……そ、そうです、ここで得た情報を、報告しないと、ですね。決して、寂しかったとかではありません。そーです、そーなんです。こ、こほんっ」

また繰り返す、誰が聞く訳でもない、言い訳を経て。

リアラはドレスの閉じた胸元を開き、〝紋〟へ向けて、おずおずと囁《ささや》きかける。

「……あ、あのう、クロノスー？　聞こえ、ます？　も、もう寝《ね》ちゃいましたかー？」

『――――』

「く、クロノスー？　う～……し、仕方ないですよね。こちらの都合、ですし」

仕方ない、自らに言い聞かせるようにしたが、やはり残念に思う気持ちは否《いな》めない。

しかし期待が外れると、更に寂しさが加速するのが、人の心の不思議。勢い良く後ろに倒《たお》れ、仰向《あおむ》けに寝転《ねころ》がった、その時。

「きゃっ。んっ、ドレスの中に、何か……って、あっ！　ううっ、そうでした……」

リアラが取り出したのは、城へ帰る前クロノスに手渡《てわた》され、隠《かく》し持っていたディルド。

そしてクロノス曰《いわ》く、〝男の象徴《しょうちょう》〟を模したもの、という事で。

改めて考えても、全くとんでもないものを渡《わた》してくれたと、憤慨《ふんがい》するしか——

(ディルドは全部——俺のを模したモンでな)

「っ！　う、ううっ……もーっ！　も、お……」

羞恥心《しゅうちしん》が昂《たか》ぶるまま、布団《ふとん》にディルドを投げつけようとした手が、振《ふ》り上げた姿勢で止まる。〝これ〟を手渡された時は、クロノスとノノがいた。

けれど今、リアラは一人。じっくり見たとしても、邪魔《じゃま》する者は、誰もいない。

誰もいない、誰もいない、誰もいない——

「……な、なーんて！　そんな訳、ないじゃないですかぁ！　そもそも興味なんて、全然ありませんし！　大体、クロノスの、とか！　クロノス、の、とか……」

別に誰が聞いているでもないのに、言い訳していたリアラの語調が、徐々《じょじょ》に弱まる。当然、一人の部屋で返事などない。ただ、ディルドがあるだけだ。

「……そうまえば。コレで、撫《な》でられていた……アテナさん。気持ち良さそう、だった気が。……って、いえいえ、何を、何を考えているのですかっ。……な、何を……」

独り言は、もう仕方がない。女には、言い訳が必要なのだ。

そして、大方の言い訳が出尽《つ》くした頃、リアラが取ろうとした、その行動とは。

「……ま、まあ、ほんのちょっぴりくらいなら――」

『――ある晩、家庭教師の仕事に従事していた女奴隷《どれい》が、屋敷の旦那《だんな》に部屋に呼ばれたのサ。あら何かしら、と訪ねてみると、俺のコッチのムスコにも夜の授業を受けさせてくれよ、とズボンを脱《ぬ》いだんだ。それを見た奴隷はこう言ったサ。あら、旦那様のムスコさん、息子《むすこ》さんのムスコより、教え甲斐《がい》がなさそうですわ、って。ハーッハッハッハ！』

「胸元からえっちな小話を小気味よいトーンでお届けするの、やめてくれません⁉」

リアラの胸元の〝紋〟が微《かす》かな光で点滅《てんめつ》し、クロノスの声が聞こえてきた事で、慌《あわ》てて手（とディルド）を引っ込める。そのまま誤魔化《ごまか》すように、声を送りつけた。

「も、もうっ。クロノスったら、急にビックリするではありませんかっ。その……ほ、本当は全部、聞いていた、とか？」

『いやいや、リアラから呼びかけがあったのには気付いていたんだが、ちょっと他の用事もあったからな。ん？　もしかして今、何かやっていたのか？』

「そ、そうなのですか？　あっ、いえ、別に私は何もしてイマセンヨ？　……ほっ」

『ホントか〜？　そんなコト言って実は、渡した俺のディルドでも見て、悶々《もんもん》としてたんじゃないのか〜？』

「聞いっ……っい、いいえ？　そんな事、一切《いっさい》……一切ありませんでしたけれどっ？」

語るに落ちかけたリアラだが、既《すんで》の所で誤魔化した。少し前の自分なら危《あや》うかっただろうが、成長したものだ、とリアラが考えていると、自然に笑《え》みが吹《ふ》きこぼれる。

一息つき、気を取り直したリアラが、改めてクロノスへと声を送った。

「……くすっ。クロノス……わざわざ、連絡《れんらく》し直してくれたのですね。何か忙《いそが》しかったみたいなのに……何だか、申し訳ないですね」

『おいおい、リアラを送り出す前に、言ったろ？　〝何があっても応える〟と。まあ、すぐに返事できなかったのは、悪かったけどな』

「あっ……い、いいえっ、悪くなんてありません。だって今、私……とても嬉《うれ》しいですから っ。……えへへっ♪」

素直《すなお》な言葉が、口をついて出てきた。そして、リアラは気付く。

つい先ほどまで、〝しっくりこなかった〟気持ちが——クロノスとほんの少し話をしただけで、消え去ってしまっている事に。

いつの間に、自分の中でクロノスの存在が、こんなにも大きく、当たり前のものになっていたのだろうか。

何だか気恥《きは》ずかしくなったリアラは、誤魔化すように、現状を伝える事に決めた。

「あのっ。お城に帰ってきてから、自分なりに調べた事をお伝えしますねっ。黒幕が誰かまでは、分かりませんが……けれど、確かに重臣の誰かが黒幕のようです。恐《おそ》らく、政務に携《たずさ》わる神官長達の内、誰かが……」

『おお、なるほどな。うんうん、リアラも頑張《がんば》っているな。エライぞー』

「い、いえ、そんな……って、褒《ほ》めて下さっている場合ではなくっ。その、心配な事があるのです。私がいなかった事で、メイが……妹が、体調不良に陥《おちい》った、と」

『むっ、メイちゃんが？　そうか、おねーちゃんのリアラにしてみれば、心配だな』

「そうっ、そうなのですっ。クロノスは、分かってくださるのですねっ。……そ、それでですね。私、今からメイのお見舞《みま》いに行きたくて……」

クロノスが同調してくれるのが、何だか嬉しくなって、リアラは素直に言葉を紡《つむ》ぐ。

けれど、〝お見舞い〟という言葉に対してだけ、彼は渋《しぶ》い声を返してきた。

『ふむ。お見舞いに、今からか？　それはちょっと、心配かな』

「……え、ええっ？　そんな、大丈夫《だいじょうぶ》ですよ。私達の居住区は男子禁制ですし、危険なんてありません。クロノスったら、心配性《しんぱいしょう》なのですからっ」

『んーむ。だがなあ、やっぱり、やめといたほうがイイと思うぞ』

〝紋〟から聞こえてくるクロノスの声は、どうも芳《かんば》しくない。リアラは慌てて、己《おのれ》の意図を説明する事にした。

「あ、あのですねっ、妹が心配なのはもちろんですが、それだけではなくっ。私を狙《ねら》う黒幕が、妹を擁立《ようりつ》するつもりなら、妹からも情報を聞き出せると思うのです。きっと、有益な情報を得てきますからっ。お願いですっ、いかせて……いかせてくださいっ！」

『ふむ、なるほど。んんっ、アレだな——言い方、なんかエロいな』

「へ？　な、何がですか？　⁇」

リアラには良く分からず、首を傾《かし》げていると、クロノスは構わず言葉を続けてきた。

『ダメだ、と言っても、ジッとしてはいられないんだろ？　なら、仕方ない。カワイイ女の子が望むコトを邪魔するのは、俺の趣味《しゅみ》ではないしな』

「！　く、クロノスっ、ありがとうございますっ！」

『イイってコトよ。そもそもカワイイ女の子に、いかせてください、なんてお願いされて、応えないなんて男じゃないからな！　うんうん』

「そ、そうなのですか？　そう言ったら、お願いが通るのですね……うふふ、覚えましたよー。では今度お願いがある時は、クロノスの目の前で言っちゃいますからねっ♪」

『マジかよ。なにそれ超《ちょう》楽しみ。狂《くる》おしいほど心待ちにしている』

どうやら本当に、彼の琴線《きんせん》に触《ふ》れる言葉だったらしい。やはりリアラには良く分からないが、それはそれとして、今はメイの部屋へ急ぐ事に決めた。

■■■

意気込んで部屋を出たのは良いが、先程クロノスにも言った通り、男子禁制のこの場。遅《おそ》くまで働いていたメイドとすれ違う事はあっても、危険など微塵《みじん》も感じない。気を付けると言っても、燭台《しょくだい》のみに照らされる、薄暗《うすぐら》い道で躓《つまず》かない事くらいだ。

そうだ、とリアラは思い出し、クロノスから渡されていた蠟燭《ろうそく》を手にし、火を点《つ》ける。これも《奴隷聖具》だと言うが、やはりほとんど、普通《ふつう》の蠟燭と変わらなく見えた。

さて、そんな事を考えている内に、妹にして《神国アリエス》の第二王女たるメイの部屋まで、簡単に辿《たど》り着けた。

リアラが行方《ゆくえ》不明だった事を抜《ぬ》きにしても、リアラはずっと国事などで忙しく、顔を合わせる事もほとんどできていない。

「んっ、こほんっ。……よしっ」

過《よぎ》った緊張《きんちょう》を咳払《せきばら》いで追い払い、こん、こん、こん、と扉《とびら》を三度ノックする。暫《しばら》くして、扉の向こう側から、儚《はかな》くも可憐《かれん》な声が返ってきた。

『……は、はい？　あのう、このような夜更《よふ》けに、どちらさまでしょうか？』

「メイ。私です、リアラです。お久し振《ぶ》り、ですね」

『……えっ⁉　り、リアラお姉さま⁉』

名前を呼ばれるのと同時に、間髪《かんはつ》を容《い》れず扉が開かれる。更《さら》に間を置かず、室内にいた人物が、廊下《ろうか》に立っていたリアラの胸に飛び込んできた。

「リアラお姉さまっ……リアラお姉さまぁ！」

「きゃっ！　ふふ、メイったら。いきなり抱《だ》き着かれると、驚《おどろ》いちゃいますよ？」

勢い良く抱き着いてきた妹、メイに蠟燭の火があたらないよう注意しながら、リアラは彼女の頭を優《やさ》しく撫でる。

ふわりとウェーブがかかった、前分けの柔《やわ》らかな長髪《ちょうはつ》を撫でていると、《奴隷聖具》である蠟燭の火に照らされたメイの心の声が、リアラに伝わってきた。

『お姉さま、ああっ、本当にリアラお姉さまですっ……わたくし、起きていますよね。夢なんかじゃ、ありませんよね。うぅ……よかったぁ……ご無事で、本当にっ……』

（！　メイ……そうでした、体調を崩《くず》すほど、心配してくれていたのですよね）

軽く垂れ気味の目尻《めじり》は、微かに赤みを帯びている。リアラが申し訳なく思っていると、メイは意外な言葉を発した。

「わたくし、ずっと心配していたのです。お姉さまが行方不明になって、ずっと見つからなくって。けど、帰ってこられたのですねっ……本当に、よかったぁ……！」

「え？　……メイ、聞いていないの？　メイは私を心配して体調を崩した、と伝え聞いていたから。私の帰還《きかん》は、誰《だれ》かが真っ先に伝えてくれている、と思っていたのだけれど」

「？　いいえ、そんなこと誰も……ってわたし、確かに落ち込んでいましたけれど、体調を崩したというほどではありませんわ。ただ、危険だからって、お部屋も出してくれなくて……本当はお城なんて飛び出して、お姉さまを捜《さが》しに行きたかったのに」

何かがおかしい――《奴隷聖具》で心の声を聴《き》くまでもなく、メイが嘘《うそ》など吐《つ》いていない事は分かる。では、どこに違和感《いわかん》があるのか、リアラは一つ訊《たず》ねた。

「……メイ、教えて。私が行方不明であるとあなたに伝えて、そしてお部屋に閉じ込めていたのは……一体、誰なの？」

「え？　閉じ込めて、というほどでは……ですが、はい。それはですねっ――」

メイが純粋《じゅんすい》な眼差《まなざ》しと共に、答えようとした――その時。

「そこまでです、リアラ様」

不意に響《ひび》いてきたのは、リアラにとっても聞き覚えのある声。薄暗い廊下の先から、姿を現してきたのは、やはり見知った人物だった。

そう、彼女はフィオナ――端整《たんせい》な顔に厳格さを滲《にじ》ませ、リアラを見据《みす》えてくる。

フィオナはメイの近衛《このえ》兵長、この場にいたとしても、それほど不自然ではない。だが、様子がおかしかった。まるでリアラの事を、敵を見るような目を向けてくる。

リアラは戸惑《とまど》いながらも、フィオナに尋《たず》ねようとした、が。

「フィオナ？　そこまでとは、一体どういう意味ですか？　私が一体、何を――」

「……とぼけるのは、おやめください。リアラ王女――いいえ」

次の瞬間《しゅんかん》、フィオナが放ってきた言葉は、リアラにとって信じられないものだった。

「メイ王女様の御命《おいのち》を狙う反逆者――リアラよ！」

「!?　な、何を言って……あっ!?」

反論する暇《ひま》もなく、フィオナの後ろから大勢の兵士達が現れる。男子禁制の場だ、女性の近衛兵も多い……が、少なからず男の兵士も見受けられる。

本来なら、あってはならない事だ。遠間《とおあい》から槍《やり》を突《つ》き付けられる状況《じょうきょう》で、メイを庇《かば》うように抱くリアラへと、フィオナは言葉を続けてきた。

「今まで行方不明になっていたリアラ様が、今宵《こよい》、この場に現れたるは、《神剣《しんけん》アリエス》を己だけの物にするため。継承権《けいしょうけん》を持つ、もうお一方たるメイ王女様の暗殺を企《くわだ》て、忍《しの》び込んできた——つまる所、そういう事ですね？」

「な、何を言っているのです！　私がなぜ、大切な妹に、そんなっ……そもそも私が帰ってきた時、フィオナ！　あなたとは会ったはずでしょう⁉」

「何の話か、分かりかねます。妙《みょう》な言い逃《のが》れは、おやめください」

「っ。どういう事です……一体、何が起きて……」

元々厳格な人柄《ひとがら》だったフィオナだが、今はそれ以上に、冷淡《れいたん》さを滲ませている。まるで、見知らぬ別人と対峙《たいじ》しているようで、リアラの困惑《こんわく》は殊更《ことさら》に煽《あお》られた。

その時、リアラが手にしていた蠟燭の火が——フィオナの心の声を、露《あら》わにする。

『——お可哀相《かわいそう》なリアラ様。あなたの命を狙っているのが、私だと気付きもせずに。そのような甘いお方に、《お姫様《ひめさま》》など務まらないのですよ』

（⁉　……そんな。まさか、〝黒幕〟は……フィオナ、なのですか？　清廉《せいれん》で知られる、この《神国》の……よりにもよって、誰よりも気高いはずの……貴女《あなた》、が？）

絶句しながらも、リアラはクロノスの言葉を思い出す。

〝お国柄《くにがら》はあまり関係ないなあ。そこが天上だろうと地の底だろうと、生まれるのが人間

である限り、善も悪も必ず存在する。権力が強まるほど、顕著《けんちょ》になるだろう〟。

信じられない、という以上に、腑《ふ》に落ちてしまう。今この時の状況も、先ほど聞こえてきた心の声も、フィオナが生み出したものなのだから。

リアラは、失意にうなだれる――と見せかけて、他者に気取られぬよう、胸元《むなもと》の〝紋《もん》〟へ向けて語りかけた。

「クロノス……クロノス、聞こえていますか？　〝黒幕〟は……フィオナ、でした」

『ああ、聞こえている。そうか、例の蠟燭を使って〝聞いた〟んだな？　そうか、なるほどな――これで全て、繋《つな》がったぞ』

クロノスなら、リアラなどより、よほど深い所まで理解しているのだろう。それでもリアラを慮《おもんぱか》ってか、クロノスは少しだけ沈黙《ちんもく》していたが、やがて答えを出してきた。

『重臣が黒幕というのは、正しくはなかったな。正確には、国の重臣をも動かせる権力を持つ者――本来それは、《お姫様》であるリアラだ。だが、同じく〝神託《しんたく》〟に選ばれた、妹姫メイちゃんは、《お姫様》に比肩《ひけん》する権力を持つはず。そんなメイちゃんの意志だと偽《いつわ》り、命令を発信するコトくらい、近衛兵長たる彼女には容易なはずだ』

「はい……っ。ですがなぜフィオナは、このような事を……」

『そこまでは分からん、が――想像できる範囲《はんい》で言えば、己がこの国の実権を握《にぎ》るため、というトコだろうな。だが、その手段は悪辣《あくらつ》と言える。わざわざ第二王女のメイちゃんを、擁立しようとしていたのだからな』

クロノスは心底から不愉快《ふゆかい》そうに、フィオナの思惑《おもわく》を推察する。

『リアラは確かに世間知らずだが、それでも聡明《そうめい》だし、責任感も強い。賢明《けんめい》で聡《さと》いリアラより、純真すぎて人を疑う事を知らないメイちゃんの方が、扱《あつか》いやすいと思ったのだろう。だからこそ、近衛兵長フィオナはリアラを狙い、亡《な》き者にしようとしたのだ』

クロノスの推測は、恐《おそ》らく正しいのだろう。先ほど聞いたフィオナの心の声、『リアラに《お姫様》など務まらない』なら、己が実権を握るつもりという事だ。

しかし失意に暮れる暇もなく、まさにその黒幕が、リアラに選択《せんたく》を突き付けてくる。

「さあ、大人しく獄《ごく》を抱きなさい。それとも、罪もなきメイ王女がお怪我《けが》なされるのも厭《いと》わず、抵抗《ていこう》でもなさる気ですか？」

「っ。フィオナ、あなたはっ……メイまで、傷つけるような事……ッ！」

以前ならともかく、今のリアラには、フィオナの言外の意を理解できた。メイを怪我させたくなければ、抵抗するな、と言いたいのだろう。

あの高潔なフィオナに、一体何が、そこまでさせるのか。リアラは戦慄《せんりつ》するが、そこで動きを見せたのは、まさにメイ本人だった。

「ちょ、ちょっとお待ちくださいっ！」

今までリアラの腕《うで》に庇われていたメイが、逆にリアラを庇うようにフィオナと向き合い、擁護《ようご》の声を上げる。

「リアラお姉さまが、わたくしを亡き者にしようとしている、なんて……わたくしは、信じられませんっ！　そんなの絶対、何かの間違《まちが》いですっ！」

「……メイ様。お優しいのは結構ですが、危険です。罪人を捕《と》らえる際に、怪我でもしてしまうと……あなたを《お姫様》として選んだ《女神》様も、悲しまれますよ」

ほとんど脅《おど》しのようなフィオナの言葉に、それでもメイは退《ひ》かない。

両手を広げてリアラを庇う、そんな心優しいメイが――傷つける訳にはいかない妹が、小さく振《ふ》り向いて声をかけてきた。

「リアラお姉さま。わたくし、何が起こっているのか、わかりません。ですが、お姉さまの仰《おっしゃ》ることなら、わたくしは信じ――」

「っ、ごめんなさい、メイっ！」

「えっ……っ!?　お、お姉さまっ!?」

メイの言葉を遮《さえぎ》り、彼女を部屋の中へと押し込める。直後、フィオナと兵達とは逆方向に後ずさり、距離《きょり》を取った。この儚い抵抗に、フィオナは厭《いや》らしい笑《え》みを浮《う》かべる。

「リアラ様……妹姫様を巻き込むまいとしたのは、反逆者ながら見上げた心意気。では、後は遠慮《えんりよ》なく、捕らえさせて頂きます。どうか、抵抗なきよう――」

フィオナが自ら歩み寄ってくる、と同時に、〝紋〟から声が響いてきた。

『よし、リアラ。急いで逆方向へ逃《に》げろ！』

「えっ、あっ……は、はいっ！」

「！　リアラ様、往生際《おうじようぎわ》が悪いですよ！　お前達、逃がすな――すぐに捕らえよ！」

フィオナが声を上げると、反対側からも大勢の兵が現れた。リアラが逃げ出すのを予測していたのだろうか、ほとんどが体格の良い、男の兵である。

「《お姫様》……いえ、リアラ王女！　どうかお止まりを！」

「これ以上、罪を重ねるのはおやめ下さい！　リアラ王女！」

彼らは恐らく何も知らされていない、ただ命令に従っているだけの城兵達だろう。

行く手を塞《ふさ》がれ、思わず足を止めそうになるリアラだが、しかし。

『構うな、リアラ。俺を信じて、そのまま突っ切れっ！』

「！　クロノスっ……はいっ！　私、信じますっ！」

彼の力強い言葉に、不思議なほど、勇気を与《あた》えられる気がした。背中を押されるように、駆《か》ける足を速めると、迎《むか》え撃《う》つ兵士達は。

「っ、向かって来られるならば、仕方ありませぬ。手荒《てあら》くなりますが、力尽《ちからず》くで――」

「……女の子に、向かって……ふざけ、ないで」

「全くその通り！　……む？　今なにやら、女人の声が――へ、ごふうっ⁉」

大声を上げていた兵達の声が、一瞬《いっしゅん》で悲鳴に変わる。あろうことか、中心にいた長身の兵士の一人が、大槍を振りかざして周囲の兵士達を吹《ふ》き飛ばしたのだ。

おかげでリアラは、包囲を突破《とっぱ》できた。しかし、あの長身の兵士は何者なのか。

リアラが振り返ると、長身の兵士は、フルフェイスの兜《かぶと》のフェイスガードを上げる。そこにはリアラにとって、驚《おどろ》くべき顔があった。

「えっ。……えっ⁉　あ、アテナさんっ⁉」

「……リアラちゃん、がんばって、逃げてね。じゃあ……また後で、ね？」

聖母のような笑みの後、アテナはフェイスガードを下げ直す。けれど彼女一人で、大丈《だいじょう》夫《ぶ》だろうか。リアラが心配していると――アテナが取り出したのは、一本のディルド。

「あっ。……あっ、ああ～……」

リアラには、何だか先の展開が読めてしまったが、敵対する兵士達には意味不明だろう。

駆け去るリアラの背中越《ご》しに、彼らの声が聞こえてくるが。

「おのれ、何をする！　邪魔《じゃま》立《だ》てするなら容赦《ようしゃ》せ……ぬ、ヌワーーーッ！」

「ええい、たかが短剣《たんけん》一本の相手に、何を遊ンオッホオォォォ⁉」

「ひ、ひいぃぃぃ⁉　ど、どうなっているのだ、これはッ……おぼーっふ⁉」

すぐさま悲鳴に変わり、いっそ気の毒に思えてくる。

それはともかく、急いで逃げ出そうと、リアラは階段を降りようとするが。

「おっ、いたぞっ！　リアラ王女だ、逃がすなァ！」

「っ。こっちにも……ど、どこへ逃げればっ……」

階段は使えそうにもない。その場で足踏《あしぶ》みしていると、不意に手を引っ張られる。

「こっちです、リアラちゃんっ！」

「⁉　あ、あなたは……えっ⁉　る、ルーアさんっ⁉」

リアラの手を引いたのは、メイド服に身を包んだ、ルーア。兵士のいない方、階段を駆け上がりながら、彼女は説明してくれた。

「あたしとアテナさんは、クロノスさんに言われて、変装してお城に潜入《せんにゅう》してたんです。城兵の徴募《ちょうぼ》なんかもしてたから、紛《まぎ》れ込むのも簡単でっ」

「！　なるほど。あの時、私に手を振った兵士さんは、やはりアテナさんだったのですね。……クロノスは、私がお城へ帰ろうとするのを、分かっていたのでしょうか……」

「い、いえいえっ。元々、情報収集のために潜入してたんですっ。リアラちゃんが来る、って《通信魔術《まじゅつ》》で聞いた時は、驚いちゃいましたけどっ」

どちらにせよ、何だかクロノスには、ずっと助けられっ放しだ。だが今は、申し訳なく思っている場合ではない。階下から、多数の城兵達が追いかけてきていた。

このままでは、いずれ追いつかれてしまう。リアラが危惧《きぐ》していると、ルーアが途中《とちゅう》の踊《おど》り場《ば》で立ち止まり、大きな花瓶《かびん》のようなものを取り出した。

「る、ルーアさんっ？　あの、早く逃げないとっ」

「だ、大丈夫ですっ。クロノスさんから預かった、これを……よいしょ、っと」

「？　何を垂らして……えっ。そ、それは……ローション？」

ルーアが階下に向けて垂らしたのは、まさしく、大量のローションだった。その滑《すべ》り具合は、リアラも良く知る所。だが、知らぬ者からすれば、それは。

「ええい、早く捕らえ……おや？　何やら足が……おべぇぇぇい⁉」

「な、何だココは、滑るぞォ⁉」

「ぐ、ぐぬぬ、これは、一体……ヌルヌルした、液体？　……えっ、まさか、これは」

ローションで足を滑らせ、上ってくる事もできない兵士達の顔が、不意に青ざめ。

「こ、コレは……油⁉　油ではないか⁉」

「ま、まさかっ……火をつけるつもりか⁉　わ、我々《われわれ》を火攻《ひぜ》めにしようと⁉」

「あ、あのメイド、何と恐ろしいッ……純朴《じゅんぼく》そうに見えて、とんでもない鬼畜《きちく》！　悪魔《あくま》に魂《たましい》を売り渡《わた》した、魔女の所業よォォォ！」

「何かあたし、とんでもない誤解を受けてませんかーっ⁉」

ガーン、と擬音《ぎおん》が聞こえてきそうなほど、ショックを受けるルーア。

だがその時、リアラが手にしていた蠟燭《ろうそく》を通し、思いがけず聞こえてきたのは。

『……ケケッ、城の兵ってヤツはだらしねぇな。ここは手柄《てがら》を立てるため……いっちょ、ヤってやっかァ……⁉』

恐らくそれは正規の兵士ではなく、フィオナが徴募したという兵だろう。かつてリアラを狙《ねら》った、凶漢《きょうかん》のような男達まで採用されているらしい。

階段の横道から槍《やり》を手に躍《おど》り出てきた男を見て、リアラが声を上げた。

「ルーアさん、危ないっ！」

「へ？　あ……きゃ、きゃあっ⁉」

不意を突《つ》かれたルーアは逃げる事も敵《かな》わず——このままでは、迫《せま》る槍の餌食《えじき》となってしまうのは、リアラにも容易に想像できた。

「ッ——そんな事、させませんっ！」

リアラが反射的に取り出したのは、隠《かく》し持っていたディルドだ。

けれど、今まで使った事はない。使えるのかも、分からない。けれど、それでも。

今、使えないと――ルーアが、危ない――！

「お願い、クロノスっ……私に、力を！　やあああっ！」

槍を振りかざす兵に対し、リアラがディルドを勢い良く向けた。その瞬間《しゅんかん》、リアラの胸《むな》元《もと》の〝紋《もん》〟が、光を放つ。その形を、華美《かび》に、鮮烈《せんれつ》に、変えていく。

そして、〝紋〟の輝《かがや》きに呼応するように――ディルドが、強い光を放った――！

「⁉　ンだ、この光ッ……ぐっ⁉　目が、目がァァァ！」

「り、リアラちゃんっ……うう、ありがとうございますぅ～……ひっ⁉」

ルーアが駆け寄って来ようとするが、更《さら》に湧《わ》いて出てきた兵士に阻《はば》まれてしまう。

「っ、離《はな》れてたのに、目ぇチカチカしやがる……が、これまでだな。ケケッ」

「――させない。どけ」

「ケ……おぶげえっ⁉」

けれど、更に褐色《かっしょく》の影《かげ》が一つ、飛び蹴《げ》りと共に割り込んでくる。哀《あわ》れ、顔面を踏《ふ》みつけられて白目を剝《む》く兵士に、けれど見向きもしない、幼くもクールな雰囲気《ふんいき》の少女は。

「のっ……ノノさん！　ノノさんも、助けに来てくれてたのですかっ⁉」

「……逃げて、上へ。早く、リアラっ」

「!? の、ノノさん……今、初めて……私の名前を？」

それはリアラにとって、驚きであり、そして喜ばしい事だった。対するノノは、クロノス達くらいにしか見せない珍《めずら》しい笑みを、リアラに向けてくる。

「リアラ。少し、見直した。なかなか、やる」

「え、ええっ？ そんな、私……皆《みな》さんに助けられてばかりで、何も……」

「そんなコト、ない。今、ルーア、助けた。……よくやった、思う」

「！ あ、わ、私……っ。ありがとう、ございますっ……」

「……さ、早く、逃げる。ルーアは、任せて。何とでも、なるから」

ノノに促《うなが》され、リアラは感極《きわ》まりながら、頷《うなず》いて駆け出す。すると、送り出してくれたノノが、更に言葉を投げかけてきて。

「何せ――光り輝く、クロの、ディルド。なかなか、イイモノ、見られた」

「いえ変な言い方しないでくれます!? く、クロノスの、とか……そういう！ 変な事を意識してしまうではないですかーっ！」

「それにロウソクも、ディルドも……《奴隷《どれい》聖具》、ちゃんと、使えてる。リアラの調教、順調みたい。仲間、仲間」

「しかも不安になる事を言われていますｰ!? も、もおっ、ノノさ～ん!?」

我ながら悲痛な声を漏《も》らしつつ、リアラは階段を駆け上がっていく。そうしながら胸元の〝紋〟を見ると、また小さな形に戻《もど》っていた。

クロノス曰《いわ》く、《開発度・中》だったのか。ノノの言う通り、徐々《じょじょ》に毒されていっている気がして、兵に追われているのとは別に、どうも億劫《おっくう》になってくる。

「うう……クロノスのせいで、私、変な事ばかり覚えさせられちゃっていますっ。聞いているのですか、クロノスっ。……あ、あら？　クロノス？」

だが、〝紋〟からの応答はない。まさか、《奴隷聖具》を使った影響《えいきょう》だろうか。変化までする不思議な〝紋〟を、常に同じように使えるかなど、リアラには分からない。

クロノスの言葉が聞こえない、そう思うと、一気に不安が押し寄せてくる。そんなリアラが、ついに道の終着点に辿《たど》り着いた。

とはいえそこは、もはや逃《に》げ場のない、高い階のバルコニーである。

「っ。こ、これから、どうすれば……」

元からこの城に住んでいたリアラにも、分かっていた事だ。とはいえ実際、他に逃げ場はなかったし、どうしようもなかったと言える。

だが無情にも、ノノやアテナが塞いでいたのとは別の道から来たのだろう、リアラを追《つい》跡《せき》する兵士達が押しかけてきた。

「はあ、はあっ……へっへへ、手こずらせてくれたが、ここまでみてェだなァ？」

「おい貴様、《お姫様《ひめさま》》に何という口の利《き》き方だ！」

「うるせェ、《お姫様》だろうと、相手は罪人だろうが！　それにフィオナ様の御達《おたっ》しなんだよ、黙《だま》って従えやァ！」

「ッ、新人に言われるまでもないわ！　……さあ、リアラ王女、どうか御観念《ごかんねん》を」

どうやら兵士達は清濁《せいだく》が入り交じっているようだが、槍を向けてくるのは同じ。

やはり、ここに活路はなさそうだ。けれど、ああ、どうしてだろう。

この期《ご》に及《およ》んで思い出すのは、クロノスの言葉だった。

〝助けが必要になった、その時は、いつでも、俺を呼べ――！〟

「っ！　……く、クロノスっ……」

漏れ出したのは、小さくか細い声。こんな声では、届かない。いくら彼でも、きっと、応えてはくれない。

だから、今度こそ。たとえ声が、震《ふる》えていても。

渾身《こんしん》の力を込めて、リアラは叫《さけ》ぶ――！

「お願いっ――助けて、クロノス――！」

瞬間、リアラの胸元の〝紋〟が、待ち侘《わ》びた光を放ち。

『任せろ、リアラ！　今すぐバルコニーから、飛び降りろ！』

「く、クロノスっ！　……って、ええっ!?　そ、そんな事っ」

『いいから、俺を信じて、飛ぶんだよッ！』

「っ。クロノス……は、はいっ！　私っ、信じますっ！」

心を決めると同時に、リアラはバルコニーから、その身を投げ出した。リアラを追い詰《つ》めていた兵士でさえ、思わず目を背《そむ》けている。

凄惨《せいさん》な結末を、思い描《えが》いているのだろう。けれど、リアラは違《ちが》った。

なぜならば――彼の事を、信じているから――！

「きゃあっ！　……あ、ああ……ああっ」

リアラは、中空で受け止められた。空を舞《ま》う、巨大《きょだい》バルーンにぶら下がった彼の腕《うで》に。

「来て、くれたのですね。本当に……助けに、来て……っ」

「言ったろ？　空を飛んででも助けに行ってやる、ってな。コイツを用意している間は、通信できなくて悪かったが――よくぞ俺を信じて飛んだ。イイ子だな、リアラっ！」

「っ。はい……はいっ！　〜〜っ」

リアラが信じた、彼の名を。彼の、その力強い腕の中で、

「――クロノスっ！」

リアラは一際《ひときわ》、大きく叫んだ。

■■■

リアラを受け止めたクロノスは、宙を舞ったまま、器用に城門を越《こ》えてみせた。地に降り立つと、あれほど巨大だったバルーンも、力尽《つ》きたように小さくしぼんでしまう。

ここまで来れば、もう安心だ。リアラを下ろしながら、彼女を労《ねぎら》おうとすると。

「おし、こんなモンだろ。リアラ、良く頑張《がんば》ったな。立てるか？」

「――クロノスっ！　クロノス、クロノスっ……クロノスぅ……！」

「おおっ？　何だ何だ、どうした？　ご褒美《ほうび》かコレ？」

珍しく、リアラの方から抱《だ》き着いてきて、胸板に顔を何度も擦《こす》り付けてくる。

なかなか良い心地だな、と思っていると、背後からアテナの声が響《ひび》いてきて。

「り、リアラちゃん……甘えんぼさん、ね。ふふっ……かわいい、かも」

「クロノ……ッス？　……ふ、ふわわっ⁉　ああアテナさん⁉　あっ、ご無事だったのですね！　よ、良かったですっ。先ほどは助けて頂いて、ありがとうございましたーっ⁉」

何やら早口で捲《まく》し立てたリアラが、クロノスから慌《あわ》てて離れてしまう。

少しばかり残念だが、リアラは誤魔化《ごまか》すように、話題を変えようとしてきた。

「そ、それにしてもっ。あの巨大な、ゴムの……風船、でしょうか？　人を二人もぶら下げて、城外にまで飛べるなんて。式典の時なんかに見るのと、比べ物にならない大きさと強度でしたが……一体、何だったのです？」

今や小さくしぼんだ物を見ながら、首を傾《かし》げるリアラ。そんな彼女に、クロノスは〝風船だと思われている物〟の新品を取り出し、一つ手渡《てわた》してみる。

「ふむ、そんなに気になるなら、試しに膨《ふく》らませてみるか？　ささ、お一つどーぞ」

「えっ、いいのですか？　わあっ、実は昔から、膨らませてみたかったのです。式典の時は、飛んでいくのを見ているだけでしたし……では、いきますねっ。ぷうっ――」

リアラが〝それ〟に、小さな口を添《そ》えた時――クロノスは説明してあげた（親切）。

「ちなみにそれ、コンドームと言ってな。男女のまぐわいに挑《いど》まんとする際、男の象徴《しょうちょう》に被《かぶ》せて、子を宿すのを妨《さまた》げる性具よ」

「ぶーーーっ!?　な、何て物を咥《くわ》えさせるのですーっ!?　というかコレも《奴隷聖具》なのですか!?　ど、道理で、凄《すご》い強度だと思いましたけど……」

「うん、すげーよな。子を生《な》すという神聖な行いを度外視し、ただ快楽を得るためだけのモノってコトだろ。女神サマが覗《のぞ》いたっつー別世界の変態性、尊敬に値するよな」

アァーーーー…
ヤァァァ

「く、詳《くわ》しい説明とか、要《い》りませんからぁ!?」

「ちなみに膨らませる作業は、いち早く脱出《だっしゅつ》したアテナにやってもらいました」

「アテナさんに何て事をさせるのですかー！　いえおかげで助かったのですけどね!?」

大変だっただろうに、今や元気一杯《いっぱい》のリアラは、やはり逞《たくま》しくなっているようだ。

リアラの成長を感慨《かんがい》深く思っていると、それを遮《さえぎ》る声が響いてくる。

城門を開き、自ら兵を率いてきた近衛《このえ》兵長、フィオナだ。

「っ、待てっ！　貴様、何者だ！　リアラ姫を、こちらへ引き渡《わた》せっ！」

男顔負けの勇ましさで声を上げてくるフィオナに、クロノスは恐《おそ》れる事もなく対応する
――ただし、相手は敵だとはいえ、女の子への対応だ。

「おっ。何だ、どんな女が黒幕かと思えば――なかなかカワイイではないか、うんうん」

「な。カワ、イイ……だ、と？　っ、貴様ッ……この私を、侮辱《ぶじょく》するかっ!?」

「まさか、正直な感想さ。俺はカワイイ女の子に嘘《うそ》など吐《つ》かん。だが惜《お》しいな。悪い女というのも、魅力的《みりょくてき》ではあるが――《お姫様》を陥《おとし》れようとしたのは、やりすぎだ」

「！　…………」

フィオナの泣き所を突《つ》くと、彼女は無表情で黙り込んでしまう。さすが、陰謀《いんぼう》を張り巡《めぐ》らせた本人だけあって、簡単には尻尾《しっぽ》を出さない。

むしろ落ち着きを取り戻したのか、フィオナは冷淡《れいたん》な声で告げてくる、が。

「私が《お姫様》を陥れようとしたとは、とんだ言いがかりだ。むしろお前達こそ、リアラ様をさらおうとしているではないか。いやそもそも、逃げられるとでも思って――」

「ああ、思っている」

「え？　……な、なにっ⁉」

クロノスが軽く一言を発すると、蹄《ひづめ》と車輪の音を響かせ、馬車が駆《か》けてくる。それは、リアラを送る際にも使ったもので、近場に隠《かく》していたのだ。

そして今、この馬車を操《あやつ》っている者を見て、リアラが声を上げる。

「あっ。っ……無事だったの、ですねっ……ノノさん、ルーアさんっ！」

「トーゼン。アイツら、撒《ま》くくらい、チョロイ」

「えへへっ。さありアラちゃんっ、乗ってくださいっ！　早く逃げましょうーっ！」

ノノが馬を御《ぎょ》し、ルーアがリアラの搭乗《とうじょう》を手伝う。クロノスとアテナも続いて飛び乗ると、フィオナはさすがに焦《あせ》りながら叫んでいた。

「に、逃がさないっ！　誰《だれ》か、私の馬を牽《ひ》け！　……何をしているの、早くっ！」

「はっ、そ、それが……軍馬が全て、厩舎《きゅうしゃ》で眠《ねむ》りこけて……騎馬《きば》が、一頭も動かせず」

「な⁉　そ、そんな馬鹿《ばか》な話があるかっ！　どうなっているのっ⁉」

慌てふためくフィオナを横目に、こっそりと呟《つぶや》いたのは、ルーアだった。

「えっと……クロノスさんに言われた通り、お馬さん達に、睡眠薬《すいみんやく》入りの飼葉をあげました。こ、この時のためだったんですね」

「うむうむ。よくやってくれたな、エラいぞ、ルーア」

「えへへ……って何でお尻《しり》を撫《な》でるんです⁉ 頭とかにしてくださいよ、頭とかに！」

文句を言ってくるルーアだが、スルーした。全力で、スルーした。

さて、後はいつでも逃げられる。が、ここで退散するだけでは、反逆者のまま追われるだけだ。だからこそ、クロノスは馬車から身を乗り出し、弁舌《べんぜつ》をふるう。

ただし、標的はフィオナではなく、それに従う城兵達だ。

「——おい！ 貴様らは今、誰に刃《やいば》を向けている！ この国の第一王女であり、《お姫様》である彼女に、槍《やり》を突き付けるだけの大義が、貴様らにはあるのかッ⁉」

「⁉ そ、それは……リアラ王女様が、メイ王女様の御命を狙《ねら》う、反逆者だからと……」

「貴様らの誰が、それを見た⁉ それを聞いた⁉ 己《おのれ》の目と耳でリアラ王女を見たワケでもなく、彼女を反逆者などと、どの口がほざく！ その目は節穴か、耳は飾《かざ》りか！ この心優《やさ》しい《お姫様》が反逆者だと、本気で思うか⁉」

「う、ぐぐっ……そ、それは……」

クロノスの威勢《いせい》に気圧《けお》され、兵士達が動揺《どうよう》する。全員が全員、フィオナの手先ではない。

そしてそれは、兵士達の後ろから上がってくる声が、証明していた。

「そうよっ……その通りよ！　リアラ様は、お優しいんだからっ！」

まず声を上げたのは、一人のメイド。これだけの騒《さわ》ぎだ、兵士以外が集まってくるのも当然。更《さら》に別のメイドや、心ある衛兵や文官なども、続いてきた。

「メイ様の側仕《そばづか》えをしていたから、知っていますっ……リアラ様はメイ様のことを、本当に想《おも》ってらっしゃる。御命を狙うなんて、そんなのありえませんっ！」

「そ、そうだ！　リアラ様は、自分達のような末端《まったん》の兵にまで、労いの言葉をかけてくれた事がある。エラそうにふんぞり返って命令してくるだけの高官共とは、違《ちが》うっ！」

「リアラ王女様は、常に責任感を持ち、些細《ささい》な国事であろうと懸命《けんめい》に取り組まれる。真《まこと》に高潔なお方だ。卑劣《ひれつ》な真似《まね》をするなど、信じられぬ」

「そもそもリアラ王女様は、正面から帰って来ていたではないか！　そんな暗殺があるか⁉　今は一体、どういう話になっているのだ⁉」

彼らの発言は、リアラの人徳により生み出されたものだ。リアラは決して、ただ為《な》すがままの傀儡《かいらい》ではない。だからこそ、フィオナは策を弄《ろう》したのだろうが。

とはいえ、今にも暴動が起きかねないほど、リアラを擁護《ようご》する声は昂《たか》ぶっている。下手をすれば、血が流れる事態に発展するかもしれない。それは、クロノスの隣《となり》で心配そうな顔をしているリアラも、望むところではないだろう。

だからこそ、クロノスはリアラを後押しする声を、あえて落ち着かせる事にした。ただし、普通《ふつう》の方法ではない。全てを一手で解決させる、その布石を打つために。

今ここで、とっておきの《奴隷聖具《どれい》》を使った——！

『静まりなさい、皆《みな》の者。私の言葉を、聞くのです』

「えっ？　今の声、どこから……きゃ、きゃあっ⁉」

突然《とつぜん》の美声に一人のメイドが戸惑《とまど》うと、次の瞬間《しゅんかん》、切り裂《さ》くような閃光《せんこう》が迸《ほとばし》る。

夜に太陽が昇《のぼ》ったような、神々《こうごう》しささすら覚えさせる輝《かがや》きの中に、巨大な人影《ひとかげ》が浮《う》かび上がっていた。逆光で顔は見えないが、それでも美しい女性だと判る、祈るような御姿。

まさに〝聖光〟の主とでも呼ぶべき美女の幻影《げんえい》が、驚《おどろ》くべき名乗りを上げた。

『私は、《女神》——かつてこの世界に舞い降り、争いを治めた、《女神》です』

「えっ。……え、ええええええっ⁉」

その場にいる誰もが驚愕《きょうがく》し、中にはひれ伏《ふ》している者さえいる。

あのフィオナでさえ、肩《かた》を震《ふる》わせ、目を見開いていた。

一方、リアラは突然の《女神》降臨に、狼狽《うろた》えながらもクロノスに語りかけてくる。

「えっ、えっ……大変ですっ、聖なる力を感じますっ。く、クロノスっ、本物の《女神》様ですよっ。どこかで聞いた気がする声ですけ……どっ？」

だが、リアラの興奮は中途半端《ちゅうとはんぱ》に終わる。何しろ、当のクロノスはそっぽを向き、アテナに耳打ちしていたのだから。

そして、クロノスが話している内容というのが、これがまた。

「よし、いいぞアテナ。それじゃこのまま、俺の言う通りに喋《しゃべ》るんだぞ」

「は、はい、クロノス様っ……んんっ。『聞こえていますか、私は《女神》』――」

「……あ、あの、クロノス？　まさか、あれも……《奴隷聖具》なのですか？」

リアラもさすがに察したらしく、クロノスに問いかけてくる。クロノスは、にっ、と笑い返し、説明してあげる事にした。全ては親切心、親切心からである。嘘じゃない。

「そうとも。アレはな、〝ラブドール〟というのだ。用途はだな」

「らぶ、どーる。……愛、人形、ですか。……いえ、何だか薄《う》っすらと想像がついちゃいましたので、説明しなくても」

「女の子の体を模した人形に、エロいコトしたりして楽しむモンでな。まあたまに絵画のモデルにしたりするが、大体はエロ目的だ。あと需要《じゅよう》によっては男版とかあるぞ」

「説明しなくてもいい、と言おうとしたのにー！　聞きたくなかったですよ、もー⁉」

「ちなみに《奴隷聖具》としての使い方は、ああやって聖なる光を放たせて、女神の幻影を具現化する。何かアレだな、光り輝くラブドールって考えると、えらくシュールだよな。で、《通信魔術《まじゅつ》》を応用して、アテナに喋ってもらってるワケだ。」

「道理で聞き覚えのある声でしたよ！　ああもう、本当にお綺麗《きれい》すぎるお声でっ！」

「ふっふっふ、そうだろー？　しかしまあ、アテナの声を知るリアラでさえ、思わず本物の《女神》と信じてしまうくらいだ。その信憑性《しんぴょうせい》は、御覧《ごらん》の通りよ」

クロノスの言葉通り、《女神》の幻影に向ける人々の目に、疑いの色は窺《うかが》えない。信仰《しんこう》心の強い《神国》だからこそ、なおさらかもしれないが、今はこれを利用する。

そのまま《女神》の幻影は、クロノスの意図をアテナの美声で口にした。

『良いですか、私の言葉を、心して聞きなさい。あなた達は、私が〝神託《しんたく》〟を授《さず》けた、リアラちゃ……リアラとメイ、どちらが《お姫《ひめ》様》となるのかで、争っていますね。言い訳は、不要です。私は《女神》、全てを見、そして識《し》る者です』

その言葉を受け、後ろ暗さのある一部の者がたじろぎ、その中にはもちろんフィオナもいた。けれど、《女神》の幻影が告げたのは、意外な発案で。

『ならば、《継承戦《けいしょうせん》》を行いなさい――リアラとメイ、どちらが私の聖具を継承する《お姫様》として、相応《ふさわ》しいか。《継承戦》によって、正々堂々と決めるのです』

突然の発案に、周囲からはざわめきが上がる。《継承戦》とは一体何なのか、《女神》の幻影は人々の疑問を見透《みす》かしたように、概要《がいよう》を語った。

『アリエスを始めとする初代《お姫様》達は、かつて私に仕えてくれた使徒でした。それに倣《なら》い、リアラとメイは、己の使徒を〝代理の戦士〟として立たせるのです。良いですか、戦うのは、姉妹姫当人ではありません。あくまでも〝代理の戦士〟です』

「!? く、クロノス、どういう事ですかっ……？」

リアラが小声で問い質《ただ》してくるが、クロノスが答えるより早く、フィオナが《継承戦》の提案に、真っ先に賛同してきた。

「──かしこまりました、《女神》様。あなたの御意志《ごいし》、しかと承《うけたまわ》ります。我々《われわれ》とて《女神》様を信奉《しんぽう》し、崇《あが》める者。《継承戦》がどのような結果であれ、あなた様の御心として、万事《ばんじ》受け入れる事を誓《ちか》います」

流暢《りゅうちょう》に紡《つむ》がれるフィオナの言葉は、彼女が黒幕だと知るクロノスでさえ、つい信じてしまいそうになる。まあそれも、彼女が見目麗《うるわ》しい女性だからかもしれないが。

まあそれとこれとは話が別。クロノスは当面、受け入れる返事をアテナに放たせた。

『……そうですか。では、《継承戦》は三日後、封印《ふういん》されし《神剣《しんけん》アリエス》の前で行う事。それまで互《たが》いに、一切《いっさい》の手出しを禁じます。また、各々《おのおの》の王女を敬い、慮《おもんぱか》りなさい。粗《そ》末《まっ》な扱《あつか》いは、決して許しません。それでは……心ある者に、祝福あらん事を』

言い終えると同時に、《女神》の幻影は一際《ひときわ》強い輝きを放ち、消滅《しょうめつ》した。と同時に、馬車に落下してきたラブドールは粉々に砕《くだ》け散り、クロノスは渋《しぶ》い顔を作る。

「まあ《奴隷聖具》の中でも耐久性《たいきゅうせい》に難があって、一回ぽっきりの使いきりっていうのが残念なトコだな。だが、目的は達成した。後は帰還《きかん》するだけだ」

《継承戦》の約束を取り付け、メイを粗末に扱わないよう釘《くぎ》も刺《さ》したし、もはやこの場に用はない。と、そこで城内の高い位置にある窓から、幼く甲高《かんだか》い声が響《ひび》いてくる。

「――お姉さまっ！」

「！　メイっ……」

窓から落ちそうなほど身を乗り出す、ウェーブのかかった長髪《ちょうはつ》を持つ美少女。なるほど、姉妹である。まだ色々と小さくはあるが、リアラに負けず劣《おと》らずの可愛《かわい》らしさだ。

そんな妹姫メイに向けて、心配そうな顔も美しい姉姫リアラの横で、クロノスは言う。

「安心しろ！　怖《こわ》いコトも、憂《うれ》うコトも、俺様がすっかり解決してやろう。そうしたら、姉ちゃんと一緒《いっしょ》に、迎《むか》えに来てやるからな。待ってろよ、カワイイお姫様ーっ！」

「！　か、カワイイ、だなんて、そんな……わ、わたくし、困っちゃいます……」

ぽっ、と頰《ほお》を赤らめているのが、遠目にも分かる。なるほど、リアラ以上に純真で心配になるな、そこもカワイイが。と姉姫様に抓《つね》られながら、クロノスは思っていた。

「いでで。まあ、良し良し。じゃ、さっさと帰ろうか。わっはっは」

クロノスが合図すると、ノノが馬の手綱《たづな》を操《あやつ》り、馬車を走らせる。

結局、それ以上は追っ手などもないまま、クロノス達は悠々《ゆうゆう》と帰還したのだった。

■■■

追っ手がないか注意深く確認しつつ、馬車は行きずりの商人に破格の安値で売りつけて処分し、念のため遠回りして屋敷《やしき》に戻《もど》った。城の馬も封《ふう》じているし、追跡《ついせき》はないはず。

手出しを禁ずると釘は刺したが、それだけで油断するほど、クロノスは甘くない。

一仕事を終え、自室で休んでいると、不意に扉《とびら》がノックされた。

「あ、あの、クロノス。今、お時間、よろしいでしょうか？」

リアラの控《ひか》えめな呼びかけに、「もちろん」と簡潔に返事すると、彼女はおずおずと室内に足を踏《ふ》み入れてきた。

「アテナさん達には、先ほど言ってきたのですが……クロノスにも、お伝えしたい事がありまして。あ、あのですねっ」

言いながら、リアラが自身の胸元《むなもと》に手を当て、瞳《ひとみ》を潤《うる》ませて告げてくる。

「本当に、ありがとうございましたっ。クロノス達がいなかったら、きっと私、お城から逃《に》げる事もできませんでした。ですから、本当にっ……」

重ねて手厚い礼を述べようとするリアラだが、クロノスは（渋々《しぶしぶ》）それを制した。

「おっと、そこまでだ、リアラ。まだ全てが終わった訳じゃない。俺にありったけの愛を囁《ささや》くのは、《継承戦》を終えてからでも、遅《おそ》くはないぞ」

「あ、愛⁉　……って、そうですよ、それですっ！」

「おお？　ホントに愛を囁いてくれるのか？　何かアレだな、城から助け出したあたりから、えらく積極的だな。いやまあ、嬉《うれ》しいコトではあるんだが、むふふ」

「で、ではなくてっ、《継承戦》です！　その事も聞きたかったのですっ。なぜ、あんな条件を提示したのですっ？　《女神》様の御姿《おすがた》をお借りした罰当《ばちあ》たりは、この際、仕方ないとして……あの場でフィオナの悪事を、暴《あば》く事もできたのでは？」

なるほど、リアラの言い分も尤《もっと》もだし、手っ取り早い手段ではある。

だが、それでは不充分《ふじゅうぶん》なのだ、とクロノスは口を開いた。

「神って概念《がいねん》は、良くも悪くも治外法権だ。政治なんかが絡《から》む人間の営みには、口を出しきれん。要するにあの場で罪に問おうとしても、言い逃《のが》れられて軽い罰《ばつ》しか与《あた》えられなかったかもしれん。そうなると、再び力を蓄《たくわ》え、リアラ達を害す可能性がある」

そうならないために、クロノスは《継承戦》という舞台《ぶたい》を用意した。第二王女メイを擁《よう》するフィオナにしてみれば、勝てば全てを手に入れるチャンス。

だがクロノスの狙《ねら》いは、敵を公の場に引きずり出し、そこで決着を付ける事にある。

「悪には悪の、罪には罪の、報《むく》いがある。いくら相手がカワイイ女の子とはいえ、俺様のカワイイ奴隷《どれい》ちゃんに手を出すなど、許せん。そうさせないためには、公の場で全ての罪悪を暴き、徹底的《てってい てき》に叩《たた》く必要があるのだ。そのための《継承戦》というワケよ」

「……で、ですがっ。やはり、危険です。フィオナが悪辣《あくらつ》であるほどに、《継承戦》で何をしてくるか、分かりません。なのに当の私が戦わず、〝代理の戦士〟なんて……」

不安というより、心配なのだろう。この期《ご》に及《およ》んで他者を慮るリアラの優《やさ》しさは眩《まぶ》しいが、その顔色は決して芳《かんば》しくない。

だからこそ、クロノスは言う。自信満々に、胸を張って、彼女のために。

「いいかリアラ、何度でも言うぞ。俺様のカワイイ奴隷ちゃんを救い、幸せにするためなら、俺はどんな相手にでも、余裕《よゆう》でぶち勝ってやる」

「！　く、クロノスっ……」

「だから安心しろ。何しろリアラは、笑っている顔が一番カワイイ――俺様の愛《いと》しい《姫《ひめ》奴隷》ちゃんなんだからな！」

「あわ、か、カワイイだなんて、またそんなっ。……もうっ、う、うふふっ♪」

クロノスの言葉通り、笑顔《えがお》を見せてくれるリアラ。だがしかし、はっ、とリアラは何かに気付いたらしく、今度は怒《おこ》り顔で突《つ》っかかってきた。

「ってどさくさに、何を言っているのですーっ⁉　何度も言いますけれど、私が奴隷だなんて、〝まだ〟認めてないのですからねっ！」

「ははは、しぶとい――ん？　今、〝まだ〟って言ったか？」

「えっ。あっ……ちち違《ちが》います！　今のは間違いというか、言葉の綾《あや》というかっ……と、とにかく違うのですーっ！」

「いやいや、完全に聞いたぞ、今。ほほう、〝まだ〟、ねえ？　ふっふっふ、何やら、楽しみになってきたなあ？」

「みーっ⁉　わ、忘れてくださいよう、えーんっ！」

慌《あわ》ただしく身振《みぶ》り手振りを繰《く》り返すリアラは、気落ちしていた姿はどこへやら、元気一《いっ》杯《ぱい》の様子だ。

それでいい、とクロノスは思う。彼女のためなら、どんな相手にも打ち勝ってみせる。

来たる《継承戦》に向けて——クロノスは、絶対勝利の意志を強めるのだった。

《第四章》私の頼れる仲間は……とってもカワイイ奴隷さん達です！

《神国アリエス》の中でも、最も大きく、優美な神殿《しんでん》。

その最奥に位置する台座に、《女神の聖具》は封印されている。

その名も《神剣アリエス》――かつて《女神》が世界から争いを失《な》くした際、彼女に仕えていた使徒の一人、《神国》の最初の《お姫様》となったアリエスが継承した剣だ。

それは剣でありながら、斬《き》る事には使えない。鞘《さや》から、抜《ぬ》けないのだ。まるで元から、一つであるかの如《ごと》く。

斬れない剣、しかしそれこそが、慈悲《じひ》深き《女神》の性質を象徴《しょうちょう》している。剣であれ、人を傷つける事を望まぬ慈《いつく》しみの象徴こそが、この《神剣アリエス》なのだ。

けれど一たび怒《いか》りに触《ふ》れれば、《神剣アリエス》は恐《おそ》るべき力を発揮する。世界を崩壊《ほうかい》させかねない、まさに〝神の怒り〟を以《もっ》て、悪を打ち滅《ほろ》ぼすのだ。

そして今日この日、所有者のいなかった、百年以上もの空白の期間を経て。

今再び、《神剣アリエス》の所有者たる《お姫様》が、選ばれる。

《継承戦》が、もうじき、始まろうとしているのだ。

■■■

神殿西側の控えの間は、第一王女リアラとその関係者以外は、立ち入りを禁じられる。東側の控えの間では、同様に第二王女メイが待機しているのだろう。

「っ。も、もうすぐですね、《継承戦》。き、緊張《きんちょう》してしまいます……」

言葉通り、今にも倒《たお》れそうなリアラだが、クロノスは気負わず声をかける。

「おいおい、そんなに緊張するなって。第一、リアラが戦うワケじゃないんだ。どん、とふんぞり返っていればイイんだって」

「ぎゃ、逆ですっ。私も戦うのなら、いっそ気が楽ですよう……そうでないから、クロノス達に申し訳なくて……うう」

リアラの言う通り、《継承戦》では《お姫様《ひめさま》》候補たる当人達、つまりリアラとメイは戦いに参加せず、〝代理の戦士〟が戦う事になる。

そしてリアラ側での代理の戦士は、アテナ・ノノ・ルーア——そして、クロノスと決まっていた。ただ、クロノスに関しては、アテナから否定意見も挙がっていて。

「……あ、あのっ。やっぱりクロノス様は、リアラちゃんと一緒に、見ていても……わたし達には、《奴隷聖具》がありますし……その、絶対に負けません、から……」

「おいおい、俺の愛するカワイイおまえ達だけを危険にさらして、安全なトコで見ているワケにいくか。俺も一緒に、戦場に立つぞ」

「あ、あう。そう言って、くださるのは……嬉しい、ですけど……うう」

やはり不安は拭《ぬぐ》えないらしく、もじもじと俯《うつむ》くアテナ。

ただ、アテナが言うのとは少し違うが、クロノスにも懸念《けねん》はあった。

「しかしまあ、不安要素といえば、一つだけあるんだよな、うん」

「えっ？　く、クロノス、それは一体、何ですか？」

リアラも釣《つ》られて心配そうな声を上げると、クロノスは深刻な声で述べる。

「ああ、俺達の拠《よ》り所《どころ》とも言える武器は、この《奴隷聖具》だ。しかしこの間、城で大暴れしたおかげで、アテナ達の〝紋《もん》〟に溜《た》めていた力を、かなり消費してしまった。三日の猶予《ゆうよ》の間に〝色々として〟補充《ほじゅう》はしてきたが、少しばかりパワー不足かもしれん」

「あっ。わ、私を助けるために、そんなっ。クロノス、どうにかならないのですかっ？　そんな話を聞いては、なおさら心配でっ……」

「うむ、そうだな。心苦しいが、方法は一つしかないかもしれん。くっ、辛《つら》いなあっ」

「？　……何だか、白々しい気はしますが……そ、その方法とは？」

出会った頃《ころ》と違って、最近のリアラは簡単に引っかからなくなってきた。成長したなあ、などと思いつつ、クロノスは握《にぎ》り拳《こぶし》を作り、その方法を明かしてみせた。

「今から《継承戦《けいしょうせん》》に勝利するためのパワーを溜めるべく──特訓をするのだ！　それはもう、目を覆《おお》いたくなるほどに厳しく、ハードな特訓をなッ！」

「えっ。……え、ええっ⁉　ここで今からですかっ⁉　そ、そんなの間に合うはずがっ」

「そんなコトはない！　戦うのは、俺様のカワイイ奴隷ちゃん達なのだ。そんな子達を守るために、適当なコトなど、俺は言わないぞ。リアラ、この俺を──信じるのだ！」

「！　く、クロノスっ……」

リアラの宝石のように輝《かがや》く双眸《そうぼう》が、真《ま》っ直《す》ぐクロノスを見詰《みつ》めてくる。

やがて決心が固まったのか、リアラは大きく頷《うなず》いて、笑顔を見せてきた。

「はいっ……分かりました。私、クロノスを、信じますっ！」

「──うむ！　良く言ったぞ、リアラ！　さーて、それでは始めるか！　そう、この《奴隷聖具》を使った、超《ちょう》ハードな特訓をな！」

「はいっ！　……あらっ？　えっ、《奴隷聖具》を使った、って、クロノス？」

「さあ始めるぞーっ！　おーし、まずはアテナ、来い！　サッ、来ぉい！」

リアラの呼びかけを積極的に横へ流したクロノスは、とととっ、と素直《すなお》に駆《か》け寄ってくるアテナと向かい合い、始めた。

そう、一世一代、神殿という聖域での——特訓パーティー（意味深）を——！

■■■

「んっ、んっ……はあっ、クロノス様ぁ……どう、ですかぁ……♡」

透《す》き通るようなアテナの美声に、身悶《みもだ》えしそうな艶《つや》のある響《ひび》きが交じる。その声だけで、天上にまで導かれてしまいそうだが、更《さら》なる快感が襲《おそ》ってきていた。

クロノスは今、その快感の元となる穴を、奥深くまで責められている。

優しく、なぞり、引き上げられた、その瞬間《しゅんかん》。アテナが耳元で発した言葉は。

「きゃっ♡　取れ、ましたっ……大きな、耳あかさん……やったぁ……♡」

「おおっ。うーむ、耳がスッキリしたな。キモチイイぞ、アテナー」

「え、えへ……よかった、です……うれしぃ……♡　もっと、も～っと……して、差し上げますから、ね……クロノス様ぁ……ふ～っ♡」

今、アテナがしているのは、膝枕《ひざまくら》と耳掃除《そうじ》である。繰《く》り返す、耳掃除である。

アテナが持っているのは、見た目には普通《ふつう》の耳かきだ。しかし当然、ただの耳かきではない。アテナ専用に創った、《奴隷聖具》である。

クロノスは、少なくともリアラに出会った頃からは、アテナに対して（ディルドを使ってだが）愛撫《あいぶ》し、ローションでマッサージを施《ほどこ》してあげていた。

しかしそれは、本来アテナが望んでいる行為《こうい》、即《すなわ》ち性癖《せいへき》とは、少し異なる。

本当のアテナは、〝クロノスに、してあげる〟のが、最も好みなのだ。クロノスの望む事、些細《ささい》なお世話、気持ち良くするまで、何でも〝してあげたい〟のである。

恥《は》ずかしがりやゆえ、自分から積極的には提案できない。けれど実際に「してもイイ」となった時、アテナは今のように、タガが外れたかの如く甘々になる。

「さあ、次は、反対側です……きれいきれい、しましょう、ねぇ……♡」

こうなったアテナは、もはや母性の塊《かたまり》である。されるがままになるしかない――と、そうはいかないのが、このクロノスだ。

「……きゃっ？　く、クロノス様……あ、あの、お顔……そこは、ちょっ……」

クロノスは反対の耳を上にすべく、体勢を変えた時、アテナの体側に顔を向けた。そのため、お腹《なか》がすぐ目の前に来ている。

クロノスの吐息《といき》がくすぐったいのか、もじもじと太股《ふともも》を擦《こす》り合わせていたので――ちょっと空気を吸いたくなって、思い切り深呼吸をした。

「すうぅうっ、はあああぁぁっ」

「ひ、やぁんっ!? あ、ぅ……大きな声、でちゃいました……恥ずかしぃ……」

「おっと、すまんすまん。いや決してワザとじゃないんだ。くそう、申し訳なさで溜め息が出てしまうな。ふううううぅぅぅっ」

「ん、ゅ……！ もう……クロノス様ったら……いたずらっこ、さんっ……」

「んん？ おいおい、人聞きが悪いぞ？ 大体、イタズラっていうのはな、こういうコトを言うんだぞ。いよ、っと」

「あ……きゃ、あうっ♡ やっ、クロノス様っ、だめっ」

アテナを逃《に》がさぬよう、腰《こし》に両腕《りょううで》を回して拘束《こうそく》する。そして今、クロノスがこっそりと握っていたのは、奴隷ちゃん達の〝基本装備〟たるディルドだ。

そのディルドで、アテナの敏感《びんかん》な腰回りを中心に、容赦《ようしゃ》なく攻め立てる。

ただやられているだけでは気が済まない、それがクロノスなのだ。

「う、ううんっ……クロノス様、ったら、あっ……きょ、今日はわたしが、してあげたい……の、にぃ……ひんっ♡」

「ふはは、そうはいかんぞ。俺だってアテナのために、してやりたいコトなんて、いくらでもあるんだからな。ほれほれ、どうした、ココがイイんだろ？」

「も、もう～……い、いいですっ。なら、このまま……あんっ！　……しちゃうん、ですから……怪我《けが》しちゃって、も……知りません……えい、えいっ……♡」

そう言いながら、絶対に傷つけないよう優《やさ》しくしてくれるのが、アテナである。

ただの耳掃除が、クロノスの反撃《はんげき》も相まって、何とも淫靡《いんび》な雰囲気《ふんいき》だ。それを凝視《ぎょうし》しているであろうリアラは、声だけでも分かるほど、狼狽《ろうばい》しているらしい。

「わ、私は何を、何を見せられて……特訓は、一体……あ、あわわ……ぁゎゎゎゎ」

そんな初心《うぶ》な反応を余所《よそ》に、クロノスとアテナの行為は続いたのだった。

■■■

アテナとの逢瀬《おうせ》を終え、ぐったりと脱力《だつりょく》した彼女を、横長の腰かけに寝《ね》かせた。

「はぁ、はぁ……クロノス、様ぁ……あ、あうぅ……♡」

吐息には、まだ艶が入り混じっている。それだけで、淫靡な空気が増長した。

けれど、次のカワイイ奴隷《どれい》ちゃんも、きちんと相手せねばならない。皆《みな》を愛するがゆえに、クロノスは平等でなければならないのだ、そうなのだ。

そして、今か今かとクロノスを待ちわびていた娘《むすめ》が、小さく口を開いた。

「う、うう、あたしは結構ですってばぁ……変なこと、されたくないですよう……」

まさかのルーアである。実は先ほどから再三、逃げ出そうとしていたのだが、ノノにしっかりと取り押さえられていた。ノノ、できる子である。

さて、見た感じでは意気消沈《しょうちん》しているルーアに、クロノスは気遣《きづか》いつつ声をかけた。

「ふむ、来たな、お尻《しり》の反逆者ルーアよ。おまえの無自覚ドMという本性《ほんしょう》、この俺が存分に満足させてやるから、安心しろよ！」

「少しは気を遣《つか》って喋《しゃべ》ってくれません!?　誰《だれ》がお尻の反逆者ですか、誰がー！」

「おいおい、何を言う。褒《ほ》め言葉だぞ？　この、素晴らしい尻に対するなっ！」

「へ……ふ、ふぎゃーっ!?　やや、やめてくださいぃ……」

今日は我《われ》ながら、気分がノっているクロノス。いつも以上に尻を揉《も》み、いや、もはやこねくり回すこの勢い。これは、何だろう、アレだ。パン作りを思い出させる。

だが、揉めば返事し、叩《たた》けば跳《は》ね返ってくる、富んだ弾力《だんりょく》。この素晴らしき尻の持ち主への賛辞は、けれど言葉責めである事を、クロノスは知っていた。

「どうしたルーア、口ではやめてと言いつつ、体は正直だな。いや、尻か？　手の平に、どんどん熱が伝わってくるぞ。本当は、イイんじゃないのか？」

「っ。そ、そんなこと、なっ……いぃんっ⁉」

「お、今、イイと言ったな。正直に言えたご褒美《ほうび》だ、更に揉《も》んでやろう――ほれほれ」

「ち、ちがっ！　今のは反射で――ひゃ、あああんっ⁉　ぅ……あ、はっ♡」

「おっと、今のは違《ちが》うとは言えないだろう？　イイ声が出たな、ルーア」

「っ。……う、うぅ……違うん、です……あたし、そんな、えっちな子じゃ……」

言葉責めの果て、ルーアは力なく項垂《うなだ》れてしまう。ともすればトラウマになりかねないが、クロノスは、そのような下手は打たない。

無自覚ドMへの正しい〝開発〟は、アフターケアにあるのだから。

「――すまん、ルーア。やりすぎてしまったな。おまえの反応が、あまりにも可愛《かわい》らしくて、ついつい、いぢめてしまうんだ。許してくれ」

「えっ？　か、可愛すぎ、って……そ、そんな。あたし、なんかが……」

「しかし同時に、そんなルーアが心配にもなる。だから、これをやろう。カワイイおまえを守るための、貞操帯《ていそうたい》だ。さあ、今、着けてやるからな」

「！　あ、あたしを、守るための……あっ、ああ、あっ――」

貞操帯――これこそが、ルーア専用の《奴隷聖具》。普段《ふだん》のルーアなら悲鳴を上げそうだが、大いなる尻《しり》揉みにより頭が真っ白になっているルーアは、貞操帯を為《な》すがままに着けさせてくれている。そして、カチャリ、彼女を守る鍵《かぎ》の音が響くと。

「あ、ありがとう、ございますぅ……きゅう♡」

ぺたん、とその場に座り込み、そのまま目を回してしまう。

我《われ》ながら、良《い》い仕事をした。その確信を持って、クロノスが振《ふ》り返り、事の一部始終を眺《なが》めていたであろうリアラに向けて、親指を天に突《つ》き立てる。

そうすればリアラは快く、クロノスに労《ねぎら》いの言葉をかけてくれるはずだ。

「あの、クロノス。何度か〝引っ叩《ぱた》いてでも止めたほうが良いのかなぁ〟と思ったのですが、そうしたほうが、良かったです？　次からは、そうします？」

どうも、〝初めてのお友達〟であるルーアが絡《から》むと、目が据《す》わってしまうご様子。

今後、リアラが見ている前では、できるだけルーアには手加減するべきか、とクロノスは思った。見ていない場合は、何とも言えないところだが。

■■■

さて、ルーアとの心温まる触《ふ》れ合い（クロノス談）の後、即座《そくざ》に飛びついてくる、小柄《こがら》な褐色肌《かっしょくはだ》の娘が一人。

「クーロっ♪　ノノ、待ってた……イイコ、でしょ？　褒めて、褒めて？」

「おお、ノノ！　よしよし、イイコだな～。思いっきり撫《な》でてやるぞ、ふははー」

ノノに促《うなが》される通り、彼女の頭を両手で包むように、撫でくり回す。一瞬《いっしゅん》「あんっ♪」と声が上がったが、はっ、と表情を引き締《し》めたノノが、なぜか頭《かぶり》を振った。

「……違う。クロ、何も、わかってない。そうじゃない、でしょ？」

そう言ったノノの目は、いつもクロノスに向けてくる熱っぽいものとは逆に、冷えきっていた。その目で見られる事の多い、ちょっぴり可哀想《かわいそう》なリアラも、察したようで。

「あ、あの目……初めて私と出会い、ナイフを突き付けてきた時と、同じ？　っ、そういえばノノさんは、普段から強気ですし……ま、まさか本性は、嗜虐的《しぎゃくてき》な⁉」

だとすれば、今から責められるのは、クロノスという事になる。まあクロノスにしてみれば、美少女からの責めは、むしろご褒美ではあるが。

けれど、そういう訳ではない事も、クロノスは知っている。ノノの氷のように冷えた目は、彼女が〝何か〟を取り出した瞬間、一瞬で溶《と》けてしまった。

その〝何か〟とは、ノノ専用の《奴隷聖具》――荒縄《あらなわ》、荒縄でございます。

「さ、クロ……これでノノ、縛《しば》って？　今度こそ、モノみたいに、扱《あつか》ってぇ……♪」

「どういう事でしょうかノノさんこれは⁉　さっきの冷えた目は、一体何だったので⁉」

「クロに、縛られる。ノノの姿、想像して……ふっ、あさましい、雌猫《めすねこ》。でも、はあっ……クロにならら、冷たい目、見られても、キモチイイ……♪」

「ダメです、聞いても分かりません！　誰か、誰か解説をー⁉」

リアラは戸惑《とまど》うが、クロノスはノノと長い付き合いゆえに、良く知っている。

あけすけな言い方をすれば、ノノは基本、確かにサディスティック。だがクロノスにのみ、マゾヒズムが迸《ほとばし》るらしい。

つまりノノは、いわば二面性の、ＳＭトリックスターなのだ。とはいえもちろん、普通《ふつう》に可愛がられるのもお好みという、オールマイティーな娘でもあるのだが。

しかし今は、ノノの望む事を叶《かな》えるべき時。荒縄を受け取ったクロノスは、ニヤリ、嗜虐的な笑《え》みを浮《う》かべた。

「そうだなあ、随分《ずいぶん》とお預けしてしまったし、待ち侘《わ》びたか？　だが、安心しろよ」

「っ。はあ、はあ……く、クロぉ……」

まだ何もしていないのに、ノノは既《すで》に、妄想《もうそう》だけで息切れしている。そんな彼女の、小柄で細身の肢体《したい》に、クロノスは手際《てぎわ》よく荒縄を走らせながら、囁《ささや》いた。

「今から存分に縛り上げて、俺だけのモノに、してやるからな。――ノノ」

「っ、っ――っつっ⁉　っ、ぁ……ひゃ、ひゃい……してぇ、クロぉ……♡」

囁き、強く縛るのと同時に、びくっ、びくっ、とノノの体が痙攣《けいれん》した気がする。でもまあ、気のせいでしょう、と勝手に判断し、クロノスは容赦なく続けた。

そもそも、お預けされ続けたノノは、このくらいでは満足しないのだから。

「や、く、苦しっ……こんなの、ノノ……もっと、してほしく、なるぅ♡」

「くっくっく、いいだろう。満足いくまで、た〜っぷりとくれてやろう！」

「うぁっ。う、うれしい……ノノ、まるで、クロの……しょゆーぶつ、みたい……し、幸せぇ……にゃあっ♡」

荒縄で、亀《かめ》の甲羅《こうら》の形に縛り、端《はし》を引っ張る。そのたびに、ノノは嬌声《きょうせい》を上げた。

そして、この光景を見ているリアラは、呆然《ぼうぜん》としていて。

「……いえ本当に、私、何を見せられているのでしょうか⁉　あれ、今から何が始まるのでしたっけ、あれー⁉」

煩悶《はんもん》するリアラは、衝撃《しょうげき》的すぎたのか、どうやらお忘れのようだが。

今から始まるのは、神聖なる神殿《しんでん》内で行われる、《継承戦《けいしょうせん》》である。

■■■

アテナ、ルーア、ノノ。三人への〝特訓パーティー〟が終了《しゅうりょう》する。

そしてついに、この時が来た。びくっ、と緊張《きんちょう》するリアラの気持ちを察し、クロノスは安心させるように笑いかけ、そして言った。

「よし！ それじゃ、《継承戦》に向かうぞ！」

「い、いやです、そんな！ ……って、えっ？」

「おいおい、この期《ご》に及《およ》んで怖気《おぞけ》づいたのか？ 俺達に任せとけってば」

「え、あれ、えっ——私は？ ……はっ⁉」

何やら、致命的《ちめいてき》な事を口走ったリアラが、慌《あわ》てて口元を押さえる。

だが時すでに遅《おそ》し。キラッ、とクロノスは目を鋭《するど》く光らせ、リアラに詰《つ》め寄った。

「おいおい、まさかリアラも、やって欲しいのか？ アテナ達にしていたようなコトを？ 自分から言い出すなんて、これは本当に有望株というか」

「ちっちち違いますーっ！ だって、だっていつもの流れだと、私もやられちゃいますから⁉ だから今回も、そうなのかなと思っただけでっ……それだけですーっ！」

言葉は力強いが、説得力は微妙《びみょう》である。初めに言い出したのはノノだが、ムッツリスケべ疑《ぎ》惑《わく》が深まっていくリアラに、クロノスは真摯《しんし》に言い聞かせる事にした。

「まあ確かにな、ホントはリアラにも、やりたいんだ。いや、やりまくりたいんだ」

「怖《こわ》いのですけれど！　真《ま》っ直《す》ぐ目を見つめて言うの、やめてくれません⁉」

「だがまあ、普通に《継承戦》の時間も迫《せま》っているしな。それにリアラの〝紋《もん》〟には、充《じゅう》分《ぶん》に力が溜《た》まってきている。ディルドだって、ちゃんと使えたろ？」

「っ。ま、まあ、それは……だ、大丈夫《だいじょうぶ》という事なら、私は別に？〝開発〟なんてされなくても、全然良いのですけれど？　……ほ、本当ですからね？」

とリアラは言うが、微《かす》かに含《ふく》んだものを感じる。しかし《継承戦》まで時間がないのも本当で、今はただ、リアラを言葉で励《はげ》ます事にした。

「安心しろ、リアラ！　今日まで培《つちか》ってきた力は、リアラの中に、必ず宿っている。そう、俺と過ごした、あの革新的な――エロい日々を、信じるんだッ！」

「良い風に言わないでくれます⁉　もう、もうもうっ！　クロノスはっ、もーっ！」

「はは、牛かな。そういやリアラ、イイ乳してるもんな」

「うが。だ、誰が、乳……牛ですかっ！　もっ……むーっ！　むー、むーっ！」

牛ではないという主張が、「むーっ」への変貌《へんぼう》なのだろうか。さすがにおかしくて、つい、クロノスは失笑《しっしょう》しながら、緊張感《きんちょうかん》も大してないまま、《継承戦》の場へ向かった。

■■■

ついに、《継承戦》の火蓋《ひぶた》が切って落とされようとしている。

遠く、神殿最奥の台座には、封印《ふういん》されし《神剣《しんけん》アリエス》の姿が。《継承戦》は、《女神の聖具》が見下ろす、この大広間で行われるのだ。

戦いの行く末は、多くの観衆達も見守る事になる。そして今、先んじて西側から入場したクロノス達に、注目が集まっていた……が、しかし。

「おおっ、原初の《お姫様《ひめさま》》アリエス様の再来と名高い、第一王女のリアラ様だ！」

「そしてあれが、第一王女様の使徒たる、代理の戦士……ん？　……あ、あれ？」

先頭に立っていたのは、クロノス。だが、続いてきたアテナ、ルーア、ノノの様子は。

「はぁ、はぁ……ん、んんっ。はあ……もっと、クロノス様と……ふう」

「ま、まだお尻《しり》に、感触《かんしょく》がぁ……貞操帯も、考えてみれば、違和感《いわかん》しか……うぅ」

「ふう。何か、もー疲《つか》れた。ノノ、寝《ね》てて、いい？」

既に息切れし、顔も紅潮している三人娘《むすめ》に、観衆が放ったのは。

「なんか、戦う前から……もう疲れてない？」

「あれ……大丈夫、かしら」

当然のようだが、既に声は不安そうだ。

対して、クロノス達とは反対の東側から、第二王女たるメイと、フィオナが入場してくる。メイの表情は沈《しず》んでいたが、リアラと目が合うと、少しだけ頬《ほお》を綻《ほころ》ばせた。

「あっ、リアラお姉さまっ……」

「いけません、メイ様。我々《われわれ》は今から、争わねばならぬ身。馴《な》れ合いは、この戦いを望んだ《女神》様への侮辱《ぶじょく》に、等しい行為《こうい》です」

「！　そ、そうですか……すみません」

言い包《くる》められ、しゅん、とメイは顔を伏《ふ》せる。フィオナの声は厳格を通り越《こ》して、冷淡《れいたん》で無機質だ。メイへ向ける言葉も、どこか淡々として聞こえる。

続けてフィオラがリアラへと放つ声も、どことなく興醒《きょうざ》めしているようで。

「リアラ様……この大事な一戦に、どのような代理の戦士を連れてくるかと思えば……そんな者達で、勝てるとでもお思いですか？　やはり貴女《あなた》に、《お姫様》は務まらない」

明らかな嘲《あざけ》りの言葉に、かっ、とリアラは怒《いか》りに頬を紅潮させていた。

「っ……フィオナ、私の友を侮辱するなど、許しませんよ！」

ただ、その怒りはリアラに対する発言ではなく、クロノス達への侮辱が理由らしい。

リアラは相変わらずだな、とクロノスは苦笑しながら、彼女を下がらせた。

「リアラ、気にする必要はない。ほら、イイから見てなって」

「く、クロノスっ、でも……う、うう、分かりました」

優《やさ》しく言い聞かせれば、リアラは素直《すなお》に従ってくれる。

一方、フィオナもメイを下がらせながら、自身は前に出てきた。実力者として名を馳《は》せるフィオナだ、彼女が自ら剣を取る事は、クロノスの予測通り。

ただ、そこで放たれるフィオナの言葉は、相変わらずの冷徹《れいてつ》さだった。

「勝利のための手段は、こうして講じるものです。――我らが戦士よ、出《い》でよ！」

フィオナの合図と共に、〝代理の戦士〟とやらが入場してくる。だが、それを目撃《もくげき》した観衆が上げた声は、悲鳴に近いものだった。

「ひっ……な、何だアレ⁉　筋肉の、化け物⁉」

「し、しかもあんなに、たくさん……十匹《ぴき》はいるわよっ⁉　なんなのよ、アレ⁉」

それは、一度はクロノスとリアラで倒《たお》した事もある、奴隷《どれい》が妙《みょう》な薬を飲まされて変貌した、あの〝化け物〟とほとんど同じ姿だった。

その異形を目《ま》の当たりにし、戸惑ったのは観衆だけではない。安全な場所に控《ひか》えさせられている第二王女メイも知らなかったらしく、彼女はフィオナに問い詰めていた。

「フィオナさんっ。どういうことなのです、わたくし、聞いていませんよっ。あ、あのような、恐《おそ》ろしいっ……」

「……メイ様、何を言われます。あれこそは間違《まちが》いなく、女神が遣《つか》わした戦士。人ならざるあの異形こそ、《お姫様》の望みを全うするための力の象徴《しょうちょう》なのですよ」

「えっ……で、ですが、あのような巨軀《きょく》を人と戦わせるなんて、ひどいのでは……」

「メイ様は、まさか今、見た目で判断なさっているのですか？　それは慈悲《じひ》深き《女神》様の教えに、背《そむ》く事ですよ」

「っ。い、いいえ……《女神》様に背くなんて、そんな。……」

純真すぎる人間は、信仰《しんこう》を盾《たて》に取られると、何も言えなくなるらしい。逆に不信心な者は、信仰を武器として振《ふ》りかざすようだが。

とはいえ、目の前に用意された脅威《きょうい》は、本物だ。リアラもまた、青ざめた表情で、クロノスに声をかけてくる。

「クロノスっ……やはり、ダメです！　あの力、覚えているでしょう!?　それが、あんなにたくさんっ……皆《みんな》を危険に晒《さら》したくありません！　棄権《きけん》しましょう!?」

「その話は、聞けんな。それに大丈夫だって、リアラ。確かに、あの〝化け物〟は人外の力を持っていて、普通に戦えば命を落とすのは、こちらだろう」

「で、でしたら、もうっ！」

「だけどな、リアラ」

危惧《きぐ》を唱えるリアラの口を遮《さえぎ》り、クロノスは、自信を隠《かく》さず言ってのける。

「俺達だって、まだ《奴隷聖具》の力を、全て見せたワケではない」

「えっ？　そ、それは一体、どういう……」

リアラが問いかけてくるが、残念ながら時間切れのようだ。神殿の祭司と思《おぼ》しき男が、《継承戦》の幕を上げようと、口上を述べ始める。

「それでは……第一王女、第二王女、〝神託《しんたく》〟を受けし両名、《女神》に感謝と祈《いの》りを。そして、この神聖なる《継承戦》において、正々堂々を誓《ちか》い――」

「ウ、グ、ル、ルッ……ゴアアアッ！」

「ひっ⁉　っ、あ……け、《継承戦》を、開催《かいさい》する！　ひいいっ」

長ったらしい口上は、〝化け物〟の咆哮《ほうこう》に吹《ふ》き飛ばされ、祭司は泡《あわ》を食って逃《に》げ出す。

それでも、切って落とされた戦いの火蓋、もはや後戻《あともど》りはできない。

それは、今まさに怪腕《かいわん》を振り上げた〝化け物〟の行動が、示す所だ。

「グ、ググッ……オオオオオッ！」

理性を失った〝化け物〟は、にも拘《かか》わらず、一番近くのフィオナを狙《ねら》わない。調教が行き届いているという事か、はたまたフィオナが呪薬《じゅやく》の持ち主だからか。

そんな事を考えている内に、〝化け物〟はその異常に膨《ふく》れ上がった右腕《みぎうで》を振り上げ、先頭に立つクロノスへと叩《たた》き落とそうとしてくる。

圧倒的《あっとうてき》な怪腕が、為《な》す術《すべ》もないクロノスを、容赦《ようしゃ》なく叩き潰《つぶ》す——

——事など、ありえなかった。

「グッ？　……オ、オ……オアアアアッ」

「……えっ？」

〝化け物〟の巨軀が一回転し、木の葉のように軽々と吹き飛ぶ。ぽかん、と口を開いて呆《あっ》気《け》にとられたフィオナや、呆《ほう》ける観衆達が目にしたものは。

たった一人、刃《は》のない薙刀《グレイブ》状の武器を構える、長身かつスタイル抜群《ばつぐん》の目隠れ美女。今しがた〝化け物〟を吹っ飛ばした張本人、アテナだった。

「クロノス様は……わたしが、守ります。指一本……触《ふ》れさせない、から」

アテナが持つのは、彼女専用の《奴隷聖具》——そう、あの耳かきである。〝紋〟は今や《開発度・中》にまで発展し、その力を注ぎこんで、耳かきも巨大化したのだ。

「……はっ⁉　な、何をしているの！　早く倒してしまいなさいっ！」

今日初めて感情を露《あら》わにしたフィオナの命令が、化け物達を一斉《いっせい》に動かす。

一見すれば刃も持たぬ、頼《たよ》りない武器だ。だからこそ、アテナを狙ったのだろうが。

「グ、グオオッ……イ、イエエエ⁉」

「アギャッ⁉ ヒ、ヒイ……ギャンッ、ギャンッ⁉」

どの〝化け物〟も、ただ一撃《いちげき》ずつ見舞《みま》われただけで、あっさりと倒れるか、尻尾《しっぽ》を巻いて逃げ出してしまう。相手になど、なりはしない。

まるで耳掃除《そうじ》でもするような気軽さで戦いながら、アテナは美声で言い放つ。

「近寄らない、で……クロノス様に。汚《よご》れは、許しません……お掃除、しちゃいます」

「ア……アイアァァ⁉」

人外の〝化け物〟を、一方的に淘汰《とうた》する乙女《おとめ》。しかしその戦いぶりに、観衆達は何やら興奮し始めていた。

「あんな化け物を、一方的に倒してるのに……なんでだろ、怖《こわ》くねぇ……？」

「だって、刃がない、優《やさ》しい武器よ……まるで、女神様……いいえ、女神の使徒？」

「戦乙女《いくさおとめ》……そうだ、戦乙女だ！ うおおっ、がんばれぇぇぇ！」

どうも、勝手に都合よく解釈《かいしゃく》してくれているらしい。とはいえ、さすがに〝化け物〟の数は多い。アテナ一人では手に余る、かと思いきや。

「グオオッ——ムギュッ？」「ギギッ、ギギギッ⁉」「ア、アガガガ……？」

瞬《まばた》きほどの一瞬《いっしゅん》で、数匹《ひき》の〝化け物〟が拘束《こうそく》される。それを成すのは、一本の荒縄《あらなわ》。ただし際限なく伸《の》び、生き物のように蠢《うごめ》き、相手を拘束する——ノノの《奴隷聖具》だ。

「ふん、お前ら、鬱陶《うっとう》しい。お前らなんて、いらない」

「グッ、ゲッ、ンギャアッ⁉」

その瞳《ひとみ》には、圧倒的にサディスティックな輝《かがや》きが満ちていた。〝化け物〟共を拘束し、引きずり倒し、もはや目もくれずに呟《つぶや》くのは。

「ノノ、欲しいの、クロだけ。それだけで、ノノ……幸せ《しやーわ》♪」

一転して温かさに彩《いろど》られる、ノノの目と頬。その目まぐるしいギャップに、観衆達は。

「⁉　な、なんだ、あの子……見てるとなんか、色々と、不安になるのに……」

「ど、ドキドキしちゃう……何なの、この気持ち……？」

「妖精《ようせい》……気まぐれな、いたずら妖精さん……？」

やはり、相手が醜悪《しゅうあく》な〝化け物〟であることも相まってか、解釈は都合の良い方へ転がる。

だが、更《さら》なる〝化け物〟の魔《ま》の手が、今度は気弱なルーアへと向かっていた。本来なら、怯《おび》えて逃げ惑《まど》うはずのルーアだが、しかし。

「グオオオオ！　ジミッコダアアアア！」

「……ふう。今さら、あなた達の攻《せ》めなんて……クロノスさんの責めに、比べれば」

ふっ、と後ろを向いたルーア。「危ない！」と観衆の声が響《ひび》く中。

ルーアの体、というか主に下半身が、突然《とつぜん》に光り輝き始める――！

「グエ？　グ、ア――ジミギャアア！」

ルーアを守ったのは、彼女の《奴隷聖具》――貞操帯《ていそうたい》から発生したバリア。もちろん、観衆はルーアのスカートの中など見えず、その威光《いこう》にざわめくが。

「い、今のはっ……聖なる光⁉　なんて神聖な輝きなのっ……！」

「さっきのを、譬《たと》えるなら……今のは、ああっ……う、うーん……」

「尻《しり》バリアじゃね？」「あー、尻バリア」「お尻バリアね」「尻バリア万歳《ばんざい》」

「あたしだけ、なんか圧倒的におかしいんですよ！　もっと頑張《がんば》ってくださいよ、解釈！　ていうかさっきの化け物さんも、何かおかしかったですけどね！」

残念ながら今回ばかりは、少なくともルーアにとっては、都合の良い解釈とはいかなかったらしい。

と、そうこうしている内に、大勢いた〝化け物〟は、全て倒れてしまったようだ。

つまり《継承戦《けいしょうせん》》は、第一王女リアラ側の、圧勝、という結末である。

「……えっ、あれ？　お、終わった、のか？」

観衆も拍子抜《ひょうしぬ》けしてしまうほどの、あまりにもあっけない幕切れ。

しかしここで、手にした剣《けん》を振り回して怒《いか》りの声を上げてきたのは、フィオナ。

「ふ、ふっ……ふざけるなっ！　神聖なる《継承戦》で、何なのよ、今のインチキじみた戦いは！　あんな、あんな武器……あ、あんなっ――」

「おいおい、化け物を代理の戦士だとか言い張って、文句をつけて来ても説得力はないぞ。それに俺達の使った武器は、別に違法《いほう》でも何でもない――」

「あんな、縄《なわ》や貞操帯なんて……何だかえっちな武器、認められるかあっ！」

「ん？　あれ、おや？」

憤慨《ふんがい》のまま発せられたフィオナの言葉に、クロノスも意表を突《つ》かれる。何だか既視感《きしかん》を覚えるな、と後ろを向いてリアラを見てみると、彼女も驚《おどろ》いているようだった。

どちらにせよ、戦いは既《すで》に終わっている。慌《あわ》てて駆《か》け寄ってきたリアラへと、クロノスはフィオナに対する所感を述べた。

「あのフィオナという娘《むすめ》、冷徹で、手段を択《えら》ばないほど非情なのは確かだが――どうも性《しょう》根《ね》は、初《う》心《ぶ》らしいな。俺はあの子の評価を、少し改めねばならんらしい」

「は、はい……フィオナは昔から、潔癖《けっぺき》な人でしたから。だからこそ、彼女が黒幕だなんて、思わなかったのですけれど……そういえばえっちな知識も、全然ないはずですし」

「ほう、なるほど。今のリアラとは大違《おおちが》いだよな、ホント」

「だだ誰《だれ》のせいですか誰のっ！　怒《おこ》りますよ⁉」

「ふはは、もう怒っているぞ。まあそれよりもだ、これから本当の決着をつけねばな」

「へ？　本当の、決着……ですか？」

リアラはピンときていないようだが、クロノスにしてみれば、《継承戦》に勝利しただけでは、全てが解決したとは言えない。

だからこそ本当の決着を付けるべく、クロノスはリアラへと〃あるもの〃を手渡《てわた》す。

「さあ《お姫様《ひめさま》》、コイツをお使いくださいっと」

「え？　クロノス、これは……って、ディルド⁉　いえ、あの、どうしろとっ？」

「なに、前にも一度、やった通りさ。俺のディルドを、光り輝かせてみな」

「だから変な言い方しないでくれます⁉　も、もう……一度だけ、ですよ？」

リアラは戸惑《とまど》いながらも、クロノスの言う通り、行動してくれた。今は隠れている胸元《むなもと》の〃紋《もん》〃は、大きく華美《かび》に変化している事だろう。

その証拠《しょうこ》に、ディルドが光り輝き——観衆が目の当《ま》たりにしたのは。

「うおっ、眩《まぶ》しっ！　……けど、なんか優しい光、っていうか……」

「お日様みたいに、暖かい……——⁉　ね、ねえ、あれ見てっ⁉」

「はっ⁉　ば、化け物がっ……人間になっちまった⁉」

リアラの手にするディルドの光に当てられ、〝化け物〟だった存在が、見る見るうちに貧相な男の姿に変容する。観衆からすれば、「化け物が人間になった」というところだろうが、実際は逆である事を、クロノスもリアラも知っていた。

「く、クロノス……これは、どういう事でしょうか？」

「うむ、リアラも前に見ただろ？　アテナがディルドを使って、化け物どもを元に戻《もど》したのを。リアラの場合は、この光を当てるコトで、元に戻せるらしいな。前に使った時は兵士相手だったし、目くらましにしかならなかっただろうけども」

「た、確かに、知りませんでした……けれどあの人達も、元に戻れて良かったですっ」

「おっと、リアラはそれでイイだろうが、俺は慈善《じぜん》活動のつもりはないぞ。男相手になんざ、特にな。それより、コイツが全てを終わらせる、決定的な一手になるのさ」

クロノスの言葉に、やはりリアラは首を傾《かし》げる。まだまだ純粋《じゅんすい》だな、と微笑《ほほえ》ましくなりつつ、クロノスは前に出て、フィオナに、観衆に、そしてメイに聞こえるよう叫《さけ》んだ。

「見たか、これが今しがた我々《われわれ》と戦った、代理の戦士とやらの正体だ！　見たところ身分は、《神国》において禁じられている奴隷《どれい》！　そして彼らを変貌《へんぼう》させたのは、かつて遠い昔に《女神》サマが禁じられた、〝呪薬〟なのだ！」

クロノスの発言に、ざわり、その場にいる全ての人間がざわめく。

当のフィオナは青ざめながら、それでも往生際悪く《おうじょうぎわ》反論しようとした。

「で、デタラメだっ！　私がそんな事をした証拠《しょうこ》なんて、どこにもないっ！」

「ふむ、なるほど、確かにその通りだな。状況《じょうきょう》証拠だけでは、断を下すのには不充分《ふじゅうぶん》。ならば、フィオナよ——お前自身に、自白してもらうとしようか」

「は……？　何を、馬鹿《ばか》な……っ、もういい、この上は私自らの剣で——きゃっ⁉」

剣を構えようとした一瞬の間に、フィオナの肢体《したい》が上から下まで拘束される。

手際よく料理したのは、ノノの荒縄——確かにフィオナは実力者だろうが、充分な力を蓄《たくわ》えた《奴隷聖具》の前では、手も足も出ないのだ。

「——準備、万端《ばんたん》。さ、クロ、遠慮《えんりょ》なく、やっちゃって」

言葉にせずとも、ノノは意図を察してくれたらしい。ニッ、と口《くち》の端《はし》を吊《つ》り上げたクロノスが、一つの《奴隷聖具》を取り出し、フィオナへと歩み寄った。

そう、取り出したのは、以前リアラにも渡《わた》した——一本の、蠟燭《ろうそく》。

「⁉　何を……それで拷問《ごうもん》でも、しようと言うの？　……ふんっ、見縊《みくび》られては困る。何をされようと、この舌を苦痛で躍《おど》らせる事など、断じてないぞっ！」

「フハハ。気の強い女もカワイイが、勘違《かんちが》いは困る——喋《しゃべ》る必要など、ありはしない。さあ、黙《だま》ってその身を、委ねてもらおうか」

「なっ。っ……くっ、好きにしろっ。何をしても無駄《むだ》で――あ、ああんっ⁉」

縛《しば》られて地に伏《ふ》せるフィオナへと、クロノスは無造作に、灯火した蠟燭を傾《かたむ》ける。熱を持ったロウがフィオナを襲《おそ》うと、彼女の口から甲高《かんだか》い悲鳴が上がった。

今、観衆の目には、非道なのはクロノスに映るだろう。事実、目を背《そむ》ける者もいれば、非難の視線を向ける者もいるようだった。

ロウが垂れるごとに身を震《ふる》わせるフィオナも、悪態を吐《つ》こうとしてきた、が。

「こ、この程度、何だというっ……ふんっ、これっぽっちも熱くなど『いやっ、熱いっ、やめてえっ！』……ふ、あ？」

フィオナの声と重なるように響いたのは、同じくフィオナの声に違《ちが》いない。呆気《あっけ》にとられているようだが、クロノスはニヤリと笑《え》みを湛《たた》えながら尋《たず》ねかけた。

「ほほう、意外と口ほどにもないなあ。ではそんな気高き近衛兵長殿《このえへいちょうどの》にお尋ねするが、あの奴隷達を〝呪薬《じゅやく》〟で化け物に変えたのは、一体誰なのだ？」

「そんな事、知らないと……熱ッ『私だっ。城の宝物庫に封印《ふういん》されていた物を、私が持ち出し……奴隷に使ったっ！』ッ、な、何なのだ……何なのよ、コレはっ⁉」

フィオナが取り乱してしまうのも、当然。ロウを垂らすまでクロノスに向けられていた非難の視線は、今や完全にフィオナへと移っているほど、この自白は効果があった。

困惑《こんわく》もあるが、今やほとんどの観衆から、フィオナへの同情は消え去っている。

そんな中、リアラがクロノスに向け、小声で疑問を投げかけてきた。

「く、クロノス？　その蠟燭って、心の声を見透《みす》かすモノだったはず、ですよね？」

「うむ、その通り。だがご覧の通り、この蠟燭から垂れたロウをかぶれば、心の声は周囲にも発散されるのだ。言ったろう？　コイツの前では、どんな嘘《うそ》も無意味だと」

リアラは「なるほど」と頷《うなず》くが、実はクロノスにとっても、多少の計算違いがあった。

これは以前、リアラにも説明した事だが、この蠟燭は溶《と》けやすい素材でできている。だからこそ、ロウが垂れたとしても、そこまで熱くないはずなのだが。

「『うう、熱い、熱いよう……ひんっ』っ、こ、こんな屈辱《くつじょく》……くっ、いっそ殺せ！」

（ふーむ、近衛兵長などやってる割に、痛みに対して、随分《ずいぶん》と敏感《びんかん》なご様子。しかしコレは、単純にイヤがっているだけ、とは言えないな。まあ、それは後回しとして、だ）

フィオナに対して思うところはあるが、まずは決着を完全に付けるべく、クロノスは決定的な質問を叩《たた》き付けた。

「さて、フィオナよ。お前は以前にも、手下を使いリアラを亡《な》き者にしようとしたな？その時にも、あの化け物を使っていた。それもこれも全て、メイ王女を都合の良《い》い傀儡《かいらい》にすべく企《くわだ》てた謀《はかりごと》だな？」

ハァ♥
ズンズン♥
ハァ♥
ズンズンッ♥

「ッ、そ、そんな訳が『その通りだ……清濁《せいだく》を併《あわ》せ呑《の》む事のできない姉妹姫では、国を治められない。だからこそ、私はリアラ姫を狙《ねら》い──』う、ううっ……んんっ！」

フィオナは口を強く閉じるが、《奴隷聖具》の前では、無意味な抵抗《ていこう》に過ぎない。

けれどその時、場の空気を不意に割り裂《さ》いたのは、幼いながらも凛《りん》と響く声だった。

「……それは、事実なのですか？　あなたの口から答えなさい、フィオナ」

立ち上がったのは、第二王女たるメイ。その語調は、今までになく強く、厳しい。

一方、慌てて顔を上げたフィオナは、大きく頭《かぶり》を振《ふ》って弁明しようとしていた。

「い、いいえっ……違いますっ！　傀儡になどと、考えてはいませんっ！　私はただ、この国の行く末を慮《おもんぱか》り、行動して……本当に、ただ、それだけでっ」

「っ。……許せないっ……」

「！　で、ですから、私は──」

重ねて言い訳を紡《つむ》ごうとしたフィオナの言葉は、メイの一喝《いっかつ》に遮《さえぎ》られる。

「リアラお姉さまを亡き者にしようとしたなんて！　わたくし、許せませんっ！」

「────！！？」

メイが何に怒っていたのか、彼女の近衛兵長を担《にな》っていたはずのフィオナが、見抜《みぬ》けもしなかったらしい。まだメイの事をほとんど知らないクロノスでも、察せられたのに。

自身の目がどれほど曇《くも》っていたのか、フィオナも理解したのか、うなだれている。

だが、クロノスに言わせれば——リアラやメイも、まだフィオナを知らないのだ。

「フィオナの悪事は明らかとなった、が——まあ少しだけ待ってくれ、メイちゃん。さて、フィオナよ。まだ、秘めている心があるだろう？」

「っ。そ、そんなもの……私には、もう……あっ、熱っ……やあっ⁉」

更《さら》に数滴《すうてき》、縛られたままのフィオナの体にロウを垂らす。

熱さに身悶《みもだ》えるフィオナから、湧《わ》き出てきた心の声は——今までで一番、弱々しく。

『……私は……汚《きたな》い、女だ……』

「「……えっ？」」

思いがけない本音に、距離《きょり》の離《はな》れた姉妹姫が、同時に驚きの語を漏《も》らす。

フィオナは地に伏すほど俯《うつむ》き、表情は窺《うかが》えないが、心の声は止まらなかった。

『何が、この国の行く末を、だ……いくら体《てい》の良い言い訳を並べようと、私は結局、汚い陰謀《いんぼう》に手を染める事しかできなかった、ただの愚《おろ》か者《もの》ではないか……こんな、こんな私なんて……大《だい》っ嫌《きら》い、だ……』

そこでフィオナの言葉は途切《とぎ》れ、しん、と辺りは静まり返る。

リアラの言っていた事は、正しかった。フィオナは、潔癖すぎたのだろう。国の行く末を思っていたのも、嘘ではないはずだ。けれどそれが、ある種の複雑な感情を姉妹姫に抱《いだ》くまでに発展し、今回のような陰謀に手を染めてしまったのだろう。

フィオナという女は、あまりにも、不器用すぎたのだ。それを理解したのか、彼女を最も近くで見てきたメイが、ゆっくりと歩み寄って行く。

「フィオナ……あなたに今回のような行動を起こさせたのは、不甲斐《ふがい》ないわたくしにも責があります。わたくしも、償《つぐな》います。だから、あなたも一緒《いっしょ》に……えっ？」

けれどその時、ここにいる誰《だれ》もが、クロノスでさえ思いもしなかった事が、起こった。

いまだ縛られたまま蹲《うずくま》るフィオナの上から、どこからともなく、光の粒《つぶ》が降り注いでいる。神秘的にさえ映るその光景に、思わずリアラが声を上げた。

「これは、まさか……まさか、《女神の慈雨《じう》》⁉ 私やメイの時と同じ、〝神託《しんたく》〟が……ではフィオナも《お姫様《ひめさま》》として、《女神の聖具》に選ばれて——⁉」

「——違う！ これは《女神の聖具》とは、違う！ フィオナは選ばれていない！」

「えっ？ く、クロノス……きゃっ⁉」

クロノスが叫びながら、戸惑《とまど》うリアラを引き寄せる。

直後、蹲るフィオナの体から、漆黒《しっこく》の霧《きり》が湧き出した。

この現象は、一体何なのか。クロノスは歯噛《はが》みしながら、大きく叫ぶ。

「〝呪薬〟だ！　〝呪薬〟が暴走している――全員、すぐにフィオナから離れろ！」

フィオナは〝呪薬〟を隠《かく》し持っていたのだろう。それが今、偽《いつわ》らざる真情が露《あら》わになった事で、〝呪薬〟の暴走を引き起こしてしまったのだ。

確かフィオナは、リアラやメイの遠縁《とおえん》に当たる人物――《お姫様》の片鱗《へんりん》を持ち合わせていても、不思議ではない。けれどまさか、〝呪薬〟に捕《と》らわれてしまうとは。

誰も予想だにしなかった事態が、リアラの妹姫メイを、今まさに蝕《むしば》もうとしていた。

「!?　い、いやっ、なんですか、これっ……きゃ、きゃああっ!?」

〝呪薬〟によってフィオナから湧き出した漆黒の霧が、すぐ傍《そば》のメイを巻き込む。それを見たリアラが、クロノスの腕《うで》の中で、悲痛な声を上げた。

「なっ……め、メイ！　メイーーっ！」

その声が届いたのか、はっ、とフィオナが顔を上げる。漆黒の霧に巻かれて戸惑うメイを、突《つ》き飛ばそうと手を伸《の》ばしていたが、しかし。

「っ!?　め、メイ様、逃《に》げ――あっ」

フィオナも、メイも、漆黒の霧に包まれ、完全に見えなくなってしまう。ただ、膨張《ぼうちょう》していく霧が竜巻《たつまき》のように荒《あ》れ狂《くる》い、天を衝《つ》くように昇《のぼ》っていった、次の瞬間《しゅんかん》。

その場に顕現《けんげん》したのは——明らかに、人智《じんち》を超《こ》える存在だった。

「め……女神、様……？」

ぽつり、リアラの口から漏れ出た言葉に、クロノスは歯嚙みしそうになる。

フィオナとメイのいた場所に、代わりに現れたのは、見上げても顔を視認するのが難しいほど、巨大《きょだい》な女性。神国で最も大きな神殿《しんでん》の天井《てんじょう》さえ、突き破るほどだ。

巨大化したフィオナのようにも見える。天女《てんにょ》が羽織るのにも似た薄絹《うすぎぬ》一枚の姿は、リアラの言う通り、女神とさえ思えてしまえそうなほどだ。

けれど、やはりそれは慈悲《じひ》深き《女神》とは違うのだと、すぐに証明される。

「えっ？　お、おい、動いてるぞ。何をしようと——あ」

観衆が呟《つぶや》く通り、見上げるほどの巨体の腕が、ゆっくりと振り上げられている。

そしてそれは、呆気なく、無造作に、振るわれ——横薙《よこな》ぎに、全てを破壊《はかい》した。

「ひ、やっ……きゃあああ⁉　し、神殿が、崩《くず》れるっ⁉」

「な、何なんだよ、あれ……どうすればっ……ひいっ！」

ただ怯《おび》えるばかりの観衆の群れは、その場で慌《あわ》てふためく事しかできない。

その時、クロノスは叫《さけ》んだ。観衆達ではなく、神殿に仕える祭司達へ向けて。

「何をボサッとしている！　祭司たる者なら、非常用の脱出口《だつしゅつぐち》くらい心得ているだろう！

今すぐ民を先導し、早々に脱出しろッ！」

「……っ⁉　は、はい、直ちにッ⁉」

動き出しが遅《おそ》い祭司達に、チッ、とクロノスは舌打ちするが、何とか避難《ひなん》は始まったらしい。〝フィオナだったもの〟が動きを止めている内に、退避《たいひ》できれば良いが。

そんな事を考えていると、リアラが駆《か》け寄ってきて、頭を下げてくる。

「ご、ごめんなさい、クロノスっ……本当は、私が指示しなければならないのに。また、クロノスに頼《たよ》ってしまって……」

「ん、イイってコトよ。観衆の中にも女の子はいたし、カワイイリアラのサポートなら、いくらしても苦ではないわ。ただ、問題は、あの子だが」

アテナとノノが、各々《おのおの》の《奴隷《どれい》聖具》を手に警戒《けいかい》しているが、あの子は——〝フィオナだったもの〟は、あれから一度も動いていない。

もしかすると、もう動く事はないのだろうか。その答えは、すぐに出た。

「！　く、クロノス、動き出しました……っ！」

巨体が少し身動《みじろ》ぎするだけで、地が微《かす》かに揺《ゆ》れ、リアラも口を噤《つぐ》んでしまっている。

建物ほどの大きさとなった、巨人同然の彼女の目が、薄《うす》く開かれた。その口からは、どこか眠《ねむ》たげで、重苦しい響《ひび》きではあるが、はっきりと〝人の言葉〟が紡がれる。
『……もはや、いらナイ……《お姫様》も、《女神の聖具》も……《神国》モ。破壊スル
……私は、ワタシ、ワ……我《われ》ハ、破壊者……我ガ名ハ――』
はっきりとした言葉が、徐々《じょじょ》に虚《うつ》ろに、人離《ひとばな》れしてゆく中で。
まるで、産声《うぶごえ》を上げるかのように――己《おの》が名を響かせた。

『破壊神――フィオナ――！』


刹那《せつな》、巨体から目が眩《くら》むほどの閃光《せんこう》が発生し、周囲を照らし上げる。

それと同時に、クロノスはリアラを自身の背に隠し、声を上げた。

「リアラ、俺の後ろにいろ！　アテナ、ノノ、来いッ！」

アテナとノノを呼び寄せると、二人はすぐさまクロノスの下に参じる。

そして更に、ルーアへと命じた一言は。

「ルーア、頼《たの》む――皆《みんな》を守ってくれ！」

「……ふえっ⁉　え、ええっ、あたしがですか⁉　って、あっ」

ルーアの素《す》っ頓狂《とんきょう》な声が、更なる戸惑いを上塗《うわぬ》りした直後、かき消された。

〝フィオナだったもの〟の足元から、噴出《ふんしゅつ》したエネルギーが光の壁《かべ》の如《ごと》く立ち上り、周囲へと広がっていく。触《ふ》れるもの、全てを粉々に、破壊し尽《つ》くしながら。

それはもはや、事象。《神国アリエス》に突如《とつじょ》として現れた、災《わざわ》いの象徴《しょうちょう》。

《破壊神》が——その名を示すかの如く、全てを粉砕《ふんさい》した。

■■■

……………。

完全に倒壊《とうかい》してしまった、元は神国一と呼ばれるほどだった、神殿で。

全てが破壊され、全てが失われたはずの、その場所で。

ただ一つ、それだけは、まるで何事も、なかったかのように。


『————』

神聖なる輝《かがや》きを、一切損《いっさいそこ》なう事もなく。
《神剣《しんけん》アリエス》は——そこに、突き立てられていた。

《第五章》これが神具――《神剣アリエス》の性なる真実です！

倒壊してしまった神殿の、瓦礫《がれき》の下。

普通《ふつう》なら助かる者などいないだろう、そんな場所から、這《は》い出してくる人間が。

「――ぷはっ！　ふー、さすがに危なかったな。だが、おかげで助かったぞ、ルーア」

瓦礫を除《の》けながら、クロノスは労《ねぎら》いの声をかける。

すると、当のルーアは、涙目《なみだめ》で顔を真っ赤にして憤慨《ふんがい》してきた。

「助かったぞ、じゃないですよぉ！　い、いきなりあんな無茶振《ぶ》りされてぇ……怖《こわ》かったんですからねっ。すっごくすっごく、怖かったんですからねえっ⁉」

「まあまあ、そう言うなって。あれはルーアの力を信じたからこその、頼みだったんだから。実際、何とかしてくれただろ？　うむうむ、良くやったな、ルーア！」

「えっ……あ、あたしの力を、頼りに？　そ、それは、そのぉ……悪い気は、しませんけどぉ……え、えへへ♪」

やばい、この子チョロすぎるかもしれない。

少しばかりの危惧《きぐ》は過《よぎ》ったが、今はもっと大きな脅威《きょうい》が問題だ。続けて瓦礫の下から這い出してきたノノが、とある方向へ人差し指を向ける。

「で。クロ、あれ、どーする？」

ノノが指し示したのは、今や《破壊神》と化したフィオナ。優美で知られる《神国》の都を、縦横無《む》尽《じん》に破壊し続ける姿は、まさにその名を体現しているようだった。

その蛮行《ばんこう》にクロノスの顔が歪《ゆが》むと、アテナが隣《となり》に立ってきて告げてくる。

「クロノス様……わたし、クロノス様の、決定なら……どこまでも、ついて、いきます。だから……何でも、言ってください……ね？」

「！　そっか、うん、ありがとな。アテナはいつも、俺に勇気をくれるな」

「そ、そんなこと……わたし、だって……いつも、もらって……ぁぅ」

隠そうとしている前髪《まえがみ》の下の顔が、かあ、と紅潮しているのが分かる。そんなやり取りをしていると、後ろからノノが飛びついて来た。

「クロっ。ノノだって、やるっ。クロに、勇気も、あげるっ。忘れないで。ねっ、ねっ」

「おお、当然よ。忘れたコトなんて、一度もないからな。安心しろよ、ノノ！」

「！　うん、うんっ……にゃう。んふー……まかせて」

頭を撫《な》でてやると、猫《ねこ》のように、手の平に強く押し付けてくる。

クロノスの心は、最初から決まってはいた。だが、愛するカワイイ奴隷ちゃん達の後押しを受け、完全に覚悟《かくご》が固まる。

「都には当然、カワイイ女の子もいるからな。それをみすみす蹂躙《じゅうりん》させてなるものか！《破壊神》だか何だか知らんが、さっさとぶっ潰《つぶ》すぞ！」

クロノスが気炎《きえん》を上げると、アテナとノノは頷《うなず》き、ルーアは「うそぉ……」と怯える。

だが、そこで突然《とつぜん》、声を上げてきたのは。

「ま、待ってください、クロノスっ！」

「ん？　――リアラ、どうした？」

呼び止めてきたリアラに尋《たず》ね、クロノスは続く言葉を待つ。

「その、あの、ですねっ。……え、ええと……」

彼女は幾度《いくど》となく、己《おのれ》のスカートを手で摘《つ》まみ、逡巡《しゅんじゅん》するような素振《そぶ》りを見せる。顔を上げ、かと思えば再び俯《うつむ》き、どことなく、泣きそうな顔をして。

「あの、う。……たすけて、あげ……」

涙を目尻《めじり》に浮《う》かばせながら、リアラがようやく、口にしたのは。

「……何でも、ありません。民を、助けてあげましょうっ。お願いします、クロノス、皆さん。力を、お貸しくださいっ！」

「もちろんだ。安心しろ、リアラ。カワイイ女の子のためだしな。まあそのついでに、男共も勝手に助かればイイんじゃね？　そのために、あの《破壊神》をぶっ潰して――」

「はい……そう、ですね。……っ」

リアラの目から、涙が零《こぼ》れそうになった、その瞬間。


「そしてフィオナを元に戻《もど》し――メイちゃんも救い出すぞッ‼」

「――――ッ⁉」


リアラの顔が勢い良く上がると、煌《きら》めく涙が目尻から弾《はじ》かれた。驚《おどろ》きの表情で見つめてくる彼女に、クロノスは首を傾《かし》げて言う。

「ん、どーした？　リアラの大切な妹姫《いもうとひめ》ちゃんと、クッソ不器用な親戚《しんせき》ちゃんだろ。しかも絶好のカワイイさの。助けようって考え、間違《まちが》っていたか？」

「っ、いいえ……いいえ、クロノスっ！　間違っていませんっ、ぜんっぜん、間違っていませんっ！　正しさ満点ですっ！　私、頑張《がんば》りますよっ！　えいえい、おーっ！」

「おお、そーか？　何か一気に元気になったな、わはは」

本当に、感情が忙《せわ》しない、カワイイ《姫奴隷《どれい》》ちゃんである。

と、やはり忙しなさは健在、リアラはすぐさま沈《しず》んだ声を発してきた。

「あっ、でも……メイは、無事なのでしょうか。フィオナが変容した、あの《破壊神《はかいしん》》に取り込まれてしまって……っ、心配ですっ……」

「はは、心配はご尤《もっと》も。だが、安心しろ。俺は何も、現実を見ず希望的観測だけで、メイちゃんを救うなんて言っているワケじゃないぞ」

「……えっ⁉　そ、それは一体、どういう事ですっ⁉」

沈んでいたのが一転、声を弾《はず》ませてくるリアラに、クロノスは力強く頷く。

「うむ、そもそもな。〝呪薬《じゅやく》〟がアレだけ暴走して、本来なら無事でいられるワケないんだよ。だがどういうワケか、《破壊神》はあの通り、元気一杯《いっぱい》だ。なぜだと思う？」

「えっ？　そ、それは……不確定な要素が、あった、という事……でしょうか？」

「正解。さすが聡《さと》い、イイ子だなー。さて、それが分かれば、リアラになら、もう理解できるはずだぞ。感じるだろ？　エロい意味じゃないぞ」

「いえこんな時に、えっちな意味とか考えませんよ！　って、あ……ああっ！」

クロノスの言葉に導かれ、リアラはすぐさま理解したらしい。同じ〝神託《しんたく》〟を受けた者だけが感じるはずの、〝聖なる力〟の存在に——！

「メイが……メイが、いますっ、生きていますっ！　ああっ、メイっ……！」

「うむ。《破壊神》が聖なる力を持つ乙女《おとめ》、メイちゃんまで取り込んだのは、恐《おそ》らく偶然《ぐうぜん》ではない。何せ、絶大な力を持つ《女神の聖具》を使うための〝神託〟だ。それだけで、常識外れの力はあるはず。だからこそ、自壊せずに生きられているんだろうな」

「そ、そうなのですか。力の自覚なんて、ありませんけれど……でも、はいっ！」

希望が湧《わ》いてきた、とリアラは両手を、ぐっ、と握《にぎ》る。

だが、クールなノノは状況《じょうきょう》に流されず、現実的に物事を見据《みす》えていた。

「けど、クロ。実際問題、どーする？　アレ、さすがに、桁《けた》外れ。フツーに、やっても……歯、立たない」

「うむ、そーだなー。アレだけの力だ、放っとけばその内に力を出し尽くし、勝手に斃《たお》れるだろう。ただその時は、メイちゃんもフィオナも、命が尽きるというコトだ」

「⁉　そっ、そんなのダメですっ！　どうにかなりませんか、クロノスっ⁉」

慌《あわ》てて代案を求めてきたリアラは、二人を助ける覚悟を完全に固めているらしい。

もちろんクロノスとて、同じ気持ちだ。

「安心しろって。《破壊神》をぶっ潰し、フィオナを元に戻した上で、メイちゃんを助ける。それしかないなら、そーするまでよ。そして、その方法は一つだけ、存在する」

「ほ、本当ですかっ？　それで、その方法とはっ……」

「おいおい、忘れていないか、《お姫様》。世界の摂理《せつり》を超《こ》える、究極の宝具。今はリアラだけが扱《あつか》える、世界に一つだけの、切り札を」

「えっ。私だけが、って……まさか、それはっ！」

リアラもようやく、思い立ったらしい。

たった一つ、この状況を打破できる可能性がある存在を、クロノスは口にした。

「《神剣アリエス》——アレを使って、《破壊神》を破壊するんだよ——！」

「っ……で、でもっ！　神殿《しんでん》が、あの有様なのに……いくら《神剣アリエス》といえど、無事だとは、とても……」

「そんなコトはない。もっと《女神の聖具》の力を信じろ。《お姫様》なら、な」

「！　《お姫様》なら……はいっ、分かりました、クロノスっ！」

クロノスの言葉に、力強く答えてくれるリアラ。最初の頃《ころ》と比べれば、随分《ずいぶん》と素直《すなお》な反応を見せてくれる事も多くなってきた。

だからこそ、クロノスはもう一つ、士気を上げるために試してみる事にする。まあ士気を上げるといっても、自分のというところはあるが、それはまあ、それとして。

「よしリアラ、その立派な乳を揉《も》ませるんだ！　さあリアラ、俺を信じろ、さあっ！」

「え、やですよ……ばかじゃないですか。ばか。クロノスの、ばーか」

さすがに難しかったらしく、リアラなりに悪口を繰《く》り返してくる。何かカワイイが。

とはいえ、仕方がない。状況も状況だし、クロノスは行動に出る事にした。

「まあ急がねばならんからな、そろそろ行くとしよう。乳揉んでからな。そいっ」

「いえ、やですって……んっ！　っ、ど、どっちにしろ、揉むつむりだったのですねっ……クロノス、お待ちなさーいっ！　もうっ、もう許しませんからぁーっ！」

倒壊《とうかい》した神殿の内部を駆《か》けていくと、リアラが怒《おこ》りながら追いかけてきた。その後ろを、ノノは「やれやれ」と首を振《ふ》り、アテナとルーアは苦笑《くしょう》しながらついてきている。

が、そこで最後尾《さいこうび》のアテナが何かに気付き、先頭のクロノスに通信を送ってきた。

『！　クロノス、様っ……《破壊神》が……こちらに、気付きましたっ』

元々小さい声を振り絞《しぼ》り、力強く伝えてくれた。そんなアテナに感謝しながら、クロノスは不敵な笑《え》みを浮かべる。

「はっ、好都合だな。こっちには、もう俺達以外に人はいないんだ。《破壊神》が俺達を追って来るなら、都に被害《ひがい》が出るコトはなし！　後はぶっ倒《たお》すだけの、簡単な作業よ！」

「あっ、そ、そうですねっ！　クロノスの言う通りですっ！」

我《われ》ながら楽観的ではあったが、リアラは勇気づけられたようで、賛同してくれる。

そうして、《神剣《しんけん》アリエス》のあった場所、神殿の最奥まで駆けようとした、が。

桁外れに巨大《きょだい》な《破壊神》の歩幅《ほはば》は、あまりにも大きく。

「チッ！　スタイルが良すぎる女も、考えモンだな――っと!?」

「えっ、きゃあっ!?」

クロノスとリアラは、後ろを走っていた三人に、思い切り押し飛ばされた。そのまま立ち止まり、初めに貞操帯《ていそうたい》によるお尻《しり》バリアを張ったルーアが、声を放つ。

「んっ！　クロノスさん、リアラちゃん、行ってくださいっ。ここは、あたし達が……何とか、少しかもですけど、微力《びりょく》ながら……食い止めますからっ」

「！　おいおい、俺達の盾《たて》になる、と言うのか？　お尻の狂乱児《きょうらんじ》！」

「だーれがお尻の狂乱児ですかぁ！　とにかくあたし、さっきも神殿が壊《こわ》れる時、バリアを使っちゃってますから……多分あんまり持ちませんから、早く行ってくださいっ！」

自らの身を犠牲《ぎせい》にしかねないルーアの物言いに、フォローを加えたのは、アテナ。

「……大丈夫《だいじょうぶ》です、クロノス様……わたしも、足止めしますし……ルーアちゃんのバリアが、切れても……わたしが、守りますから」

「アテナまで？　ったく、こんな時だけ、強情《ごうじょう》になるんだもんな」

普段《ふだん》は控《ひか》えめなアテナの、強い意志を感じさせる言葉に、ノノも続いた。

「足止めの、お仕事。終わったら、すぐ逃《に》げる。逃げるだけなんて、チョロイ。クロ、ノノに、まかせて。あと大好きと言って」

「ノノ、ああ、任せた。あと大好きだぞー」

「やった。うれしい。よーし、がんばろ」

口調は全くもって平坦《へいたん》だが、ノノにしては、強いやる気を感じさせる言葉だ。

彼女達の想《おも》いを受け、背を押され、クロノス達は駆けだした。足を動かしながら、リアラはぽつり、震《ふる》える声で言ってくる。

「っ。私、皆《みな》さんの事……ルーアさんの事、アテナさんの事、ノノさんの事っ……大好き。大好き……ですっ」

感極《きわ》まったようなリアラの声に、クロノスは頷きながら、軽い調子で聞いてみる。

「リアラ。そーか、そんなに俺のコトも、大好きか」

「………の、のーこめんと、ですっ」

「んっ？　んん、おや？」

てっきり強い否定が返ってくると思っていただけに、逆に虚《きょ》を突《つ》かれた気分だ。

だが、面食《く》らっている場合ではない。ついにクロノス達は、目的地に到着《とうちゃく》したのだから。

《神剣アリエス》の鎮座《ちんざ》する、台座の目の前に。

「あ、あっ……これが、《神剣アリエス》……？」

その神々《こうごう》しさと、まるで一度も使われた事のないような外観に、リアラは思わず嘆息《たんそく》していた。

「っ。う、嘘《うそ》みたいです。本当にこんな、無傷なんて。しかも、以前に儀式《ぎしき》で見た時より……聖なる力が、増している……？」

「ふむ、恐らくその儀式の時も、俺達がさっき見た時くらい、離《はな》れていたんだろ？　正当な持ち主である《お姫様《ひめさま》》が、ここまで近づいたから、共鳴しているんだろうな」

間違いなく、クロノスの推察通りだろう。リアラが一歩、《神剣アリエス》に近づくたびに、キン、キン、と何か高い音が響《ひび》いていた。

そしてついに、リアラは手を伸《の》ばせば届く所にまで、辿《たど》り着く。

「どうか、力をお貸しください。《女神》様と、そして……アリエス様っ！」

剣の柄《つか》を握り、一声を放つと共に、剣はあっさりと引き抜《ぬ》かれ。

ついに、リアラの――《お姫様》の手に、《神剣アリエス》が握られた――！

「こ、これが、《神剣アリエス》っ……なんて力っ、これなら！」

『――見ツ、ケタ』

「きゃっ!?　……なっ!?」

だが、リアラが余韻《よいん》にふける暇《ひま》もなく、背後から破壊音が響いてきた。

見上げるほどに巨大な女体《にょたい》を持つ、《破壊神》が、ついに迫《せま》ってきたのだ。

けれど、《破壊神》がここにいるという事は、足止めしていたアテナ達は……そんな懸《け》念《ねん》を切り裂《さ》くように、クロノスに通信が入ってくる。

『クロノスさん！　ご、ごめんなさいっ。もう限界で、皆、逃げちゃいました……そ、そっちは大丈夫ですか!?』

「ははっ、上出来だ、ルーア！　アテナも、ノノも、良く聞け！　リアラは《神剣アリエス》を、バッチリ手に入れたぞ！」

『ほ、本当ですかっ!?　よかったっ……やったぁ、リアラちゃんっ！』

ルーアの弾《はず》む様子が、声だけでも伝わってくるようだ。

一方、《破壊神》と向かい合っていたリアラが、《神剣アリエス》を構える。徒手の心得には疎《うと》いリアラだが、神国の《お姫様》として、剣の扱いは様になっていた。

そして《破壊神》が、塔《とう》のような腕《うで》を振り下ろしてくると。

リアラはその腕へと目がけて、神剣を振るった――！

「っ、やあああああっ！」

『⁉　ア……アアアアアッ⁉』

「あ……こ、これは……まさか⁉」

《神剣アリエス》は、〝刃無き剣〟。だが、その剣身《けんしん》に悪意を持って触《ふ》れれば、どのような物質であれ、無事では済まない。

剣身は、微《かす》かに震えて見える。けれど本当に震えているのは、空間そのものなのだ。

空間そのものに干渉《かんしょう》し、振動《しんどう》させ、物質界にある全ての物は、為《な》す術《すべ》もなく粉砕《ふんさい》される。

そして今、《破壊神》の腕さえも、圧倒的《あっとうてき》な力で破壊していた。

……けれど、リアラの表情には、絶望が浮《う》かんでいる。

「――ダメっ！　これではっ……〝範囲《はんい》〟が、狭《せま》すぎるっ！」

いくら破壊《はかい》力があっても、建物のような巨軀《きょく》を持つ《破壊神》には、剣ほどの大きさでは歯が立たない。山に針を突き刺《さ》して、壊そうとするようなものだ。

「そんな、《神剣アリエス》が、通じないなんて……あっ」

動揺《どうよう》したために隙《すき》ができたのか、無防備なリアラに、思いがけぬ攻撃《こうげき》が加えられようとしていた。天女の羽衣にも似た薄絹《うすぎぬ》の裾《すそ》、それがヒラヒラと、蛇《へび》のように波打ち。

鞭《むち》のようにしなる触手《しょくしゅ》が何本も生み出され、リアラへと襲《おそ》い掛《か》かる――！

「い、いやっ……きゃあっ⁉」

やられる、危機に晒《さら》されるリアラを、直前、クロノスは体で押し飛ばすと。

「きゃっ……く、クロノスっ⁉」

「ぐっ、が、はっ⁉」

鞭のような触手は、けれど一本一本が、こん棒で殴《なぐ》られるような威力《いりょく》を備えていた。あえなく吹《ふ》き飛ばされたクロノスは、それでも《通信魔術《まじゅつ》》でリアラに促《うなが》す。

『り、リアラ、ディルドだ。そいつを投げつけて、思い切り光らせろッ！』

「う、あっ……は、はいっ！　やあぁぁっ！」

クロノスに言われた通り、リアラがディルドを投げつけると、カッ、と眩《まばゆ》い閃光《せんこう》が迸《ほとばし》った。すると、《破壊神》は。

『ッ⁉　キャアァァァァ……⁉』

「⁉　き、効いているの、ですか？」

「ああ。《破壊神》は最初、目を開いて、俺達の姿を捉《とら》えたろ？　視覚があるなら、目くらましも有効だと思ってな。じゃあ、身を隠そ——ッ、ゲホッ！」

「あっ……く、クロノスっ、無理をしないでくださいっ！　さあ、摑《つか》まってっ……」

リアラが慌《あわ》てて肩《かた》を貸してくるので、手を軽く曲げて胸を揉んだ。……が、残念ながらそれどころではないらしく、青ざめた表情で逃げる事に専念している。本当に残念だ。

そうして、ようやく物陰《ものかげ》に隠《かく》れたところで、リアラはクロノスの前に膝《ひざ》を突き。

「ジッとしていてくださいね、クロノス。……んっ！」

「？　リアラ、何を──っ。おいおい、これは、まさか」

リアラの体から、聖なる光が湧《わ》き出し、クロノスの傷ついた体を包み込んできた。すると、リアラに気取られないよう堪《こら》えていた、引き裂かれそうな痛みが、完全に消える。

「そうか、リアラは回復魔術の使い手だったんだな。いや、《神国》では神術というんだったか。さすが《お姫様》だな」

「い、いえ。大丈夫でしたら……良かったです」

「ああ、もうこの通りだ。って、どうした？　また元気がないぞ──おっと？」

問いかけると、リアラは切羽《せっぱ》詰《つ》まった表情をしながら、クロノスの胸に飛び込んできた。

そのまま吐《は》き出す言葉には、後ろ向きな響きしかない。

「どうしましょう……どうしましょう、クロノスっ。《神剣《しんけん》アリエス》が、全く通じないなんて……こんなんじゃ、メイも、フィオナも……助けられないっ……！」

「？　助けられないって、なぜだ？　《神剣アリエス》が、あるじゃないか」

「……へ？　い、いえ、ですから……全然、足りないんですよっ！　あんな大きな相手には、剣くらいの大きさじゃ、手も足も出ないのですっ！」

「リアラ、それは違《ちが》うぞ。リアラはまだ、その剣のコトを、よく知らないだけだ」

「えっ？　知らないだけ、って……ど、どういう事ですかっ？」

「ああ、それを教えるために、俺は隠れようと言ったんだ」

まだ、希望はある。その灯《ともしび》がリアラの瞳《ひとみ》に宿ると、クロノスは真《ま》っ直《す》ぐに彼女と向き合った。一瞬《いっしゅん》、リアラは戸《と》惑《まど》っていたが、すぐに見つめ返してくる。

リアラには、覚悟《かくご》がある。それを感じ、クロノスは真摯《しんし》に伝える事にした。

「いいか、リアラ。前にも言ったし、あの時リアラは信じられなかった。それは、仕方がない。だが、その剣の本当の力を、本気で引き出したいと願うのなら。信じろ、リアラ。《女神の聖具》は、誰《だれ》が何と言おうと、本当に、〝性具〟なんだ」

「っ！　……はい、クロノス。あなたは、えっちですが……とてもとても、えっちですがっ。けれど、そういう顔をしている時は、嘘なんて、つきませんからっ！」

「よぉし、良く言った！《神剣アリエス》が何なのか、正確に知れば、その力は必ず使える！　よーし、信じろよ、リアラ！　絶対信じろよ、絶対だぞっ！」

「は、はいっ……信じますっ！《神剣》が何なのか、私に教えてください！」

今、クロノスとリアラの間には、絶対の信頼《しんらい》があった。

幾度《いくど》もの窮地《きゅうち》を乗り越《こ》え、共に歩み、隙あらば愛撫《あいぶ》した。そして怒《おこ》られたが、それさえも、二人の絆《きずな》を育むために必要だったのだと、クロノスは個人的に思う。

交わる視線、繋《つな》がる心。クロノスは、彼女へと笑いながら、言い放った。

「バイブレーターだ。略すとバイブな」

「えっ。……えっ、バイブ？　って、なんですか？」

知らないのも、当然だろう。これも《女神》サマの〝異世界知識〟だ。だからこそ、クロノスは懇切丁寧《こんせつていねい》に、説明する。バイブの事をだ。繰《く》り返す、バイブの事を、だ。

「バイブというのはな、ほれ、初めてリアラを助けた時、アテナが使ってたヤツ、あったろ？《神剣アリエス》のレプリカっていう。振動して敵をぶっ飛ばしたヤツな」

「あ、はいっ。なるほど、今思えば、確かにレプリカらしい感じですねっ。では、要するに……振動するものが、バイブさん、ですか？」

「ああ、ただ、それだけじゃなくてな。ほら、ディルドだよ、ディルド」

「えっ。……でぃ、ディルドって、これは違うでしょう？　だってこれは、クロノッ……お、男の人の、あの、アレをっ！　模してぇ……いる、ってぇ……」

何やら言葉尻《ことばじり》が小さくなっている。恥《は》ずかしいのかもしれないが、クロノスは容赦《ようしゃ》しない。時間も押しているし——美少女の恥じらい顔も、見たいし。

「要するに、合わせ技《わざ》だよ。男のアレを模したディルドが、思いっきり振動するのがバイブ。ブルブル、つって、それを当てるコトで、キモチよくなるんだよ。でもまあ〝空間を破壊〟するほどって、女子的にも『あっ、ないな』って思うだろうけどな」

「や、ちょ、まっ。いえそんなはずないでしょう⁉　だってこれ、その……大きすぎますよ⁉　クロッ……ディルドの大きさとは、全然違うじゃないですか⁉」

「まあそこはほら、《女神》サマ、性知識ゼロって言ったろ？　そんなモン創っちゃった後に、『あ、コレ違うな』って気付いたんだって。けど悲しいかな、コレが事実なんだよ。とにかくコレは、慈悲《じひ》深く心優《やさ》しき《女神》様がお創りになられた、つまり」

ここで容赦するのは、リアラのためにならない。

だからこそ、クロノスは、ハッキリと告げる。《神剣アリエス》の真実を。

「《神剣アリエス》は、〝女神様の想像上のチ〇コ〟（バイブ機能付き）ってコト」

「────」

出会ってから、最大の絶句っぷりを見せるリアラ。だが、そこは成長も著《いちじる》しい彼女。すぐさま我《われ》に返り、クロノスに食って掛かろうとする、が。

「い、いくら何でも、そんな訳ないですっ⁉　信じるとは言いましたけれど……言っちゃいました、けれどっ！　こんなのが、お、おちん……って、ちがーう！　ああもう変な言葉を使いそうに……ひゃあああ⁉　ふふ震《ふる》えだしましたぁー⁉」

「な、使えただろ。ホント、ナニしたかったんだろーな、女神サマ。あ、ナニか」

「う、嘘《うそ》です、そんな、そんなぁ……嘘だと言ってください～！」

とはいえ実際に使えた今、結局のところ、これが《神剣アリエス》の真実なのだ。

だがここで、リアラには申し訳ないが、もう一つ大事な話を伝えなければならない。多分、彼女はまた、ショックを受けるだろう。

そう思うと、さすがのクロノスも、ちょっぴり躊躇《ちゅうちょ》を――

「でだ。その《女神の聖具》の真価ってヤツを引き出すには、選ばれし《お姫様》が、実際に使ってみなくてはならないワケだ」

「ぶっ」

躊躇など、クロノスにはない。彼女達の見せる色々な顔は、クロノスにとってのご褒美《ほうび》なのだから――！

ただ、やはり受け入れ兼《か》ねるのだろうリアラが、至極尤《しごくもっと》もな主張をしてきた。

「こここんなの、使える訳ないじゃないですかっ⁉　死んじゃいますよ⁉」

「分かってるって。女神サマ自身でさえ、使えなかったみたいだしな。でもな、安心しろ。

そのために、俺様がいるんだよ」

「え。クロノスが、って……あの？　なぜ、にじり寄って……きゃ、きゃあっ？」

リアラの隙を突《つ》き、背後から抱《だ》きしめる形を作る。彼女は何やらドギマギしていたが、クロノスが《神剣アリエス》を握《にぎ》る彼女の手に、そっと触れると。

「〝同期化する〟――っ、ふう。いいか、リアラ。今、この《神剣アリエス》と俺の体は、感覚が繋がっている状態だ。体のどこがどう、とは言わないが。言わないぞう？」

「えっ。……ええっ⁉　じゃあ今、私はクロノスに触《さわ》っている、という事ですか⁉」

「いやいや、そう深く考えるなって。今、リアラが触っているのは、《神剣アリエス》。だから問題ない。そうだろ？　そうなんだよ、間違《まちが》いないんだな、コレが」

「あ、えっ？　そ、そうなの、ですか？　でも、これから、どう……ん？」

言い包《くる》めておいて何だが、リアラは結構押しに弱い時があり、そこは心配になってくる。

だが、リアラは首だけを軽く動かし、恐《おそ》る恐る見つめてきた。

「あの、クロノス？　まさか、言いませんよね？　コレ、使う、とか……そんな」

「安心しろ、リアラ。おまえが壊《こわ》れちゃうような、ああいや、死んじゃうような、無茶な使い方はしない！　ただ、気持ちよ～くなれるよう、お手伝いするだけだ――！」

「……や、や――――んっ⁉　それはそれで、もう、もおっ……い、いや――――んっ⁉」

言葉では嫌《いや》がっているが、半ば諦《あきら》め気味なのか、そこまでの抵抗《ていこう》はない。それでも身をよじり、逃《に》げようとする体を固定し、重ねた手を優し～く動かしていく。

「さあ、まずは手始めだ。優し～く触《ふ》れてみろ。繊細《せんさい》なんだぞ、ナニがとは言わんが。ん、そうそう、筋がイイぞ。あ、変な意味じゃなく。って分からんか、ははは」

「ひえぇん……わかりません、けれど……うう、こ……こぉ、ですか？　え、えいっ」

「んぐっ。くっ、ぬぬう。さすがは《女神の聖具》、俺ものんびりとしていられんな」

短期決戦でいく。何の戦いか、もう良く分からないが。

とにかくクロノスは、告げた。彼女にとっては驚愕《きょうがく》すべき、一つの提案を。

「よし、それでは勇気を出して、キスでもしてみようか」

「きっ。……で、で、で、できる訳ないでしょう、そんな事ー!?」

「おいおい、何を尻込《しりご》みしている。フィオナを元に戻《もど》し、妹を助けるのだろう？　おねーちゃんの覚悟は——そんなものなのかっ!?」

「！　そ、そんな事ありませんっ。私はっ……私、はっ……！」

そう、ここでやらねば、《神剣アリエス》の真価は発揮できないのだ。

羞恥《しゅうち》と葛藤《かっとう》の、果てしない応酬《おうしゅう》の、その末に。ついに、リアラは、剣身《けんしん》へと。

「……ん、チュッ♡」

「ぐおっ！　っ、や、やるな。というかやったな、リアラ」

「…………♡」

「ん？　リアラ、どうした？　お、おーい？」

精一杯《せいいっぱい》のバードキスだったのだろう、放心しているのかもしれない。

だが、クロノスは忘れていた。以前にも風呂場《ふろば》で、リアラとご一緒《いっしょ》（半強制）した時の事を。その時、クロノスでさえ、圧倒《あっとう》されかけていた事を。

そう、リアラは――《姫奴隷《ひめどれい》》ちゃんは、ここからが強いのだと！

「チュッ♡　チュッ、チュッ、チュッ、ンッ、チュウッ♡」

「ぬ、ぬおお!?　何だリアラ、いきなり――ハッ!?　ま、まさかこれは、覚醒《かくせい》!?」

覚醒って何だろう。だが、彼女の次の行動は、クロノスでさえ驚《おどろ》かせるもので。

「!?　お、おい、リアラ。嘘だろう？　まさかっ！」

「あ、はぁ……え～いっ♡」

リアラが、その柔《やわ》らかすぎる双丘《そうきゅう》の間に、何と剣身を挟《はさ》んだのだ。しかも、啄《ついば》むようなキスも続けている。このような猛攻《もうこう》を、あの純真だったリアラが、見せるとは。

このままでは、負けてしまうかもしれない。いや《神剣アリエス》の真価を発揮させるのが目的なので、別に負けても良い気はするが。だが、しかし、しかしだ。

「ぐ、ぐぬぬっ、ん？　はっ、これだッ！」

クロノスの感覚は、《神剣アリエス》と同期化していると言っても、本体の感覚を失《な》くした訳ではない。つまり、《神剣アリエス》と向き合う、彼女の後ろから抱《だ》き着けば。

「ひゃぁんっ⁉　そ、そんなぁ……後ろからも、なんてぇ……♡」

挟み撃《う》ちという形に、なる！

「ふっ、まだまだこれからだ、リアラっ！　うおおおっ！」

「んっ、んんっ……♡　もぉ、困った人、です……チュッ、チュンッ♡」

二人の果てなき戦いは、まるで螺旋《らせん》のように絡《から》み合い、続いていた。

終わりがないように見えた、その戦いも、やがて、星が墜《お》ちてゆくように。

「ん⁉　この光は――リアラ！　やったな、ついに《神剣アリエス》が！」

「いまぁ……それどころじゃ、ないですぅ……♡　ちう……ちうっ♡」

「リアラさーん⁉　くっ、この俺が防戦一方だと⁉　ぐ、ぐわあああっ⁉」

「んぅ……？　何だか、眩《まぶ》し……あっ」

リアラの胸元《むなもと》の〝紋《もん》〟が、今までにない、最大の光を放つと。

《神剣アリエス》も、呼応するように、煌《きら》めき始め。

その場には、まさに、朝陽《あさひ》が昇《のぼ》ったかのような輝《かがや》きが、満ち溢《あふ》れた。

■■■

『!? ア、ウゥ……?』

朝陽が昇るかのような発光に、《破壊神《はかいしん》》は先ほどの目くらましを思い出したのか、明らかに警戒《けいかい》している。

とはいえ、それ以上は何もなく、光もあっという間に、落ち着いた。

だがしかし、《破壊神》は、見てしまったのだろう。

光の先に佇《たたず》んでいた、一人の影《かげ》を。刃無き剣《けん》を手に佇む、一人の美少女を。

彼女の〝紋〟が、もはや胸元を越《こ》えて、飛び立つ翼《つばさ》のように、広がっていく姿を。

《神剣アリエス》を手にする――《お姫様《ひめさま》》、リアラの姿を――!

『……フゥウゥ……』

《破壊神》が羽衣の裾《すそ》から、先ほども操《あやつ》っていた触手《しょくしゅ》を、何十本と形成する。気付かれていないつもりか、ぬらり、ゆっくりと移動させると。

大量の触手が、無防備なリアラを襲《おそ》う……と、思いきや。

「無駄《むだ》です」

『――――ッ⁉』

何気なく振《ふ》られた《神剣アリエス》の一撃《いちげき》で、全ての触手が跡形《あとかた》もなく消えてしまった。

いや、消えたのではない、粉々になったのだ。

そうとは知らずか、《破壊神》が、肉付きは女性らしく見える巨腕《きょわん》を振り上げる。まるで細長い塔《とう》のような質量を、あの可憐《かれん》で美しい《お姫様》に、叩《たた》き落とそうというのだ。

もはや人間らしい言葉もなく、知性さえも手放した、《破壊神》らしい選択《せんたく》である。

『――ハァァァァ‼』

無駄だと言った彼女の言葉を、理解できていないのだから。

「おバカさんですね、あなたは」

『アッ。……ア……キュウンッ⁉』

振り下ろしたはずの、塔のような腕が、木の葉のようにあっさりと弾《はじ》かれる。

そのまま《破壊神》はバランスを崩《くず》し、その巨体《きょたい》を大地に転がした。元々完全に破壊されていた神殿《しんでん》が、更《さら》に荒廃《こうはい》していく。

一歩、リアラが無造作に歩を進めると、《破壊神》はその巨体でありながら、尻餅《しりもち》をつくような姿勢で後ずさる。明らかに、リアラを恐れていた。

「……もし考える力があるのなら、なぜこんな事に、と思っているのでしょうか？　ふふ、当然ではないですか……むしろ、こんな程度では、足りませんよ……！」

『ッ⁉　？　⁇』

リアラの肩《かた》が、小さく震えている。《破壊神》にしてみれば意味不明だろう、その圧力を放つ張本人は、《神剣アリエス》を〝砕《くだ》けちゃえ〟とばかりに握り締《し》め。

大きく剣を振りかぶりながら、声高に吼《ほ》える——！

「あんな恥《は》ずかしい事を、あんなに一杯《いっぱい》させられてっ——あなた如《ごと》きに勝てない神剣なんてありますかあっ！　ばかああああ‼」

『エッ、エエエェ⁉』

《神剣アリエス》。空間ごと振動《しんどう》させ、全ての物質を破壊する力。だが、真価を発揮したこの剣は、明らかに〝度が過ぎている〟。

もはや、《神剣アリエス》の力は——空間ごと、削《けず》り取っているのだ——！

「フィオナッ！　いい加減っ——元に戻りなさぁいっ！　はあああああッ‼」

『ヤッ!?　ッ、ッ……ア、ウウンッッ!?』

《破壊神》の武器でもあり鎧《よろい》でもある羽衣を、縦横無尽《むじん》に引き裂《さ》く。

巨大《きょだい》な《破壊神》と化したとはいえ、元はフィオナ、羞恥心《しゅうちしん》が残っているのか、両腕《りょううで》で女体《にょたい》を隠《かく》そうと必死になっているようだ。

巨大なる女体の、あられもない姿。その光景が露《あら》わになったのと、ほぼ同時に。

《姫奴隷》リアラのご主人様——クロノスも、姿を現す——！

「——ほほう、なかなか良い眺《なが》めだな。これほどの巨大美女の艶姿《あですがた》など、滅多《めった》に拝めるモノではないぞ。フハハ」

『！　キ、キサマあッ……ウウウッ……ハアアアアッ！』

《破壊神》——というよりフィオナの怒《いか》りと共に、巨体から閃光《せんこう》が迸《ほとばし》り、今しがた散り散りになった羽衣が一瞬《いっしゅん》で元通りになってしまう。

とんでもない再生能力だ。リアラも驚いているようだが、勇ましくも《神剣アリエス》を構え、再度の攻撃《こうげき》に入ろうとしている、がしかし。

「っ、再生なんて、デタラメなっ。だったら何度でも、消し飛ばして——！」

「待て、リアラ。無意味とは言わんが——危険だ。メイちゃんの命が、危ないぞ」

「!?　く、クロノス、それはどういう事ですっ？」

クロノスの制止に、リアラは足を止め、訊《たず》ね返してくる。

そんな彼女の隣《となり》に並びながら、クロノスは己《おのれ》の推察を口にした。

「さっき俺は、あえて姿を現し、反応を窺《うかが》ったが――ドンピシャよ。リアラと同じく、メイちゃんも回復魔術《まじゅつ》を使えるのだろう？　つまり《破壊神》の再生能力は、メイちゃんの能力を利用したモノ、というコトよ。それが意味するのは――メイちゃんの力が尽《つ》きた時、彼女の命も、危《あや》ういかもしれん」

「……そ、そんな、ここまで来て、そんな事……」

今までのリアラの頑張《がんば》りが、全て、無駄になってしまうかもしれない。《神剣アリエス》さえ手放しそうになるほど、リアラは落胆《らくたん》し、肩を落とす。

けれど、そんな彼女に、クロノスは〝いつものこと〟とばかりに、事もなげに言った。

「何度でも言うぞ、リアラ。安心しろ。方法は、ある」

「！　クロノスっ……本当ですか、クロノスっ！」

喜色に彩《いろど》られるリアラの顔に、クロノスは頷《うなず》きつつ、話を続ける。

「うむ。ただ、これは俺にとって、少し。いや、相当の覚悟《かくご》を必要とするコトでな」

「か、覚悟を？　っ……分かりました、私にできる事なら、何でもしますっ！」

「ああ、いや、リアラのやるコトは、簡単なんだ。ただまあ、俺が、ちょっとな」

「？　そ、そうなのですか……？　⁇」

当然、リアラは良く分からずに、首を傾《かし》げている。しかし、対するクロノスは、覚悟を決めた。そしてリアラに向けて、言い放つ。

「──よっし！　いいか、リアラ。おまえに、頼《たの》む！」

「は、はい、クロノスっ！　何なりとっ！」

たった一つ、この状況《じょうきょう》を打開するために、クロノスが頼んだ事とは。


「リアラ！　そいつで──《神剣アリエス》で、俺を攻撃しろ！」

「はい！　……ええっ⁉　な、何を言っているのです、クロノスっ⁉」

リアラの戸惑《とまど》いも、理解できる。しかし無茶は承知で、クロノスは重ねて要求した。

「イイんだ、それが必要なんだ！　さあ、遠慮《えんりょ》せず、ぶっ叩け！」

「う、あ。……や、やっぱり無理ですっ……できっこありませーんっ！」

何しろ、触《ふ》れるものを一瞬で粉々にする《神剣アリエス》だ。躊躇《ちゅうちょ》するのは当然だが、そうこうしている内に、状況は悪化しようとしていた。

『ウ、ウウゥ……アアアア！』

「！　は、《破壊神》が……っ、とにかく《神剣》で、動きを止めてから――えっ？」

切羽詰《せっぱつ》まった行動に走ろうとしたリアラだが、その必要はなくなる。

何と、あの《破壊神》の巨大な女体を、縄《なわ》が拘束《こうそく》したのだ。当然、普通《ふつう》の縄ではない。

ノノの《奴隷聖具《どれい》》だと理解し、クロノスが称賛《しょうさん》の声を上げる。

「でかしたぞ、ノノ！　イイ仕事だ！」

『えへ、トーゼン。……ッ。でもクロ、急いでっ……ノノの力、もうギリギリ。縄、あまりもたない、から……早くっ』

《通信魔術》を通したノノの声に急《せ》かされ、クロノスにも焦《あせ》りが生まれる。

クロノスを攻撃したくないという、リアラの気持ちだけを考えれば、純粋《じゅんすい》に嬉《うれ》しい。だがしかし、今はそれが、どうしても必要なのだ。

「リアラ、分かっただろう、急がねばならんのだ！　だから、早く俺にっ！」

「だ、だってぇ……怪我《けが》じゃ、済まないのですよ……私には、そんな事、できませんっ……というか、説明くらいしてくれてもっ！」

「説明をする時間も、もうないんだ！　ッ、リアラ、えぇーいっ！」

切羽詰まったクロノスが、ここでもう一声、力強くリアラに要求する――！

「いいから――お前がその白魚のような両手で大事に大事に握《にぎ》り締めてる、女神サマの想像上のチ〇コで、俺の背中をぶっ叩けっつってんだよォ――！」

「うんわかりました！　うおりゃあー！」

「純粋なる怒りを感じる！　さっきまでの煩悶《はんもん》は一体⁉　ぐ、ぐえー⁉」

「ああっ、クロノス！　しっかりしてくださいっ！　更にもう一発！」

「二回とは言ってないデスヨー⁉　もしかして色々と恨《うら》んでね⁉　うごごご！」


　まさかの二発、ぶちかまされたクロノスが、痛みに煩悶する。だが、粉々にはなっていない。二発も殴《なぐ》ってくれたリアラだが、ほっ、としているようだ。

「は、はあっ。よかったです。クロノス、ご無事で……えっ？」

　しかしすぐ、リアラは目を見開く。それも当然か、リアラが《神剣《しんけん》アリエス》を打ちつけた背中から、淡《あわ》い光が宙を舞《ま》い、クロノスの胸に吸い込まれているのだから。

　そして今、クロノスの鳩尾《みぞおち》に現れた〝それ〟を見て――リアラが驚愕《きょうがく》してきた。

「く、クロノス、それはっ……なぜあなたにも、〝紋《もん》〟が⁉」

　クロノスの鳩尾に現れたのは、リアラ達と少し形は違《ちが》うが、確かに〝紋〟だった。

　当のクロノスは、どこか懐《なつ》かしい気持ちを覚えながら、微《かす》かに笑って呟《つぶや》く。

「こいつは俺が奴隷になった時、例の女主人に付けられたんだ。まあリアラ達の〝紋〟と、似たようなものでな」

「！　クロノスの、女主人さんだった……《奴隷商》さんの？」

「ああ。だがもちろん、飾《かざ》りじゃない。こいつが、俺の切り札だっ——ッ！」

「えっ……きゃっ⁉　なっ……こ、これはっ⁉」

クロノスの〝紋〟の前で、渦《うず》を巻いていた光が、黒く染め上げられていく。それが黒い嵐《あらし》となり、徐々《じょじょ》に圧縮されると、クロノスの鳩尾から、柄《つか》が生えてきた。

その柄を、クロノスが摑《つか》むのと同時に、一気に引き抜《ぬ》くと。

「おおおおおおおっ‼」

顕現《けんげん》したのは、《神剣アリエス》を闇色《やみいろ》に染め上げたような、漆黒《しっこく》の剣。その名も。

「俺様の、最強の《烙印魔術《らくいんまじゅつ》》——《魔剣クロノス》！　コイツで勝負を決めるッ！」

言い放ったクロノスに、《神剣アリエス》を携《たずさ》えるリアラは、慌《あわ》てて尋《たず》ねてきた。

「《魔剣クロノス》……って、初めてクロノスと出会った日にも、見た……そ、それは何なのです⁉　まるで《神剣アリエス》のようなっ……と、というか、これならメイを救えるというのは⁉」

混乱のためか、次々と捲《まく》し立ててくるリアラに、クロノスは冷静に説明する。

「そうだな、簡潔に言うと、俺の《魔剣クロノス》は、《女神の聖具》や《奴隷聖具》の力を吸収し、力の性質を反転させられるのだ。《神剣アリエス》の力が広域の空間を破壊《はかい》するのに対し、俺の《魔剣クロノス》は、一点集中で破壊する、ってな感じでな。そして、この反転する力の性質ってヤツが、メイちゃんを救う鍵《かぎ》になるんだよ」

漆黒の剣を携えたクロノスが、巨大な《破壊神》の方へと歩きつつ、言葉を続ける。

「《破壊神》が使っている再生は、メイちゃんの持つ聖なる力によるもの。なら、それと全く反対の力で、再生する間もなくブチ抜けばイイ。リアラの《神剣アリエス》の力を喰《く》らった、俺の《魔剣クロノス》なら、それができる。そう――こんな感じで、な」

クロノスが漆黒の剣を向けると、同時にフィオナを拘束していた縄が、ついに引きちぎられる。しかしクロノスは、慌てる事もなく、《魔剣クロノス》を大きく振《ふ》りかぶり。

「――斬《き》り裂けえッ！」

『⁉　グッ……キャ、アッ⁉』

袈裟《けさ》斬りに奔《はし》った黒い閃光が、《破壊神》の羽衣を再び斬り裂くと、リアラは目を見開いて声を上げた。

「きゃっ……す、すごいです、クロノスっ……これが一点集中の、力？」

その威力《いりょく》にリアラは感嘆《かんたん》しているが、本当に重要なのは、そこではない。

《魔剣クロノス》が斬り裂いた、その羽衣に起きた異変に、《破壊神》が焦燥《しょうそう》する。

『ッ、ナ、ンデ……再生、シッ……シナ、イ⁉』

先ほどは一瞬で再生していた羽衣が、今度は修復されず破れたままの状態だ。

巨大な乙女《おとめ》のあられもない姿、それを前にして、クロノスはニヤリと笑《え》みを深める。

「あの通り、この反転した力であれば、メイちゃんの聖なる力も及《およ》ばず、再生もできない。しかも、ククッ、力が削《けず》られているからか、フィオナ自身の性格のせいかは分からんが、理性も取り戻《もど》しつつあるようだなあ。とはいえだ、俺の力には、大きな問題もある」

漆黒の剣と、そして自身の〝紋〟の光が淡くなっているのを見比べながら、クロノスはリアラへ向けて言った。

「《魔剣クロノス》で大技《おおわざ》が使えるのは、残り一回、ってトコか。見ての通り、範囲《はんい》の広い《神剣アリエス》と違ってピーキーすぎる性能で、隙《すき》もデカい。このたった一度で、決定的な一撃《いちげき》を見舞《みま》わねばならんのだが、俺一人じゃ不可能だ。だから」

「――私が援護《えんご》して、クロノスを助けます！　そうですよねっ？」

「！　ふっ、ああ、その通りだ！」

クロノスが《破壊神》に向けて仁王立《におうだ》ちすると、リアラも後ろで《神剣アリエス》を構えた。準備は、万端《ばんたん》。覚悟も、完了《かんりょう》。

後は、ただ、駆《か》けるだけ――！

『グッ！　ハ、ハアアアッ！』

「無駄《むだ》だと、言ったはずです！　やあっ！」

リアラが《神剣アリエス》を振るうたび、襲《おそ》い来る羽衣の触手《しょくしゅ》が、粉微塵《こなみじん》になる。

暴れる触手と消滅《しょうめつ》する触手、その間隙を縫《ぬ》って、クロノスはリアラと共に《破壊神》の懐《ふところ》へと潜《もぐ》りこんだ。

「さあ、どこだ、どこだ？　オマエの弱い部分を見つけ出し、存分に責め立ててやるぞ！　ほうれフィオナ、オマエも元に戻りたければ、素直《すなお》に体を委ねるがイイ！」

『ヒッ⁉　クッ、クルナアァ……コナイ、デェ！』

「おいおい、まるで俺が悪いオトコのようではないか。失敬なー」

「否定できないと思いますけどねー……っ、ええいっ！」

クロノスを狙《ねら》う大量の触手だが、纏《まと》まって来たところを、リアラが一撃で消し飛ばす。

クロノスの意図を汲《く》んでサポートしてくれる、リアラとの息の合い方は、絶妙《ぜつみょう》だ。

「まあ俺達は、《神剣アリエス》の真価を引き出すために、あれだけ激し～く絡《から》み合ったんだからな。息ピッタリになるのも、当然というか」

「さあクロノス、歯を食いしばってくださいねっ！　てぇぇぇいっ！」

「えっ。ぐ、ぐおぉぉぉおうっ⁉」

リアラの《神剣アリエス》に、再び背中を思い切り引っ叩《ぱた》かれる。振動《しんどう》による衝撃《しょうげき》で、大きく吹《ふ》っ飛ばされたクロノスを見て、《破壊神フィオナ》は戸惑いの声を上げた。

『⁉　コ、コんナトキニ、仲間割レ、カ？　ッ、バカッ……」

「リアラ、ここか？」

『……フ、エ？』

クロノスが落ち着いて呟くと、聞こえてきたのは、リアラからの通信。

『はい、クロノス、そこですっ。そこに……フィオナとメイが、いますっ！』

「おしっ、任せとけ。それじゃ、終わりにするぞ。うらあぁぁぁぁ！」

大声と共に、《魔剣クロノス》を斬り下げた。刃無き漆黒の剣が、ほとんど裸《はだか》のようになっていた《破壊神》の体に、黒い閃光《せんこう》を奔らせる。

切り開かれた巨体《きょたい》の先に、フィオナとメイが、少し離《はな》れた位置に捕《と》らわれていた。フィオナを《破壊神》の肉から斬り放し、同時にメイの小さな体を引き抜いてやる。

「ん、ぅ……あっ。……すう、すう」

「おし、確保、っと。むふふ、なかなかカワイイ寝顔《ねがお》だな。やれやれ、全く」

抱《だ》き寄せたメイの口から漏《も》れるのは、こちらの苦労も知らぬような、穏《おだ》やかで、可愛《かわい》らしい寝息《ねいき》だった。

一安心、とクロノスが一息つきながら、自壊《じかい》していく《破壊神》を見上げる。

「そしてコッチも、ほぼ解決か。全く、やれやれだな」

メイを救出した事で、《破壊神》は再生の術《すべ》を失い、徐々に肉体が霧散《むさん》してゆく。その、まだ残っている足元に、フィオナが倒《たお》れ伏《ふ》していた。

ザッ、とクロノスが足を踏《ふ》み出すと、フィオナは何とか上体を起こし、勇ましくも睨《にら》みつけてくる。けれど、彼女の肩《かた》は、微かに震《ふる》えていた。

それでもクロノスは、甘い顔を見せる事なく、言葉を投げつける。

「フィオナ、お前が第二王女たるメイちゃんを擁立《ようりつ》し、《お姫様《ひめさま》》の座に就《つ》かせようとしたのは――ただ私欲《しよく》のために、国の実権を握るためではないな。それだけのために、そんな回りくどい真似《まね》をする必要はない。本当の目的は、《神剣アリエス》だろう」

「っ!? なぜ、それを……っ」

フィオナが言葉に詰《つ》まっていると、リアラが遅《おく》れてやってくる。今や〝紋〟も通常時に戻り、淡い光を放つばかりの《神剣アリエス》を携えながら、声をかけてきた。

「クロノスっ、メイっ！　ああ、良かった……二人とも、無事だったのですねっ」

「おお、リアラ。ん、《神剣》はちょうど、パワー切れか。結構ギリギリだったな。っと、ほれ。見事、メイちゃんを助けたぞ。姉妹の感動の再会だな」

「は、はいっ！　ありがとうございます、クロノスっ。……けれど、あの。さっき言っていた……フィオナの目的が、《神剣アリエス》だというのは……？」

どうやら話は聞こえていたらしい。クロノスがしゃがみ込んでメイを下ろし、リアラが妹を抱《だ》き支えるのを見届け、改めて話を続ける。

「各国に散らばる《女神の聖具》さ。フィオナは《神剣アリエス》を継承《けいしょう》したメイちゃんの武力を利用し、他国へ侵略《しんりゃく》し、全ての《女神の聖具》を集めるつもりだったんだろう」

「は、い？　全ての……って、まさか⁉」

慈悲《じひ》深き女神が、各国の《お姫様》のために遺《のこ》した、《女神の聖具》。子供でも知っているその伝承には、少しばかり続きがある。

《女神の聖具》を全て集めた者は、世界の全てを手にする事に等しい、至宝を手にできるのだと。誰《だれ》も成し遂《と》げた事のない、伝説のみの話を、クロノスは明示した。

「《神国アリエス》を含《ふく》む〝七つの国〟に存在する、七つの《女神の聖具》、全てを手にすれば――《真なる聖具》が降臨する、って話だ」

眉唾《まゆつば》な話ならば、まだいい。しかし実際に常識はずれの力を持つ、《女神の聖具》が存在するこの世界において、謎《なぞ》に包まれた《真なる聖具》の存在を、信じる者も多いのだ。ただし、それゆえに、各国間では争いが起こる事も少なくない。清廉《せいれん》潔白として知られ
る《神国アリエス》でさえ、過去、幾度《いくど》もの大戦があった。

しかしそんな大それた野望を企《くわだ》てていたとは、リアラも思っていなかったのだろう。

「っ……フィオナ！　一体なぜ、そんな事を考えてっ！」

「――この国を、守るためだ」

「⁉　この国のため……ですって？」

リアラの言葉を遮《さえぎ》り、フィオナは両手を地に付けたまま、言葉を続けた。

「《女神》様が去った後、人の手に委ねられた、この世界は……良くも悪くも、《女神の聖具》の力次第。中には盛んに争いを起こす、武力国家も存在する。そんな中、百年以上も《お姫様》が現れなかったこの国に、ようやく《お姫様》が誕生した……それなのに」

顔を上げ、キッ、とフィオナは、リアラを睨みつける。

「リアラ様、あなたは《神剣アリエス》を……《女神の聖具》を、自衛以外に使う事を良しとしなかった。何度、私が忠言しても、認めようとはしなかった。今の世には、確かに争いが存在していて……綺麗事《きれいごと》など、言える状況《じょうきょう》ではないのに！」

フィオナの言葉を受けたリアラは、微《かす》かに視線を伏せながら、言葉を返していた。

「ええ、あなたの言う通り。慈愛《じあい》に満ちた《女神》様の遺物を、争いに利用する事を、私は許しませんでした。世間知らずな小娘《こむすめ》が、甘さに付け込まれるのも、当然ですね」

「……私が、今回のような行動に出なくとも……《神国》を狙う他国の不穏《ふおん》な動きは、間《ま》違《ちが》いなく存在します。だからこそ、《神剣アリエス》の武力は、必要でした。その力があれば、他国への牽制《けんせい》はもちろん……全ての《聖具》を集める事さえ、可能だったかもしれない。だから……だから、私は……！」

地に付いた手を握《にぎ》りしめ、悔《くや》しそうな言葉を漏らすフィオナに、リアラは黙《だま》っている。

フィオナがこの国を想《おも》うのは、本心だろう。彼女の声に、偽《いつわ》りの響《ひび》きは窺《うかが》えない。

けれどクロノスは、自身でも意外なほど、低い声を発していた。

「――ふざけるなよ」

「!?　あっ……う、ぅ」

びくりと体を震わせたフィオナが、端整《たんせい》な顔に恐《おそ》れを浮《う》かばせ、見つめてくる。

それでもクロノスに容赦《ようしゃ》はなく、己《おのれ》の憤怒《ふんぬ》を突《つ》き付けた。

「国のためを想い、それで為《な》すのが、《お姫様》の暗殺か、戦争への利用か。汚《よご》れた陰謀《いんぼう》で塗《ぬ》り固めた薄《うす》っぺらな大義で、国を守るという大事を為せると、本気で思うのか」

「う、あ……で、でも……だってぇ……」

「〝でも〟も〝だって〟もあるものか。フィオナ、いいか、お前はな。お前は結局のところ、負けたのだ。言葉でリアラの心を動かせず、陰謀に走るしかなかった。その時点で、お前は世間知らずと見下した、リアラの高潔な綺麗事に――負けたのだ！」

湧《わ》き出る憤怒を包み隠《かく》さず、ただハッキリと、クロノスは言い放った。


「あまり人間を、ナメるなよ――！」


クロノスの言葉を受け、フィオナは一際《ひときわ》強く身を震わせ、何も言えなくなってしまった。

涙目《なみだめ》で震える彼女を見て、おっと、とクロノスは頭を掻《か》く。

我《われ》ながら、カワイイ女の子に対して、らしくないノリだった。クロノスは少しばかり反省しつつ、リアラに向けて軽い調子で言う。

「だがまあ、《神国》の事情に、部外者の俺が口を出すのはおかしいだろ。裁可を下すのは、俺じゃないよな。さあリアラ、どうする？　この子に対する裁きは、《お姫様》が決定すべきだよな？」

クロノスの言葉を聞いていたフィオナは、〝裁かれるのは当然〟と、黙《もく》して言葉を待っていた。本当に、フィオナの性根《しょうね》自体は、高潔ではあるのだろう。

しかし、国のトップたる《お姫様》、リアラが出した答えは。

「いいえ。今回の事態を引き起こした原因は、私の物知らずと甘さにも依《よ》るところ。私にも非がある以上、私の主観でフィオナを一方的に裁くなど、できようはずもありません」

「!? なっ……何を言われます、リアラ様！　それが……それが甘い、と言っているのです！　あなたがそのような事だから、私はっ……！」

むしろフィオナが糾弾《きゅうだん》するほど、寛大《かんだい》を通り越《こ》した言葉を紡《つむ》ぐ、リアラ。

そう、全く彼女は、どこまでも心優《やさ》しい――と、思いきや。

「だからこそ、フィオナ！　あなたへの裁きは、私ではなく――ここにいる、クロノスに委ねます！」

「……へっ!?　クロノス、って……そ、その男？　な、何を言って……」

「悪には悪の、罪には罪の、報《むく》いがあります。覚悟《かくご》しなさい、フィオナ。ともすれば、《神国》の法に則《のっと》った裁きのほうが、よほどマシだったと思うかもしれませんよ――！」

リアラの裁決に、フィオナは訳が分からず、戸惑《とまど》うしかない様子。

一方、横で聞いていたクロノスは、思わず呵々《かか》大笑《たいしょう》する。

「ぶっ、はっはっは！　おいおいリアラ、ひどいな。それでは俺が、とんでもなくヒドイ男みたいではないか！　わははっ！」

「あらっ、私の受けている仕打ちを思えば、妥当《だとう》な言い分だと思いますけれどっ？　こほんっ……さて、それではっ」

咳払《せきばら》いしたリアラが、改めてクロノスに、放ってきた言葉は。

「クロノスっ――やっちゃってくださいっ！」

「おっ、それは命令か？」

「いいえ、お願いですっ――《姫奴隷《ひめどれい》》から、ご主人様への！」

「！　ははっ、そーか、お願いかっ。なら、応じないワケにはいかんなッ！」

カワイイ《姫奴隷》の〝おねだり〟を、ご主人様たる《奴隷商》クロノスは、快く受け入れる。一歩、また一歩と、地に伏すフィオナへと近づいていった。

「ひっ……や、やめろ、くるなあっ。お、男が私に、近づくなあ……」

「フハハ、近衛《このえ》兵長なんてやっている割に、男に免疫《めんえき》がないのだな。いや、男から遠ざかりたいから、メイちゃんの近衛兵長をやっていたのか？　まあしかし、安心しろ」

まだ立ち上がれないフィオナは、尻餅《しりもち》をつき、ずりずりと後ずさる。

そんな彼女へと、ニタリ、クロノスは笑《え》みを深めて言った。

「俺は、そんじょそこらのクソ男とは違《ちが》う――俺なしではいられぬよう、存分に〝調教〟してやるからなぁ――！」

「な、何を安心しろとー⁉　や、やめっ……いやあーーーんっ⁉」

悲鳴を上げるフィオナだが、もはや抵抗《ていこう》する術は、どこにもなく。

これから始まる、クロノスの〝調教〟を、甘んじて受けるしかないのだ――！

■■■

怯《おび》えるフィオナの引き締《し》まった肢体《したい》を、クロノスが放った縄《なわ》――つまり《奴隷聖具》が絡《から》め取る。専門（？）であるノノほどの巧者《こうしゃ》ではないが、主であるクロノスとて、使い方は充分《じゅうぶん》に心得ているのだ。

「ひっ、やあっ……な、何だ、これはっ……生き物みたいに、蠢《うごめ》いて……や、やめてくれっ、気持ち悪いっ！」

イヤイヤと首を振《ふ》るフィオナ、だが、クロノスは鋭《するど》く目を光らせ、指摘《してき》する。

「やめてくれ、だと？　おいおい、違うだろう、フィオナ。本当のお前は、そんなコト、実は思っちゃいない。ククッ、まだ自覚はないようだがなあ」

「え……な、何を、訳の分からない事を……わ、私は本当に、嫌《いや》で……きゃっ⁉」

ぐい、と縄を引くと、短い悲鳴が上がる。だが、そんなフィオナの目の奥に、ほの暗い輝《かがや》きが灯《とも》っているのを、クロノスは見逃《みのが》さなかった。

（この娘《むすめ》は確かに厳格で、自他ともに厳しい性質を持つ。だがしかし、蠟燭《ろうそく》で心の声を聞いた時、フィオナは陰謀に染まる己の醜《みにく》さを、自ら苛《さいな》んでいた。潔癖《けっぺき》さと不浄《ふじょう》、その相反する性質を抱《かか》える、そんなフィオナは――そう！）

「や、やめてくれ……強く、引っ張らないでぇ……私は、私、は……んっ！」

身悶《みもだ》えるフィオナに、かっ、と見開いた目を向けたクロノスは、更《さら》に一つの《奴隷聖具》を取り出した。

以前、リアラには理解できなかったモノ――テールが細く枝分かれした、鞭《むち》である。

「クックック、見よ、フィオナ。これが今からお前の罪を浄化《じょうか》する、神聖なる道具だ」

「っ。私の罪を、浄化……？　そ、その妙《みょう》な、鞭のような、ものが……？」

「そうだとも。さあ、良く目に焼き付けたならば――感じるがイイ」

無造作に、クロノスは鞭を振り上げる。ぶるり、身震《みぶる》いする、そんなフィオナの。

無防備な背中へと――枝分かれしたテールを、振り下ろした――！

「ひっ――きゃあああんっ⁉」

「……っ、フィオナ……」

痛々しい悲鳴を上げるフィオナに、思わずリアラも、目を逸《そ》らしてしまっている。

リアラ自身が願った事とはいえ、やはり目《ま》の当たりにすると、胸が痛むのだろう。

そう、こうして鞭を受ける、フィオナの悲痛な姿を見れば――

「っ、あ、あぁ……も、っと……もっと、お願いしますぅ……♡」

「えっ、フィオナ？」

だがそれも、フィオナ自身が望んでいるのなら、話は別だ。

贖罪《しょくざい》の痛みを、けれどむしろ、更に重ねて望んでくるフィオナ。

リアラは意外そうだが、クロノスにしてみれば、予測通り。

（そう、フィオナの性癖《せいへき》は――ドM！　それも、ルーアの無自覚ドMとも、ノノのSもイケるMとは違う――手痛いお仕置きを望む、被虐系《ひぎゃくけい》ドMなのだ――!!）

クロノスがこの手の見立てを誤った事は、一度もない。事実、今しがた鞭で背を打たれたフィオナは、頬《ほお》を紅潮させ、恍惚《こうこつ》に悶えていた。

だからこそ、更にクロノスは、鞭を振るう。それを望むフィオナの、ちょっぴり歪《ゆが》んでいるのは否《いな》めない、そんな覚悟に応えるべく。

「さあ、どんどん行くぞフィオナぁ！　そらっ、そらっ、どうだァ！　ここか？　ここがイイのか⁉　もっと欲しければ、答えるのだソイヤァッ！」

「ああっ、ああっ！　そ、そうだ……いえ、そうですっ！　もっと、もっとして、くださいっ……罪深い私を、もっと、もっと――いっぱい、シてえええっ♡」

「おーしおし！　その調子だァ！　イイヨイイヨー！　罪、浄化されているヨー！　ほらほら、一発ごとに綺麗になっていくぞ！　どうだ、嬉《うれ》しいかぁ⁉」

「は、はいぃっ♡　うれし……いっ！　で、すっ……もっと、もっとぉ♡」

なるほどね、と何やら納得しつつ、クロノスは鞭を振り続ける。

傷一つないフィオナの背に、刻まれていく鞭の跡《あと》。けれどそこからは、血も出ていなければ、皮がめくれてもいない。今は赤く充血《じゅうけつ》しているが、すぐに元通りになるはずだ。

カワイイ女の子のカラダに傷を残す気など、クロノスにはない。無論それは、クロノスの技術があってこそ可能なのだが――目的は、それだけではなかった。

はあ、はあ、と息切れするフィオナに、鞭を振るう手を止めたクロノスが歩み寄る。

「さあ、フィオナよ、最後の仕上げだ。悪事に手を染め、罪に囚《とら》われた、そんなお前を解放し――生まれ変わらせる。覚悟は、イイな？」

「っ、はあっ……は、はい……お、おね、が……お願い、しますぅっ……」

「フッ、イイ返事だ、それでは――」

うつ伏《ぶ》せに倒《たお》れるフィオナに後ろから迫《せま》り、ついでになかなかの御手前《おてまえ》の尻《しり》を揉《も》みながら、クロノスは屈《かが》み込み――彼女の背中と腰《こし》の間へと。

「――むちゅっ」

「っ、ふぁ――ああぁんっ♡」

思い切りキスをし――フィオナへと、〝紋《もん》〟を付けた――！

「フッフッフ、喜べフィオナよ、これで今日からお前も――俺様の〝奴隷〟よ――！」

傍《はた》から聞けば、とんでもないであろう事を言い放つ、クロノス。

けれどフィオナが、刺激《しげき》のため意識を失する寸前、放った一言は。

「っは、は……は、いぃ……嬉しいで、すぅ……クロノス、殿《どの》ぉ……♡」

聞き違いでは決してない、恍惚に彩《いろど》られた、艶《つや》っぽい言葉だった。

■■■

フィオナが意識を失うと、クロノスは彼女を縄から解放し、仰向《あおむ》けに寝《ね》かせてやる。

一仕事を終えた事で、クロノスがリアラへ向け、ぐっ、と親指を天に突《つ》き立てると。

「……私がお願いして何ですが、ちょっぴり後悔《こうかい》していますよ、クロノスの変態さん」

「フハハ、言うようになったなあ、リアラ。でもこれがベストな選択《せんたく》だと思うぞー？」

事実、フィオナは罰《ばつ》を望んでいたし、クロノスの奴隷にした事で、行動をある程度は制限できるはず。まあ彼女に、これ以上の罪を犯《おか》すつもりは、ないかもしれないが。

とにかくこれで決着は付いた。と、タイミングよく目を覚ましたのは。

「……ぁ、リアラ、お姉さま……？」

「っ!?　メイ、目が覚めたの!?　ああ、良かったっ……目が覚めるのが早くなくって、本当に良かったっ……！」

心配するポイントがずれているような、妥当なような。

それはともかく、リアラはメイを慮《おもんぱか》りながら、詰問《きつもん》するように言葉をかける。

「メイ、メイっ……体は平気？　どこか、痛いところはない!?」

「ぁ、ぁぅぁぅ。し、強《し》いて言うなら、今、揺《ゆ》らされているのが痛いです～……」

言われてから、揺する手を慌《あわ》てて止めたリアラ。

対するメイは、周囲の惨状《さんじょう》を見渡《みわた》してから、涙声《なみだごえ》で呟《つぶや》いた。

「っ、うっ……わたくしのせいで、こんな、都をめちゃくちゃに……ごめんなさい……ごめんなさいっ……！」

「ち、違いますっ。メイは悪くないわ。そんな風に、自分を責めないで！」

「そうだぞ、メイちゃん」

「！　あっ、クロノスっ？」

しゃがむリアラが抱《だ》き支える、メイの近くに腰を下ろし、クロノスは囁《ささや》きかけた。

「今回の件は、誰《だれ》にも予想できなかった。責任があるというのなら、《破壊神《はかいしん》》の出現を未然に防げなかった、俺にもあるだろう。だからこそ、メイちゃん一人が必要以上に責任を感じる必要は、これっぽっちもないのだからな」

「え……あっ。あなたは、お城でわたくしに、声をかけてくださった？」

「おう。約束したろ？　姉ちゃんと一緒《いっしょ》に、迎《むか》えに行ってやるってな」

「あっ……は、はいっ！　クロノスさま、と仰《おっしゃ》るのですねっ」

目を輝かせ、見つめてくるメイ。そんな彼女を見つめ返しながら、言葉を紡《つむ》ぐ。

「さっきも言ったが、メイちゃんが今回の一件で責任を感じる必要はない。だが、そうは言っても、自分の失敗を悔《く》やんじまう気持ちは、誤魔化《ごまか》せないよな」

「っ。は、はい、その通りですっ。わたくし、どうしてもっ……」

「けどな、失敗ってのは悔やむより、糧《かて》にしたほうがイイ。今回、失敗したのなら、次は失敗しないように。メイちゃんには、頼《たよ》りになるお姉ちゃんがいるんだ。助けてもらいながら、成長していけばイイさ」

「！　は、はい……はいっ！　わたくし、成長しますっ……リアラお姉さまと一緒に、きっと、立派な女性にっ……成長しますわっ！」

この朗《ほが》らかさが、メイ本来のものなのだろう。姉姫《あねひめ》リアラも、思わず笑っている。

「ふふっ、クロノスったら、こんなにすぐに立ち直らせて。何だか私、立場ないですっ」

冗談《じょうだん》めかしてリアラが笑うと、メイも顔を合わせて応じる。

美しく可憐《かれん》な姉妹姫には、これから先の未来がある。そう、これから成長していけば良《い》いのだ。クロノスはメイの乱れた前髪《まえがみ》を掻《か》き上げ、撫《な》でてやった——次の瞬間《しゅんかん》。

「そう、俺様のカワイイ奴隷《どれい》ちゃんとしてな。むちゅーっ」

「ふえ？　……え、えええっ⁉　く、クロノスさまっ、そんな、大胆《だいたん》ですーっ⁉」

「へ？　え、メイに今、口付け……んん⁉　クロノス、ちょっとーーーっ⁉」

事情を知る、というか当事者たるリアラは、慌てふためく。顔中を真っ赤にして、何が何だかという様子のメイの額には、バッチリ、〝紋〟が付いていた。

ふらり、よろめいたリアラが、倒れ込んでくる勢いでクロノスに突っかかってきた。

「ななな……何をしているのですか、クロノスーっ⁉　メイまで、メイまで奴隷にするなんて、そんなーっ⁉」

「おいおいリアラ、お屋敷《やしき》でも言ったろ？　〝姉妹姫を救いだし、幸せにする〟って」

「それがなぜ、なぜ奴隷に、となるのですっ⁉　おかしいですよっ⁉」

「何を言う。これも言ったが、俺は俺様のカワイイ奴隷ちゃんは、絶対に幸せにする男だぞ。最初は戸惑《とまど》うかもだけど、最終的には、良かったー、って思わせてみせる！」

「そ、そんなの、だから、奴隷じゃなくてもっ……あっ⁉」

リアラが煩悶《はんもん》している内に、メイがおずおずと、クロノスに語りかけてきた。

「あ、あの、良く分かりませんけれど……わたくしも、お姉さまも、奴隷になって……クロノスさまが、ご主人さまで。わたくし達を、幸せに、してくれるのですか？」

「ん？　おお、その通りよ。どうだ、悪い話じゃないだろ？」

「っ。そ、そんな……そんなのっ」

俯《うつむ》き、ぷるぷると肩《かた》を震《ふる》わせるメイに、リアラも共感しているようだ。

「わかる、わかりますよ、メイっ。さあ、一緒に怒《おこ》りましょうっ。はいっ、めっ！」

「とってもステキですっ！　わたくし達を助けてくださったクロノスさまなら、きっと、本当に幸せにしてくれますよねっ！　わあっ、うれしいですっ」

「みゃーーーっ!?　妹が、妹がっ……成長すると言った矢先、騙《だま》されちゃってますー!?」

リアラは失敬な子だなあ、と思いつつ、お姉ちゃんより適応力のありそうなメイの頭を、軽く撫でてやる。すると、嬉しそうに目を細めていた。早い、この妹姫、色々早い。

そんな光景に、ようやく合流してきた三人の内、ノノが真っ先に声を上げてきて。

「むむ。何やら、クロの奴隷、増えてる。ノノより、チビっ子。ふむ、許そう」

「わあ……かわいい、ね……リアラちゃんの、妹……だよね。仲良く、なれるかな……」

アテナも相変わらずのおっとりとした声で、呟いていた。

ちなみにルーアは、リアラとメイの顔を見比べて、

「《お姫様》のリアラちゃんの妹さん、ということはメイちゃんも《お姫様》……けど、リアラちゃんはお友達だから、お友達の妹さんで、でも《お姫様》だから……う、ううっ……あ、あたし、どう接したらいいんでしょうーっ!?」

何やら勝手に悩《なや》んでいる。無自覚ドMは、自分自身にまで苛《さいな》まれたいのだろうか。

事件が収束してからも、結局は騒《さわ》がしさが治まらない。けれどクロノスは、『俺様の愛するカワイイ奴隷ちゃん』達に囲まれているのなら、そこが地獄《じごく》でも、構わなかった。

(まあたとえ地獄にいようと、この俺様が、皆《みんな》、幸せにしてみせるけどな)

そんな事をぼんやり考えていたクロノスは、リアラの隣《となり》で、ぼそりと呟く。

「ふう。何だかんだ、大変だったが。それでも、目的は達成できたな」

「うう〜……ん？　あの、クロノス……目的って、一体？」

「ああ、さっきも言ったが、〝姉妹姫を救いだす〟ってヤツだよ」

「！　クロノス……ふふっ、もうっ。そうですね、《奴隷》云々《うんぬん》は、ともかくとして……私達はクロノスに、と〜っても、助けられちゃいましたからねっ♪」

「ははっ、まあな。でも、そのおかげで」

渾身《こんしん》の、これ以上ないほど爽《さわ》やかな笑《え》みを浮《う》かべ、クロノスは言い放った。

「これでこの国の、カワイイカワイイ姉妹姫は、俺様の奴隷！　ついでにこの国と《神剣《しんけん》アリエス》は、俺様のモンになったんだからな！」

「あああもおおお！　そんな事だろうと思いましたけどねっ！　言っておきますが、メイが奴隷になるなんて、認めてないのですからーっ！」

「ははは、そう言うなよ、って、ん？　メイは？　じゃあ、リアラは？」

「あっ。…………～～～っ」

しまった、と口を開けたリアラの、バツの悪そうな顔が、見る見るうちに、真っ赤になっていく。そうして、ふっ、と顔を背《そむ》けたかと思いきや。

「わ、忘れてください……忘れてください～～～っ！　ふえ～～～ん！」

「いや忘れんぞ、絶対に忘れん。リアラが忘れても、俺はキッチリ覚えておく。おーい、もう完全に俺様の奴隷だと認めちゃったリアラー。どこ行くんだー」

「ああもう、忘れてくださいってこんなに言っているのに！　クロノスの、クロノスの……意地悪《奴隷商》～！」

リアラの謎《なぞ》の捨て台詞《ぜりふ》は、でもまあ、全然間違《まちが》いでもないわな、と。

クロノスは、〝俺様の愛するカワイイ奴隷ちゃん〟になったと認めてしまった、そんなリアラを失笑《しっしょう》しながら見つめるのだった。

《エピローグ》

《女神の聖具》を回収するのが、自分の女主人への恩返しだと言っていたクロノスだが、かといって国宝同然の神具を不用意に持ち歩くのは危《あや》ぶまれる。

もしかすると、これから大きな力が必要になる時が来るかもしれない。その時に備えて、《神剣アリエス》は以前のように、大事に保有しておく事が決められた。


さて、クロノスは、《神国アリエス》の姉妹姫を助けた、国を挙げての恩人だ。というかその姉妹姫は、妙《みょう》な〝紋《もん》〟を付けられて、奴隷にされてしまっている。

何だったら、国の実権を握《にぎ》られているようなものだ。しかも職業は《奴隷商》。

最悪、《神国》史上最大の暗黒時代が訪れても、おかしくないのだが。

「……はあ～。クロノスってば、相変わらずなのですから……」

リアラが眺《なが》める限り、当のクロノスは、そんな贅沢《ぜいたく》や権力には興味がないらしい。

ただひたすら、彼曰《いわ》く〝俺様のカワイイ奴隷ちゃん〟のお尻《しり》を、追いかけ回す日々だ。

あっ、今、ルーアがお尻を揉《も》まれた。

それはともかく（慣れ）、クロノスは純粋《じゅんすい》に慕《した》ってくるアテナやノノを可愛《かわい》がりつつ。

リアラにとっては頭痛の種の、リアラの妹姫メイまで加えている。

「はあ、はあっ……見てください、クロノスさまっ。お花で冠《かんむり》を作りましたのっ。こんなことをしたの、はじめてっ♪」

「おっ、そーかそーか。ははは、メイちゃんは純心で、カワイイなぁ」

「むーっ。もう、クロノスさまってば……わたくしのことは、メイ、と呼び捨ててくださいっ。いつまでも子供扱《あつか》いなんて、イヤですわっ」

「おお、そーだったな。よしよし、メイ」

「あっ……うふ、うふふっ♪」

何やら、どんどん仲良くなっているのも、不安なところだ。

いや、不安な事と言えば、もう一つ……同じく〝奴隷〟となったフィオナだが。

「……く、クロノス殿《どの》っ！　あまり一人の奴隷だけ贔屓《ひいき》するのは、いかがなものでしょうかっ。ちゃんと、その……皆、平等に、というかっ……」

「おお、安心しろ、フィオナ——ちゃんとお前も可愛がってやるからな。クックック、この鞭《むち》でなあ。フハハー」

「あぁ……♪　さすがはクロノス殿、嬉《うれ》しいですぅ……♡」

高潔〝だった〟《神国の盾《たて》》は、何だかもう、後戻《あともど》りできない気がする。

ちなみにフィオナは近衛《このえ》兵長の位を剝奪《はくだつ》され、クロノスの裁可で、メイを守護する《メイド騎士《きし》》に任命されていた。なにそれ、とリアラは思う。

──けれど、それにしても。《女神の聖具》が実は〝性具〟であると知り、その力さえ反転させる《魔剣《まけん》クロノス》を創り出せる、希有《けう》な存在。

こうして〝奴隷〟と呼ぶ女の子達を、決してそうは思えないほど可愛がる。

このクロノスという男は、一体何者なのか──と、リアラが真剣《しんけん》に考えていると。

「ん？　おーい、リアラ！　そんなトコで黄昏《たそがれ》て、どうした？　こっち来いよ！」

「あっ。……ふ、ふふっ。もう、仕方ないですねっ」

「乳揉んでやるから！」

「行きませんっ！　行きませんからねっ、もおーっ！」

とりあえず分かるのは、一切《いっさい》ブレない、えっちな人、という事だ。

けれど、愛《いと》しの奴隷達に囲まれ、幸せそうなクロノスを見ていると、何だかリアラは毒気を抜《ぬ》かれる。何しろ、あんなにも楽しそうに。

「ふぎゃーっ!?　もおっ……もおおっ！　お尻を揉まないでくださいってばあ！」

……ルーアのお尻を、また揉みしだき。

「クロノス様……ぁ。も、もう……いたずらは、めっ。……です、よ？」

……アテナの腰《こし》に回した腕《うで》を、すりすりと擦《こす》り付け。

「クロ、クロー。ノノ、クロの童貞《どうてい》、所望《しょもう》す。はよ、さあ、はよ」

……ノノに、何やら聞き捨てならない性的な意味で狙《ねら》われ。

「あっ、クロノスさまぁ……きゃっ♪　どうしたんですか？　えっ、指から血が出て……あんっ♪　もう、ペロペロするなんて、ワンちゃんみたいですねっ♡」

「あ、あうう、クロノス殿、私も……私もぉ……」

……妹までペロペロしているし、フィオナは何やら身悶《みもだ》えているし、本当に、もう。

（はあ……クロノスは、無茶苦茶すぎる人です。《奴隷商《どれい》》だとか、《奴隷聖具》だとか……《烙印魔術《らくいんまじゅつ》》だとか。しかも、えっちすぎますしっ。……だけど、私は……私は）

けれど、どうしても、目を離《はな》せない。気付けば目で、追ってしまっている。

自身の胸元に片手を置き、彼を見つめていると――

（私は、クロノス。あなたの事を……もっと、知りたい）

リアラの胸元の〝紋〟は、仄《ほの》かな光を湛《たた》え、輝《かがや》くのだった。

■■■

和《なご》やかな一日の終わり際《ぎわ》、クロノスはリアラを自室に呼び出していた。

「……あ、あの、クロノス？　こんな夜更《よふ》けに呼び出して、どうしたのです？」

不安そうに尋《たず》ねてくるリアラに、クロノスはニヤリと笑いながら告げる。

「いやなに、これからのコトを、話そうと思ってな。旅の《奴隷商》をやっている俺達には、当然〝本拠地《ほんきょち》〟のようなものがある。そこを放っておくワケには、いかないしな」

「本拠地、ですか？　は、はあ……それが、一体？」

「うむ。まあ簡単な話――近い内に、俺達は《神国》を発《た》つ、という話だ」

「……えっ!?　《神国》を、って……え、ええっ、そんな!?」

驚《おどろ》きの声を上げたリアラが、直後、沈《しず》んだ顔で俯いてしまう。

明らかに落ち込んだ様子だが、クロノスは遠慮《えんりょ》するつもりもなく、言葉を続けた。

「ああ。だからな、リアラ――出発の準備を、ちゃんと整えておけよー？」

「は、い……はい？　……えっ!?　そ、それって、私も……」

勢い良く顔を上げたリアラは、何やら再び、驚いた顔をしている。

彼女が一体どういう心情なのか、「ははーん」とクロノスは推察した。

（ふっふっふ。さては俺がこの国を離れれば、〝奴隷〟から解放されるとでも思ったのだな。甘い、甘いぞリアラ。こんなにもカワイイ奴隷ちゃんを、みすみす手放すはずがないだろう。おまえは一生、俺の側《そば》で、幸せな奴隷ちゃんとなるのだ！　ふははー！）

非道……なのかどうか、我《われ》ながら分からない事を考えつつ、クロノスはリアラに向けて冷酷《れいこく》（自称《じしよう》）な言葉を投げかけようとした。


「ハッハッハ、残念だったなリアラ！　俺から離れられると思ったら、大間違《おおまちが》い――」

「私も一緒《いつしよ》に行って、良いのですかっ⁉」

「んん～、ん、んんっ？　お、おおう？」


どうやら勘違《かんちが》いしていたのは、クロノスの方だったらしい。

一方、リアラはリアラで、慌《あわ》てて両手で口元を押さえ、取り繕《つくろ》うように言ってきた。

「し……仕方ないですねっ。本当は全然、嬉しくありません、ありませんよ？　けれど、えっちなえっちなクロノスを、放っておけませんし……私も付いていってあげますっ」

「お、おー。そっか？　それならまあ、お願いするかな。ふっ、くっ、くくっ」

「あっ。な、何を笑っているのですかっ。も、もうっ、クロノスっ？」

照れ隠《かく》しのように叱《しか》ってくるリアラに、失笑を抑《おさ》えきれないクロノス。

何とも和やかなムード——だが、クロノスは一つ、大切な事を聞かねばならない。

「——さてリアラ。俺に付いてきてくれるのは、本当に嬉しいコトだ。だがそれゆえに、俺はおまえに、重要なコトを尋ねなければならん。心して、答えてくれ」

「！　クロノス……は、はいっ。分かりました……なんでしょうかっ？」

クロノスが真摯《しんし》な視線で、リアラに向き合う。すると彼女も緊張《きんちょう》を強め、居住まいを正してきた。リアラの覚悟《かくご》が決まったのを見計らい、クロノスは恭《うやうや》しく尋ねる。

「なあリアラ——結局、今までで一番お気に入りの〝性具〟って、何だった？」

「みーっ⁉　も、もぉ、クロノスっ⁉　真面目な雰囲気《ふんいき》だから、大事な話かと思ったのにっ……またそんな、ふざけた事を～っ！」

「いやいや、重要なんだって。アテナやノノに、ルーアだって、専用の《奴隷聖具》を持っているだろ？　専用のヤツは、基本装備のディルドとかより、強い力を発揮できるからな。これから先、作っておいて、持っておくのに越《こ》したコトはないんだよ」

「えっ。なる、ほど。…………では、趣味《しゅみ》で聞いているだけ、ではないのですね？」

「で、どの〝性具〟が好みだったか、教えてみ？　ほれほれ、な？」

「答えて欲しいのですけれど!? もうっ……それに、どんな、と言われても」

根が素直《すなお》で、変わったところで押しに弱いリアラだ。ついでに真面目なのも災《わざわ》い……いや幸いして、答えを出すべく、じっくり考え込んでくれている。

そうして、ようやく出してきた、リアラの好みの〝性具〟とは。

「うーん……私が一番、印象に残っているのは……お風呂《ふろ》での事、でしょうか」

「ほほう！ なるほど、風呂といえば、ローションか！ 確かにな、リアラは途中《とちゅう》から、我を忘れるほど熱中していたもんな。なるほど、ローションか、うんうん」

「ち、違《ちが》いますっ！ そうじゃなくっ。その、ええと、ですね」

慌てて弁解したリアラが、何やらもじもじと身動《みじろ》ぎし、上目遣《うわめづか》いで言ってくる。

「あの時、クロノス……私の頭とか、撫《な》でてくれたじゃないですか。私は昔から、メイのお姉ちゃんで、王族として気を張っていて……他者とは、一線を引いて過ごしていました。ですから、今までそんなの、された事なくて……う、嬉しくって、ですねっ」

俯《うつむ》き、顔を真っ赤にするリアラに、クロノスはなるほど、と頷《うなず》いて言った。

「と言いつつ、ホントはローションの衝撃《しょうげき》のせいで、忘れられなくなったんじゃや？」

「っ！ ち、違いますってば！ もうっ、本当にクロノスはいじわるで……ふ、え？」

反論してくるリアラの小さな口が、途中で止まった。

それもそのはず、クロノスは奇襲《きしゅう》気味に、リアラの頭を撫でていたのだ。

「冗談《じょうだん》だ、リアラ。まあリアラも、俺様の愛するカワイイ奴隷《どれい》ちゃん、《姫《ひめ》奴隷》だと自分で認めたんだからな。ご褒美《ほうび》をやらないとな」

「！　ど、奴隷っていうのは、まだ……じゃなく、全然……あっ。……あっ♪」

「リアラ、ずっと、頑張《がんば》ってきたな。命を狙われても、壁《かべ》にぶち当たっても、挫《くじ》けるコトもなく。リアラは、ホントにスゴイ子だ。よーしよし、イイ子だなー」

「っ、あっ。う、うぅ。あ、ありがとう……ございますぅ……♪」

本当に、こうして撫でられるのが、お好みらしい。リアラの蕩《とろ》けた声を聞き、こんな事で幸せになってくれるなら、いくらでもしてやろう、とクロノスは思う。

……そしてどうせなら、キモチイイ声も聴《き》きたいと思ってしまうのが、クロノスで。

「よーし！　ではせっかくだし、続けてローションでマッサージしてやろう！」

「えっ。……えええっ!?　いえ、いいでっ……ダメです！　やめてくださいっ！」

「おお、〝いい〟とは言わなくなったな、かしこい。だがあの反応を思い出す限り、リアラはローション、好きだと思うんだよなぁ。まあまあ、嫌《きら》いだなんて思ったままじゃ、もったいないし。試してみよう。イイだろ？」

「い、いえですから、試す必要なんて……ああっ、もうっ！」

軽く憤慨《ふんがい》したリアラが、一言、はっきりと口にしたのは。

「嫌いだなんて、一言も言っていないでしょうっ⁉」

「えっ。ふむ？　つまり、それは、んん？」

「あっ。……な、なーんちゃ、って？　えへ、えへへ……」

なるほど、かわいい。誤魔化《ごまか》し方も、なかなかこなれてきたらしい。

そんなリアラに、クロノスは、にこやかに微笑《ほほえ》みかけて、頷きながら。

ぬるり、ローションを手の上で、広げてみせた。

「なら、尚更《なおさら》だ。頑張っているリアラを、ナデナデしてやろう！　それー！」

「いえですから、ローションなしでですねっ⁉　ちょ、まっ、クロノス——あっ」

逃《に》げようとするリアラだが、妙《みょう》にあっさり捕《つか》まえる事ができてしまう。

そのまま、ローションに濡《ぬ》れそぼった手を、リアラの体に這《は》わせた、その時。

「——あんっ♡」

誤魔化しの効かない、なかなかの嬌声《きょうせい》が、響《ひび》いたのだった。

はぁ…♥
はぁ…♥
はぁ…♥
はぁ…♥

あとがき

はじめまして、もしくはお久しぶりです。初美《はつみ》陽一《よういち》ですヨーッ！

読者の皆様《みなさま》に再びお目見えできた喜びで、のっけから変なテンションになってしまいました。本作品を手に取ってくださった皆様への感謝が溢《あふ》れ、抑《おさ》えきれなかったのです。

改めまして、伝えさせてください……皆様、ありがとうございますーっ！

そして始めさせて頂いた新シリーズ！　清純派作家として知られる初美陽一の（初美だけに初耳）、愛と夢と希望に満ちた物語を、ご観覧いただければ幸いでございますっ！

ところで……お姫様《ひめさま》とか奴隷《どれい》にしたくないです？（清純派とは一体）
高貴にして高潔でありながら、可愛《かわい》らしさまで具《そな》える魅力的《みりょくてき》な敬称《けいしょう》。
そんな《お姫様》を奴隷にし、存分に堕《お》としちゃう……そんな愛と夢と希望に満ちた物語が、本作品のテーマです。あ、愛と夢と希望が、欲望《よくぼう》に染まっていくぞう……!?
もちろん《お姫様》のみならず、個性豊かな美少女達も、あの手この手でガンガン堕としちゃいます。ええ……堕としちゃいますよォ……？（愛と夢と希望……）

スタイル抜群《ばつぐん》の目隠《かく》れ長身娘《むすめ》、刺激的《しげきてき》な褐色少女《かつしょく》、やたらとお尻《しり》を揉《も》まれる平民系女子。ご安心ください……いつものフェチ沼《ぬま》にどっぷり浸《つ》かった初美ですよ！（不安）

そしてそして、〝奴隷系ヒロイン〟ちゃん達に鮮《あざ》やかな色どりを加えて下さった……イラストレーターのkakao様！　本当に、本当にありがとうございます。肉感豊か、それでいて可愛らしいヒロイン達のイラストを頂くたびに、初美は全身の毛穴から血を噴《ふ》き出す勢いで萌《も》え尽《つ》くしておりました。

初美、何かいっつもイラストレータの先生方の美麗《びれい》イラストで死にかけていますが、今回もです。そろそろあの世から迷惑《めいわく》がられる可能性アリ。

これからも、是非是非《ぜひ》よろしくお願い申し上げますっ……何しろ今後も、奴隷ヒロインちゃん達は、今以上にフェチの欲望に塗《まみ》れ尽くしていきますので……フヒヒ（不穏《ふおん》）。

毎回毎回、初美のフェティシズムのために、担当さんをはじめとする多くの関係者様達には、ご迷惑をおかけしております……。

ですが、そうして世に出ることができた本作品、全ての心血、心魂《しんこん》を傾《かたむ》けておりますので、読者の皆々様《みなみなさま》にも、少しでも愛して頂ければ、これに勝《まさ》る喜びはありません。

何しろ「主人公が奴隷商」という本作品、まあまあちょっぴりハードな〝調教♡〟なんかも飛び出しましたが、それでも最後には必ず、ヒロイン達を幸せにしてくれるはず。

『最強奴隷商の烙印魔術《らくいんまじゅつ》と美少女堕とし』、これから更《さら》に盛り上げまくって参りますので、今後ともよろしくお願い申し上げますっ！

——もちろん、更なるとんでもねぇ〝調教♡〟も飛び出しますのでェ！（台無し感）

『ライジン×ライジン』や『ドラゴン嫁《よめ》はかまってほしい』の時から、相変わらずではございますが、最後にもう一度、読者の皆様へ感謝を申し伝えさせてください。

本作品を手に取ってくださって、誠に、誠にッ……ありがとうございます〜〜っ！

フェティシズムを自重できず、むしろ加速してゆくばかりですが、今後もどうか見守りつつ……むしろ一緒《いっしょ》に走って頂ければ、幸いでございますっ！

初美陽一

富士見ファンタジア文庫

最強《さいきょう》奴隷商《どれいしょう》の烙印《らくいん》魔術《まじゅつ》と美少女《びしょうじょ》堕《お》とし

平成31年２月20日　初版発行

著者――初美《はつみ》陽一《よういち》

発行者――三坂泰二

発　行――株式会社KADOKAWA
〒102-8177
東京都千代田区富士見2-13-3
0570-002-301（ナビダイヤル）

印刷所――暁印刷

製本所――BBC

ISBN978-4-04-073140-7 C0193

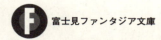

ファンタジア文庫
著:凪木エコ
イラスト:あゆま紗由